◎中华传统文化观止丛书◎

中华传统文化观止丛书

ZHONGHUA CHUANTONG WENHUA GUANZHI CONGSHU

明文观止

本书编委会 编

学林出版社
www.xuelinpress.com

中华传统文化观止丛书

专家委员会

新版前言

《中华传统文化观止丛书》是学林出版社于 1995 年 12 月出版的一套大型选本，包括《中华古诗观止》《中华古文观止》《中华古词观止》《中华古曲观止》共四部。1996 年，本丛书荣获第十届中国图书奖。

在这套丛书出版二十年之际，我社决定在原书的基础上做增补校订，重新出版。古诗部分，约请骆玉明教授撰写了导读，李梦生编审补充了一些注释，其余各册，一仍其旧。为了方便读者的阅读，本丛书的版式也作了大幅度的调整，注释从尾注全部改为脚注；以作者为纲，以作品为目，按朝代分体，依序排列，每篇都附以题记。然后，将原来四大部的丛书重新排列成二十四本，详见总目。

本丛书之所以称为观止，按原出版前言的说法：一是“叹为观止”，所收的内容皆为精华，且具代表性；二是“观到此为止”，亦即一般的中等文化水平以上的读者读了它便可对中国传统文化有一个概略的了解，即可到此为止。此次出版，除了这两点想法不变之外，更想让广大中小学生在这些变得相对浅近而短小简洁的单本中，做一学生时代的“观到此为止”，庶几不至有数典忘祖的危险，若能做到此，本丛书也算达成了它的又一次的历史功能。二十年后，作者还是那批作者，编辑还是那些编辑，读者却从广大读者延伸向中小学生。愿再过二十年，这套丛书还能让那时的中小学生接着使用，而他们的父辈又可以跟他们讲：瞧，这就是我当年读过的书。

学林出版社

2015 年 8 月

原版前言

中共中央关于《爱国主义教育实施纲要》提出，要让广大干部群众，尤其是广大青少年了解历史，了解祖国，知我中华，爱我中华，兴我中华，激发爱国主义的热烈情感，增强历史使命感和社会责任感。要进行中华民族优秀传统文化教育，用中华民族灿烂文明中所蕴含的崇高的民族精神、民族气节和传统美德，教育、感染广大青少年。为此，我社决定出版一套中华传统文化观止系列丛书。

中国有五千年有文字可考的历史。这五千年中，先人给我们积累了数以万计的文化典籍。这是我们的光荣和骄傲，但一不小心，也可能成为我们的包袱。早在两千多年前，古人面对比我们少得不知多少的典籍，已经发出了这样的慨叹："吾生也有涯而智也无涯，以有涯随无涯，殆矣。"如果我们剔除其中的消极成分，应该承认，这话说得很有道理。试想，以几十年匆匆的生命，要想览尽无涯的历代典籍，吸尽知识海洋，怎么可能？更何况我们处在"知识爆炸"的今天，有那么多现代知识需要我们去学习，去吸收。

我们要珍视五千年文明史积累下来的文化遗产，因此，需要了解，需要继承；

我们又不能全盘照收五千年积累的文化遗产，因此，需要选择，需要剔除。

这是一种矛盾，是一种必须进行的艰难的选择。

试着解决这种矛盾，我们策划了这套观止丛书。

所谓"观止"，包含两层意思：一是"叹为观止"，即所收的内容应是中国传统文化的精华，是有充分代表性的东西。二是"观到此为止"，即一般的中等文化水平及以上的读者，只要拥有它，便可"尝一脔而知全味"，对中国传统文化有一个概略的了解，如果不想作专门的研究，即可到此为止，庶几不至于有"数典忘祖”的危险。如果有人要继续深造，也可以此为出发点，登堂入室，到传统文化的大海中去搏击遨游。

为此，我们设想，这套观止丛书的选收范围上自先秦，下迄清末民初，以古典文学为主，兼及艺术、音乐、美术、历史、科学等，分专题出版，总计约收一千万字。以每天读五千字计，大约七年时间即可从头到尾读完。对普通读者来说，也许还是太多了一点。但中华传统的文化宝库实在过于丰富，再少便很难反映其真实面貌。好在对于不同的读者，仍完全可以有选择、有重点地读，或把它们当作准工具书查阅，还是有着相当广阔的选择自由的。

为了保证这套观止丛书的代表性与权威性，编选者与本社同人努力做到：一、选目尽量求精。除各书均由中青年骨干学者实际操作外，还特聘全国著名的学者、专家主持选目工作。不仅收入脍炙人口的名作，还努力发掘新的内容。二、评注尽量简明。以原作为主，不搞喧宾夺主的“鉴赏”，也不搞“今译”，让读者享受一种自己咀嚼、消化的乐趣。三、适当加入附录。主要是资料性的内容，与正文互为补充，藉以为读者提供方便。四、装帧尽量精美，使之既可供实用，又能成为居室的美化装潢品和赠送的礼品和奖品。

这套观止丛书将分批推出，现在呈献给读者的是第一辑：《中华古文观止》、《中华古诗观止》、《中华古词观止》、《中华古曲观止》。这里所说的“古”，是“古代”的意思，想必读者一定能够理解。

希望这套书能为全国的爱国主义教育做出小小的贡献。热诚欢迎广大读者多提意见和建议，以便不断修订，做到精益求精。

学林出版社

选　目

黄　珅　　刘永翔

撰　稿

严文儒	王　铁	姜汉椿	黄　珅
陆德阳	曹大民	笑　吟	宦荣卿
胡　铮			

目 录

宋 濂
送陈庭学序 …………………… 1
看松庵记 …………………… 3
谢翱传 …………………… 6
王冕传 …………………… 10
刘 基
卖柑者言 …………………… 13
苦斋记 …………………… 15
贝 琼
设渔樵对 …………………… 18
土偶对 …………………… 20
苏伯衡
空同子瞽说 …………………… 23
方孝孺
与苏先生书 …………………… 27
蚊对 …………………… 31
薛 瑄
游龙门记 …………………… 34
程敏政
夜渡两关记 …………………… 37
马中锡
中山狼传 …………………… 40
邵 宝
赠太史罗先生序 …………………… 47
唐 寅
惜梅赋 …………………… 50
王守仁
瘗旅文 …………………… 52
何景明
上许太宰书 …………………… 55
王 艮
明哲保身论 …………………… 58
归有光
项脊轩志 …………………… 61
先妣事略 …………………… 64
寒花葬志 …………………… 66

唐顺之

书《秦风·蒹葭》三章后……… 67

王慎中

朱碧潭诗序 ……………… 69

海　瑞

治安疏……………………… 72

张居正

请清汰近习疏 …………… 82

宗　臣

报刘一丈书 ……………… 86

王世贞

题《海天落照图》后 ………… 89

徐　渭

豁然堂记 ………………… 92

李　贽

童心说……………………… 95

赞刘谐 …………………… 98

汤显祖

牡丹亭记题词 …………… 99

黄汝亨

复吴用修 ………………… 101

陈继儒

米襄阳志林序 …………… 103

袁宗道

龙湖 ……………………… 106

袁宏道

满井游记 ………………… 108

晚游六桥待月记 ………… 110

灵岩 ……………………… 111

徐文长传 ………………… 114

袁中道

爽籁亭记 ………………… 118

西山十记·玉泉山 ……… 120

钟　惺

浣花溪记 ………………… 122

谭元春

再游乌龙潭记 …………… 125

王思任

让马瑶草 ………………… 127

陆　灼

大言 ……………………… 130

江盈科

催科 ……………………… 133

徐弘祖

游雁宕山日记 …………… 135

游黄山日记后 …………… 140

艾南英

自序 …… 145

叶绍袁

甲行日注(节选) …… 151

刘　侗

水尽头 …… 155

魏学洢

将赴浙狱遗友人书 …… 158

核舟记 …… 161

张　岱

湖心亭看雪 …… 164

西湖七月半 …… 165

王月生 …… 168

梦忆序 …… 170

张　溥

五人墓碑记 …… 173

史可法

复多尔衮书 …… 177

多尔衮

致史可法书 …… 183

金　声

告邑人送何二尹文 …… 187

曾异撰

送林守一重游吴越序 …… 190

汤传楹

与展成 …… 193

与展成 …… 194

张煌言

答赵安抚书 …… 197

贻赵廷臣书 …… 207

夏完淳

狱中上母书 …… 211

宋濂(1310—1381)　明文学家。字景濂，号潜溪，浦江(今属浙江)人。朱元璋起兵，被征。后奉命主修《元史》，累官至翰林学士承旨知制诰。参与制定典章制度，为明代"开国文臣之首"。洪武十三年(1380)，因长孙涉胡惟庸案，全家谪茂州，中途病死夔州。正德中谥文宪。生平著述丰富，文笔雍容典雅。有《宋文宪公全集》。

送陈庭学序①

【题解】

本文从川蜀山水奇险入笔，极言游蜀之难。进而写陈庭学能无处不游，且得山水之助，气愈充，志愈高，可见其为非常之人。转而写自己虽有志出游，却始终不能一游，与前面所述反衬。最后提出古人砥砺修行，有得于山水之外者，微露规勉之意。文章起伏应合，如峰回路转，极神明变化之至。

西南山水，惟川蜀最奇，然去中州万里②，陆有剑阁栈道之险，水有瞿唐滟滪之虞③。跨马行篁竹间④，山高者累旬日不见其巅际；临上而俯视，绝壑万仞，杳莫测其所穷，肝胆为之掉栗⑤；水行则江

---

① 选自《宋文宪公全集》。题目一作《送天台陈庭学序》。 ② 中州：古豫州地处九州之中，因称中州。此指中原地区。 ③ 剑阁：栈道名。在今四川剑阁县东北大、小剑山之间，是古时川、陕间重要通道。栈道：在险绝处傍山架木而成的道路。瞿唐：峡名，为长江三峡之首，在四川奉节县东。滟滪：瞿唐峡口的险滩。虞：忧虑。 ④ 篁(huáng)竹：竹林。 ⑤ 掉栗：战栗、发抖。

石悍利[6]，波恶涡诡[7]，舟一失势尺寸[8]，辄糜碎土沉，下饱鱼鳖。其难至如此。故非仕有力者[9]，不可以游；非材有文者[10]，纵游无所得；非壮强者，多老死于其地。嗜奇之士恨焉[11]。

天台陈君庭学[12]，能为诗。由中书左司掾屡从大将北征有劳[13]，擢四川都指挥司照磨[14]，由水道至成都。成都，川蜀之要地，扬子云、司马相如、诸葛武侯之所居[15]。英雄俊杰战攻驻守之迹，诗人文士游眺饮射、赋咏歌呼之所，庭学无不历览。既览必发为诗，以纪其景物时世之变[16]，于是其诗益工。越三年，以例自免归，会余于京师。其气愈充，其语愈壮，其志意愈高，盖得于山水之助者侈矣[17]。

余甚自愧。方余少时，尝有志于出游天下，顾以学未成而不暇；及年壮可出，而四方兵起，无所投足；逮今圣主兴而宇内定，极海之际，合为一家，而余齿已加耄矣[18]，欲如庭学之游，尚可得乎？

然吾闻古之贤士，若颜回、原宪[19]，皆坐守陋室，蓬蒿没户，而志意常充然，有若囊括于天地者。此其故何也？得无有出于山水之外者乎？庭学其试归而求焉。苟有所得，则以告余，余将不一愧而已也[20]。

---

⑥ 悍利：坚硬锋利。 ⑦ 涡诡：漩涡险异。 ⑧ 失势尺寸：稍有失势。 ⑨ 仕有力：指任职四川又有财力。 ⑩ 材有文：指有才思文采。 ⑪ 嗜奇：喜爱猎奇、冒险。 ⑫ 天台：今属浙江。 ⑬ 掾：属员。劳：劳绩。 ⑭ 照磨：官名，以对照、磨勘文书为职。 ⑮ 扬子云：扬雄。诸葛武侯：诸葛亮。 ⑯ 纪：同记。 ⑰ 侈：多。 ⑱ 齿：年齿，即年龄。耄（mào）：年老。⑲ 颜回：孔子弟子，居陋巷而不改其乐。原宪：孔子弟子，以蓬草做门，破瓮作窗，怡然自得。⑳ 不一愧：对应上文“余甚自愧”而言，意为陈庭学若学颜回、原宪而有得，我将自愧不如了。

（姜汉椿）

看松庵记[1]

【题解】

元末天下大乱，浙东知识分子中的有识之士大多不与元统治者合作，退隐山野，以待时机。宋濂、刘基、章溢等人，就是其中的代表人物。本文通过为章溢看松庵作记，肯定了这群知识分子的隐居生活，表达了他们蔑视利禄的志趣。文笔简练，写景状物生动形象，可与唐宋散文并驾。

龙泉多大山[2]，其西南一百余里诸山为尤深。有四旁奋起而中成下者，状类箕筐，人因号之为匡山。山多髯松，弥望入青云，新翠照人如濯。松上薜萝纷纷披披[3]，横尃数十寻[4]，嫩绿可挹[5]，松根茯苓[6]，其大如斗，杂以黄精、前胡及牡鞠之苗[7]，采之可茹。

吾友章君三益乐之[8]，新结庵庐其间。庵之西南若干步有深渊，二蛟龙潜于其中，云英英腾上，顷刻覆山谷，其色正白，若大海茫无津涯，大风东来辄飘去，君复为构烟云万顷亭。庵之东北又若干步，山益高，峰峦益峭刻，气势欲连霄汉。南望闽中数百里，嘉树帖

① 选自《宋学士文集》。 ② 龙泉：县名，今属浙江。 ③ 薜萝：薜，指薜荔，亦称“木莲”，常绿藤。萝，指女萝，一种植物，一说为菟丝，一说松萝。 ④ 尃：同“敷”，铺陈。寻：古长度单位，八尺为寻。 ⑤ 挹：汲取。 ⑥ 茯苓：菌类植物，寄生于山林松根，状如块球。 ⑦ 黄精：草名，叶似竹而短，根如嫩姜，道家以为其得坤土之精粹，故名。前胡：草名，叶似野菊而瘦细。牡鞠：即牡菊，植物名。 ⑧ 章三益：章溢，字三益。元末曾统领乡兵镇压盗贼，授官浙东都元帅，辞不受，隐居匡山。明建立后，受明太祖朱元璋聘，官至御史中丞。

帖地上如荠⑨，君复为构唯天在上亭。庵之东南又若干步，林樾苍润空翠⑩，沈沈扑人，阴飔一动⑪，虽当烈火流金之候⑫，使人翛翛有挟纩意⑬，君复为构清高亭。庵之正南又若干步，地明迥爽洁，东西北诸峰皆竞秀献状，令人爱玩忘倦，兼之可琴可弈，可挈尊罍而饮⑭，无不宜者，君复为构环中亭。君诗书之暇，被鹤氅衣⑮，支九节筇⑯，历游四亭中。退坐庵庐，回睇髯松⑰，如元夫巨人⑱，拱揖左右，君注视之久，精神凝合，物我两忘，恍若与古豪杰共语千载之上。君乐甚，起穿谢公屐⑲，日歌吟万松间，屐声锵然合节，与歌声相答和。髯松似解君意，亦微微作笙箫音以相娱。君喈曰⑳："此予得看松之趣者也。"遂以名其庵庐云。

龙泉之人士闻而疑之曰："章君负济世长才，当闽寇压境㉑，尝树旗鼓，砺戈矛，帅众而捣退之，盖有意植勋业以自见者。今乃以看松名庵，若隐居者之为，将鄙世之胶扰而不之狎邪㉒，抑以斯人为不足与而有取于松也？"金华宋濂窃不谓然。

夫植物之中，禀贞刚之气者，唯松为独多，尝昧昧思之㉓，一气

---

⑨ 帖帖：帖伏，贴近。荠：荠菜。 ⑩ 樾：树木交聚而成的树荫。 ⑪ 飔(sī)：凉风。 ⑫ 烈火流金：极言天气酷热，金属也被熔化。 ⑬ 挟纩：纩，棉絮；言衣棉而忘寒。此指因寒而思棉衣。 ⑭ 尊罍(léi)：皆酒器名。 ⑮ 被：同"披"。鹤氅衣：原指鸟羽所制的裘，后来专称道服。 ⑯ 筇(qióng)：杖。 ⑰ 睇：流盼。 ⑱ 元：大。 ⑲ 谢公屐：南朝宋诗人谢灵运游山时常穿的一种有齿木屐。上山时去掉前齿，下山时去掉后齿。李白《梦游天姥吟留别》有"脚著谢公屐，身登青云梯"之句。 ⑳ 喈(jiè)：赞叹。 ㉑ 闽寇压境：章溢曾集乡民为义兵，当福建盗贼包围台州，攻陷龙泉时，章溢与其师王毅帅壮士击走贼。 ㉒ 胶扰：动乱不安。狎(xiá)：亲近。 ㉓ 昧昧：深切思考。

方伸[24]，根而蕴者，荄而敛者[25]，莫不振翘舒荣，以逞于一时。及夫秋高气清，霜露既降，则皆黄霣而无余矣[26]，其能凌岁寒而不易行改度者，非松也邪？是故昔之君子每托之以自厉。章君之志，盖亦若斯而已。君之处也，与松为伍，则嶷然有以自立。及其为时而出，刚贞自持，不为物议之所移夺，卒能立事功而泽生民，初亦未尝与松柏相悖也。或者不知，强谓君忘世，而致疑于出处间，可不可乎？

濂家青萝山之阳[27]，山西老松如戟，度与君所居无大相远。第兵燹之余[28]，峦光水色，颇失故态，栖栖于道路中[29]，未尝不慨然怀君何时归，濂当持石鼎相随[30]，采黄精茯苓，烹之于洞云间，亦一乐也。不知君能余从否乎？虽然，匡山之灵，其亦迟君久矣[31]。

㉔ 一气方伸：王充《论衡·齐世》："万物之生，俱得一气。" ㉕ 荄(gāi)：草根。 ㉖ 霣(yǔn)：通"陨"，坠落。黄霣：叶子枯黄而落。 ㉗ 青萝山：在浙江浦江县东。元末宋濂自金华徙家于此，筑青萝山房。 ㉘ 第：但，只。燹(xiǎn)：火。 ㉙ 栖栖(xī)：忙碌，不能安居的样子。 ㉚ 石鼎：石制煎烹器皿。 ㉛ 迟：等待。

（严文儒）

谢翱传[①]

【题解】

本文大约作于元末明初，作者年盛气壮，对元末的黑暗政治极为不满，故为宋末遗民谢翱立传，歌颂了谢翱的泱泱大节和他终身不忘报文天祥知遇之恩的品格。本文受司马迁《屈原列传》的影响，夹叙夹议，具有浓厚的抒情色彩，感慨淋漓，寄托遥深，为传记文学中的别调。

谢翱字皋羽，福之长溪人[②]，后徙建之浦城[③]。父钥[④]，性至孝，居母丧，哀毁庐墓[⑤]，终身不仕。通《春秋》，著《春秋衍义》、《左氏辨证》，传于时。翱世其学，试进士不中，落魄漳、泉二州[⑥]，倜傥有大节。

会丞相文天祥开府延平[⑦]，长揖军门，署谘议参军，声达梁、楚间[⑧]，已复别去。及宋亡，天祥被执以死，翱悲不能禁，只影行浙水东[⑨]，逢山川池榭、云岚草木，与所别处及其时号相类，则徘徊顾盼，失声哭。严有子陵台[⑩]，孤绝千丈，时天凉风急，翱挟酒以登，设天

---

① 选自《宋学士文集》。谢翱：见《登西台恸哭记》作者介绍。 ② 福：指福建。长溪：县治在今福建霞浦县南。 ③ 建：建宁府，治所在今福建建瓯。浦城：今属福建。 ④ 钥：谢翱父谢钥，字君启，号草堂。 ⑤ 庐墓：古人为父母服丧期间，在墓旁搭建草屋居住，守护坟墓，叫做庐墓。 ⑥ 漳：漳州。泉：泉州，均属福建。 ⑦ 文天祥：南宋诗人，杰出的民族英雄。开府：设立府署，召收僚属。延平：治所在今福建南平。 ⑧ 梁、楚：指河南及湖北一带。 ⑨ 浙水：即钱塘江。 ⑩ 严：即严州府，府治在今浙江建德。子陵台：东汉严光，字子陵，会稽余姚（今属浙江）人。曾与东汉光武帝刘秀同学。刘秀即位后，曾召他到京师洛阳，任为谏议大夫，他不肯受，归隐于富春山。今浙江桐庐县（明属严州）西富春山，相传为严光垂钓处，

祥主荒亭隅⑪，再拜跪伏，酹毕号而恸者三，复再拜起，悲思不可遏，乃以竹如意击石作《楚歌》，招之曰："魂朝往兮何极，莫来归兮关水黑⑫。化为朱乌兮⑬，有咮焉食⑭。"歌阕⑮，竹石俱碎⑯，闻者为伤之。

然其志汗漫超越，浩不可御，视世间事无足当其意者。独嗜佳山水，雁山⑰、鼎湖⑱、蛟门候涛⑲、沃州⑳、天姥㉑、野霞㉒、碧鸡㉓、四明㉔、金华洞天㉕，搜奇抉秘，所至即造游录，持以夸人，若载七宝归者㉖。游倦，辄憩浦阳江源㉗，及睦之白云村㉘，寻隐者方凤㉙、吴思齐㉚，昼夜吟诗不自休。其诗直遡盛唐而上，不作近代语，卓卓有风人之余㉛。文尤崭拔峭劲，雷电恍惚，出入风雨中。当其执笔时，瞑目遐思，身与天地俱忘。每语人曰："用志不分，鬼神将通之。"其苦

有东西两台，各高数百丈，下瞰富春江。西台即谢翱哭文天祥处。 ⑪ 天祥主：文天祥神主牌位。 ⑫ 莫：通"暮"。 ⑬ 朱乌：指太阳。 ⑭ 咮(zhòu)：鸟嘴。 ⑮ 阕：终，止。 ⑯ 竹石：指竹如意和石块。 ⑰ 雁山：即雁荡山，南雁荡在浙江平阳县西南，北雁荡在乐清县东。 ⑱ 鼎湖：即临平湖，在杭州东北临平山南，吴赤乌二年(239)获宝鼎于此，因名。又，缙云县(今属浙江)仙都山玉柱峰顶有湖，亦名鼎湖。 ⑲ 蛟门候涛：浙江镇海东海中有蛟门山，吐纳潮汐，浪涛汹涌。 ⑳ 沃州：沃洲山，在浙江新昌县东二十五里。道家以为第十二福地。 ㉑ 天姥：天姥山，在浙江新昌县东五十里，西连沃洲山，道家以为第十六福地。 ㉒ 野霞：山名，在浙江。 ㉓ 碧鸡：即碧鸡坞，在桐庐牛山。 ㉔ 四明：四明山，在浙江鄞县西南。 ㉕ 金华洞天：浙江金华市北金华山下有金华洞，道家以为第三十六洞，相传与四明、天台诸山相通。 ㉖ 七宝：佛教以金、银、玛瑙等七种宝物为七宝。 ㉗ 浦阳江：源出浙江浦江县西五十里的深袅山。 ㉘ 睦：睦州，严州宋时名睦州。白云村：唐代诗人方干的旧居。 ㉙ 方凤：字韶卿，曾任容州文学，宋亡不仕。 ㉚ 吴思齐：字子善，官嘉兴丞，后隐居浦阳，宋亡亦不仕。 ㉛ 风人：指诗人。

索多类此。婺、睦人士翕然从其学[32]。

前至元甲午[33]，去家武林西湖上[34]，前代遗老尚多存者，咸自诧见翱晚。明年乙未，以肺疾作而死，年四十七。濒死，属其妻刘氏曰[35]："吾去家千里，交游惟方韶卿、吴子善最亲，不翅兄弟[36]。慎收吾文及吾骨授之。"韶卿即凤，子善即思齐。已而凤等果至，与方幼学、方焘、冯桂芳、翁登、登之弟衡葬翱子陵台南，以文稿殉，伐石表之曰："粤谢翱墓[37]。"初，翱以朋友道丧，尽吴越无挂剑者[38]，思合同志氏名，作《许剑录》，勒诸石，未就；复为建许剑亭于墓右，从翱志也。翱无子，其徒吴贵祠之月泉书院云[39]。

翱好修抱独，刻厉愤激，直欲起古人从之游，不务谐于流俗。意所不顾，万夫莫回也。每慕屈平[40]，托兴远游，自号晞发子。过谈胜国事[41]，辄悲鸣烦促，涕泗潸然下。士有苟合而气志得者，憎闻翱[42]，翱自若也。所著《手抄诗》八卷、《杂文》二十卷、《唐补传》一卷、《南史补帝纪赞》一卷、《楚词芳草图谱》一卷、《宋铙歌》《鼓吹曲》各一卷、《睦州山水人物古迹记》一卷、《浦阳先民传》一卷、《天地间

㉜ 婺：婺州，即今浙江金华。翕然：聚合。㉝ 前至元甲午：即元世祖至元三十一年(1294)。㉞ 武林：杭州古称武林，以其西有武林山得名。㉟ 属：同"嘱"。㊱ 翅：通"啻"，仅、止。不翅即不啻。㊲ 粤：发语词，无义。㊳ 挂剑：语出《史记·吴太伯世家》："季札之初使，北过徐君。徐君好季札剑，口弗不敢言。季札心知之，为使上国未献。还至徐，徐君已死，于是乃解其宝剑，系之徐君冢树而去。"后因以"挂剑"用作对亡友遵守信义的典故。㊴ 祠：祭祀。㊵ 屈平：即屈原，名平。㊶ 胜国：已亡之国，指宋。㊷"士有"句：当指在元朝为官的士人。

集》五卷、《东坡夜雨句图》一卷、《浙东西游录》九卷，余仿《秦楚之际月表》作《独行传》及《左氏传续辨》[43]、《历代诗谱》，皆未完，所选唐韦、柳诸家诗及东都五体诗[44]，不在集中。

赞曰：翱一布衣耳，未尝有爵位于朝，徒以被天祥之知，麻衣绳屦[45]，章皇山泽间[46]，若无所容其身，使其都重禄，受社稷民人之寄，其能死守封疆决矣。翱不负天祥，肯负国哉？翱盖天下之士也。昔田横不降汉[47]，拔剑自刭，客之从死者五百人。若翱之志，其有类横之客者非邪？吾闻诸任先生云[48]。

㊸《秦楚之际月表》：《史记》十表之一。 ㊹ 韦、柳：唐代诗人韦应物、柳宗元。 ㊺ 绳屦：穿着用草绳编成的鞋子。 ㊻ 章皇：犹彷徨。 ㊼ 田横：秦末人，本齐国贵族。秦末，从兄起兵重建齐国。楚汉战争时自立为齐王，为汉军所破。汉朝建立，率徒党五百余人逃亡海岛。汉高祖刘邦命他到洛阳，因不愿称臣，于途中自杀。留居海岛的五百名徒党闻知后，也全部自杀。 ㊽ 任先生：任士林，字叔实，号松乡，其先绵竹（在今四川德阳县北）人，后徙居鄞（今属浙江）。至大初任安定书院山长。有《松乡文集》等。

（严文儒）

王冕传[1]

【题解】

王冕为元末名士，工诗擅画，为人清狂。本文通过一系列最能表现王冕性格特征的细节描写，突出他“怪”与“奇”的一面，传神地刻画了一个迥出流俗的高士的形象，读后如闻其声，如见其人。《明史·王冕传》即以此为蓝本。

王冕者，诸暨人。七八岁时，父命牧牛陇上，窃自学舍听诸生诵书，听已辄默记[2]。暮归，忘其牛。或牵牛来责蹊田[3]，父怒，挞之，已而复如初[4]。母曰：“儿痴如此，曷不听其所为[5]？”冕因去，依僧寺以居。夜潜出，坐佛膝上，执策映长明灯读之，琅琅达旦[6]。佛象多土偶，狞恶可怖，冕小儿，恬若不见[7]。

安阳韩性闻而异之[8]，录为弟子，学遂为通儒。性卒，门人事冕如事性。时冕父已卒，即迎母入越城就养。久之，母思还故里，冕买白牛驾母车，自被古冠服随车后。乡里小儿竞遮道讪笑，冕亦笑。

著作郎李孝光欲荐之为府史[9]，冕骂曰：“吾有田可耕，有书可读，肯朝夕抱案立庭下备奴使哉[10]！”每居小楼上，客至，僮入报，命

---

① 选自《宋文宪公全集》。② 已：完，毕。③ 或：有人。蹊：践踏。④ 已而：随后。⑤ 曷：何。⑥ 策：通“册”。长明灯：佛像前的灯，昼夜不息，故名。⑦ 恬：恬然、坦然。⑧ 韩性：字明善，先世安阳人，迁居绍兴。隐居讲学，弟子甚多。⑨ 李孝光：元文学家，著有《五峰集》十卷。⑩ 奴使：像奴仆一样供人驱使。

之登乃登。部使者行郡[11]，坐马上求见，拒之，去，去不百武[12]，冕倚楼长啸，使者闻之惭。

冕屡应进士举不中，叹曰："此童子羞为者，吾可溺是哉！"竟弃去，买舟下东吴，渡大江，入淮楚，历览名山川。或遇奇才、侠客，谈古豪杰事，即呼酒共饮，慷慨悲吟，人斥为狂奴。

北游燕都，馆秘书卿泰不花家[13]。泰不花荐以馆职，冕曰："公诚愚人哉！不满十年，此中狐兔游矣，何以禄仕为？"即日将南辕[14]，会其友武林卢生死滦阳，唯两幼女、一童留燕，伥伥无所依。冕知之，不远千里走滦阳，取生遗骨，且挈二女还生家[15]。

冕既归越，复大言天下将乱。时海内无事，或斥冕为妄。冕曰："妄人非我，谁当为妄哉！"乃携妻孥隐于九里山，种豆三亩，粟倍之，树梅花千，桃杏居其半，芋一区，薤韭各百本，引水为池，种鱼千余头，结茅庐三间，自题为"梅花屋"。尝仿《周礼》著书一卷，坐卧自随，秘不使人观。更深人寂，辄挑灯朗讽，既而抚卷曰："吾未即死，持此以遇明主，伊、吕事业不难致也[16]。"当风日佳时，操觚赋诗[17]，千百不休，皆鹏骞海怒[18]，读者毛发为耸。人至，不为宾主礼，清谈竟

---

⑪ 部使者：按察官员。行郡：巡视府属各地。 ⑫ 武：古代以六尺为步，半步为武。 ⑬ 馆：寓居。泰不花：《元史》作"泰不华"，字兼善，伯牙吾台氏，居台州。历任秘书卿、礼部尚书、台州路达鲁花赤。元惠帝至正十二年，率舟师与方国珍战，兵败被杀。 ⑭ 南辕：驾车南归。 ⑮ 挈(qiè)：提。引申为带领。 ⑯ 伊、吕：伊尹、吕望。伊尹为商汤贤相，吕望辅佐周武王伐纣。 ⑰ 操觚：指作文。操：持；觚：木简。 ⑱ 鹏骞(xiān)海怒：大鹏飞举，海涛怒吼。骞，飞举的样子。

日不倦。食至辄食，都不必辞谢。善画梅，不减杨补之⑲。求者肩背相望，以缯幅短长为得米之差⑳。人讥之，冕曰："吾藉是以养口体，岂好为人家作画师哉！"

未几，汝颍兵起㉑，一如冕言。皇帝取婺州㉒，将攻越，物色得冕，置幕府，授以谘议参军，一夕，以病死。冕状貌魁伟，美须髯，磊落有大志，不得少试以死㉓，君子惜之。

史官曰：予受学城南时，见孟寀言越有狂生，当天大雪，赤足上潜岳峰，四顾大呼曰："遍天地间皆白玉合成，使人心胆澄澈，便欲仙去！"及入城，戴大帽如蓰，穿曳地袍翩翩行，两袂轩翥，哗笑溢市中。予甚疑其人，访识者问之，即冕也。冕真怪民哉！马不覂驾㉔，不足以见其奇才，冕亦类是夫！

---

⑲ 杨补之：杨无咎，字补之。南宋画家，善画梅。 ⑳ 缯（zēng）：古代丝织品总称。此指画画用的材料。 ㉑ 汝颍兵起：指元末农民起义。 ㉒ 皇帝：指朱元璋。 ㉓ 少试：以试锋芒。 ㉔ 覂（fěng）驾：也作"泛驾"，不受驾驭。

（姜汉椿）

刘基(1311—1375) 明政治家、文学家。字伯温,青田(今属浙江)人。元末进士,后弃职隐居。朱元璋起事后,被聘为谋士,参与机要。官至御史中丞兼太史令,封诚意伯。晚年为胡惟庸所谮,忧愤而死。一说为胡惟庸毒死。谥文成。通天文,诗歌雄浑,散文奔放。有《诚意伯文集》。

卖柑者言①

【题解】

刘基于元末作《郁离子》,以寓言形式批判当时的暴政。本文为其中一篇。作者怀愤世嫉邪之心,借卖柑者之口,辛辣地嘲讽了统治集团中那些“金玉其外,败絮其中”的文臣武将,揭露了他们欺世盗名的可耻行径和腐朽昏庸的丑恶本质,在一定程度上反映了元末统治的黑暗腐败。文章构思奇特,寓意深刻。作者以“欺”为线索,用联想的方法,由小及大、由近及远、层层生发,把卖柑者的“小欺”和统治阶级的“大欺”有机地联系起来,形象地揭示了文章的主题。

杭有卖果者②,善藏柑,涉寒暑不溃。出之烨然,玉质而金色;置于市,贾十倍③,人争鬻之④。予贸得其一⑤,剖之,如有烟扑口鼻,视其中,则干若败絮。予怪而问之曰:“若所市于人者⑥,将以实笾豆⑦、

① 选自《郁离子》。② 杭:今浙江杭州。③ 贾:同“价”。④ 鬻(yù):买。⑤ 贸:交易,买卖。这里指买。⑥ 若:你。市:这里意为“卖”。⑦ 实:这里用作动词,意为“装满”。笾(biān)豆:古代祭祀或宴会时盛食物的器皿,竹制的叫笾,木制的叫豆。

奉祭祀、供宾客乎？将衒外以惑愚瞽乎[8]？甚矣哉，为欺也！”

卖者笑曰：“吾业是有年矣[9]，吾赖是以食吾躯[10]。吾售之，人取之，未尝有言，而独不足子所乎？世之为欺者不寡矣，而独我也乎？吾子未之思也。今夫佩虎符、坐皋比者[11]，洸洸乎干城之具也[12]，果能授孙吴之略耶[13]？峨大冠、拖长绅者[14]，昂昂乎庙堂之器也[15]，果能建伊皋之业耶[16]？盗起而不知御[17]，民困而不知救，吏奸而不知禁，法斁而不知理[18]，坐糜廪粟而不知耻[19]。观其坐高堂、骑大马，醉醇醴而饫肥鲜者，孰不巍巍乎可畏、赫赫乎可象也[20]？又何往而不金玉其外、败絮其中也哉？今子是之不察，而以察吾柑！”

予默默无以应。退而思其言，类东方生滑稽之流[21]。岂其愤世嫉邪者耶[22]？而托于柑以讽耶？

---

⑧ 衒：炫耀。瞽：盲人。 ⑨ 业是：从事此业。 ⑩ 食(sì)：供养。 ⑪ 虎符：虎形的兵符，古代皇帝调兵遣将所用的信物。皋比(gāo pí)：虎皮。这里借代蒙着虎皮的坐椅。 ⑫ 干城之具：捍卫国家的将才。 ⑬ 孙吴：指春秋战国时期的杰出军事家孙武和吴起。 ⑭ 峨：高耸。拖：同“拖”。绅：腰带。 ⑮ 庙堂之器：宗庙朝廷中有才干的文臣。 ⑯ 伊皋：指商汤的贤相伊尹和虞舜时的法官皋陶。 ⑰ 御：抵御。 ⑱ 斁(dù)：败坏。 ⑲ 坐：白白地。 ⑳ 赫赫乎可象：有威仪的样子。 ㉑ 东方生：即东方朔，汉武帝时人，以诙谐滑稽出名。 ㉒ 岂其：莫非，莫不是。

（胡　铮）

苦斋记[1]

【题解】

古代读书人为书斋题名，往往有其特定的内涵。本文介绍了"苦斋"的环境及生活情趣，进而阐明苦与乐互为依存、相为倚伏，提出"井以甘竭，李以苦存；夫差以酣酒亡，而勾践以尝胆兴"的见解。文章富于哲理，耐人寻味。

苦斋者，章溢先生隐居之室也[2]。室十有二楹，覆之以茆，在匡山之巅[3]。匡山在处之龙泉县西南二百里，剑溪之水出焉[4]。山四面峭壁拔起，岩崿皆苍石[5]，岸外而臼中[6]。其下惟白云，其上多北风。风从北来者，大率不能甘而善苦，故植物中之[7]，其味皆苦，而物性之苦者亦乐生焉。

于是鲜支、黄蘗、苦楝、侧柏之木[8]，黄连、苦杕、亭历、苦参、鉤夭之草[9]，地黄、游冬、葴、芑之菜[10]，槠、栎、草斗之实[11]，楛竹之笋，

---

① 选自《诚意伯文集》。 ② 章溢：字三益。龙泉（今属浙江）人。元末隐居匡山。明初仕至御史中丞。明末福王时追谥庄敏。 ③ 楹（yíng）：厅堂的前柱。房屋一间也称一楹。茆：同"茅"。匡山：山四周高中间低，形如筐，故名。 ④ 处：处州（今浙江丽水）。龙泉隶属处州。剑溪：匡山下的一条小河。 ⑤ 崿（è）：山崖。 ⑥ 岸外而臼中：四周伟岸，中间如臼。 ⑦ 中：受到，遭受。 ⑧ 鲜支：即栀子。黄蘗（bò）：又名黄柏。苦楝：又名黄楝，其实名金铃子。上面三物及侧柏，均可入药，味寒苦。 ⑨ 苦杕（dì）：不详。亭历：也作"葶苈"，与黄连、苦参，均可入药，味极苦。 ⑩ 地黄：可入药，味苦。游冬：苦菜。葴（zhēn）：又名苦葴，即酸浆草。芑（qǐ）：苦菜。 ⑪ 槠（zhū）：常绿乔木。子可食，分甜苦两种。栎（lì）：落叶乔木，果实、树皮、树根均可入药，味苦。草斗：栎树的果实。

莫不族布而罗生焉[12]。野蜂巢其间，采花髓作蜜，味亦苦，山中方言谓之黄杜，初食颇苦难，久则弥觉其甘，能已积热[13]，除烦渴之疾[14]。其槚茶亦苦于常茶[15]。其泄水皆齧石出，其源沸沸汩汩，瀄㴔曲折，注入大谷[16]。其中多斑文小鱼，状如吹沙，味苦而微辛，食之可以清酒[17]。

山去人稍远[18]，惟先生乐游，而从者多艰其昏晨之往来，故遂择其窊而室焉[19]。携童儿数人，启陨箨以艺粟菽，茹啖其草木之荑实[20]。闲则蹑屐登崖，倚修木而啸，或降而临清泠[21]。樵歌出林，则拊石而和之[22]。人莫知其乐也。

先生之言曰："乐与苦，相为倚伏者也[23]，人知乐之为乐，而不知苦之为乐，人知乐其乐，而不知苦生于乐，则乐与苦相去能几何哉！今夫膏粱之子[24]，燕坐于华堂之上[25]，口不尝荼蓼之味[26]，身不历农亩之劳，寝必重褥[27]，食必珍美，出入必舆隶[28]，是人之所谓乐也；一旦运穷福艾[29]，颠沛生于不测，而不知醉醇饫肥之肠，不可以实疏粝，籍柔覆温之躯[30]，不可以御蓬藋[31]，虽欲效野夫贱隶，跼跳窜

---

⑫ 楛：此处同"苦"。族布：同类植物遍布。罗生：罗列生长。 ⑬ 已：消，治。 ⑭ 烦渴：燥热心烦。 ⑮ 槚茶：槚树产的茶。茶：通"茶"。 ⑯ 齧石出：如从石缝中挤出。沸沸汩(gǔ)汩：水翻腾的样子。瀄㴔(jié mì)：水流湍急的样子。 ⑰ 吹沙：鱼名。常张口吹沙，故名。微辛：稍有辛辣味。清酒：醒酒。 ⑱ 去人：离人居住之处。 ⑲ 窊(wā)：低洼之处。 ⑳ 启：开辟、扫除。陨箨：脱落的笋壳。艺：种植。菽：豆类。茹啖(rú dàn)：吃。荑(tí)：草的嫩芽。 ㉑ 蹑屐(niè jī)：穿着木屐。清泠(líng)：溪水。 ㉒ 拊(fǔ)：击打。 ㉓ 相为倚伏：相互依存。 ㉔ 膏粱之子：富家子弟。 ㉕ 燕：通宴。 ㉖ 荼：苦菜。蓼(liǎo)：草本植物，茎叶味苦。 ㉗ 重：两层。 ㉘ 舆隶：仆役之名。 ㉙ 艾：停止。 ㉚ 籍：通"藉"。 ㉛ 御：用、穿。蓬藋(diào)：用蓬草藋草编织的衣物。

伏[32]，偷性命于榛莽而不可得，庸非昔日之乐[33]，为今日之苦也耶？故孟子曰：'天之将降大任于斯人也，必先苦其心志，劳其筋骨，饿其体肤[34]。'赵子曰：'良药苦口利于病，忠言逆耳利于行[35]。'彼之苦，吾之乐；而彼之乐，吾之苦也。吾闻井以甘竭，李以苦存[36]；夫差以酣酒亡，而勾践以尝胆兴[37]，无亦犹是也夫？"

刘子闻而悟之[38]，名其室曰苦斋，作《苦斋记》。

㉜ 跼（jú）跳：慌张的样子。 ㉝ 庸：岂。 ㉞"孟子曰"四句：见《孟子·告子下》。 ㉟"赵子曰"两句：见刘向《说苑·正谏》。原作"孔子曰"，或为作者笔误。 ㊱ 井以甘竭：《庄子·山木》："直木先伐，甘井先竭。"李以苦存：李树因其实苦而得以留存。见《世说新语·雅量》王戎条。 ㊲ 夫差（chāi）：春秋时吴国国君，因沉湎酒色，为勾践所灭。勾践：春秋时越国国君，越为吴所败，勾践卧薪尝胆，教养生聚，最终灭了吴国。 ㊳ 刘子：作者自称。

（严文儒）

贝琼(1314—1378) 明学者。字廷琚,一名阙,字廷臣,崇德(今浙江桐乡)人。元末客游江浙间。明初召修《元史》,官国子助教,与张美和、聂铉齐名,时称“成均三助”。能诗文,诗风平易,尤为著称。著有《清江贝先生文集》《清江贝先生诗集》。

设渔樵对[1]

【题解】

本文假托客人与渔夫、樵夫的对话,深刻揭露了元末的黑暗吏治,指出公卿大夫把国家和人民作为“渔”“樵”的对象,竭泽而渔,赭山而樵,结果是“民日削,国日坏”,最终自己也落个“覆家赤族”的下场。文章讽喻强烈,表现了作者不愿与之同流合污的思想。文中的渔、樵实际上是知识分子中的隐遁者的化身,末段的隐喻歌颂了这类知识分子对国家的作用。

客有出云间[2],涉大江[3],北之京师,遇业渔者偕老樵休于道,意若有得者。因诘之曰:“渔樵末事也,方今明天子侧席求士如不及,盍舍尔渔与樵以图富贵乎?”对曰:“客之谋己则善矣,非吾所处也。今公卿大夫以至齐民[4],贵贱虽不伦[5],其道一也。彼渔于民,吾渔于河;彼樵于国,吾樵于山,吾何异彼哉!且彼大宫室,盛舆马,妇女

① 选自《清江贝先生文集》。 ② 云间:旧松江府的别称,即今上海松江。 ③ 大江:长江。 ④ 齐民:平民百姓。 ⑤ 伦:类。

不蚕而锦绣，子弟不田而粱肉，非民之钓饵、国之斧斤乎？民日削，国日坏，彼犹未已也。小覆家[⑥]，大赤族[⑦]，来者犹弗惩[⑧]，复袭为之。呜呼！国卒不免于樵，民卒不免于渔。今吾薪给于爨[⑨]，未始赭山而樵也[⑩]；鱼给于食，未始绝河而渔也，视彼不廉已乎？一饱之余，息于树，忘吾柯矣[⑪]；濯于流，忘吾筌矣[⑫]，无覆家赤族之忧，所获多矣。吾何易彼哉！"客惭而谢曰："仆之昧于道也，请从若游。"

曰："又有大者焉。渤澥之东[⑬]，其深无极，曰有珠焉，在大鲸之腹，吾渔而有之，可以光六合[⑭]；邓林之西[⑮]，其广万里，曰有材焉，临虎豹之穴，吾伐而取之，可以栋九庙[⑯]。此吾渔樵之所获也大矣，岂苟富贵而蹈祸者同辙哉！"客谢之曰："大矣夫子之志乎，愿终身执御焉[⑰]。"遂录其对。

---

⑥ 覆家：全家覆灭。 ⑦ 赤族：诛灭全族。 ⑧ 弗惩：不引以为戒。 ⑨ 爨(cuàn)：烧火煮饭。 ⑩ 赭(zhě)山：《史记·秦始皇本纪》："皆伐湘山树，赭其山。"意即把山上的树木砍光，使山赤露。 ⑪ 柯：斧柄。 ⑫ 忘吾筌：语出《庄子·外物篇》："荃者所以在鱼，得鱼而忘荃。"荃一作筌。筌，捕鱼用的竹器。一说是各种钓鱼用具的统称。 ⑬ 渤澥：即渤海。⑭ 六合：指天地四方。 ⑮ 邓林：古代神话传说中的树林。语出《山海经·海外北经》。⑯ 栋九庙：意谓作九庙的栋梁。九庙，古时帝王立庙祭祀祖先，祖庙五，亲庙四，共九庙。⑰ 执御：为人驾驭车马，引申为景仰追随。

（严文儒）

土偶对①

【题解】

作者对元末吏治之坏十分愤慨。本文假托与土偶的对话，强烈而深刻地讽刺当时的黑暗吏治，斥责自邑令、郡守直至宰相都不过是“衣冠而土木”，一旦栋焚基圮，大厦倾覆，巢燕穴蚁岂能逃脱毁灭的下场？文章剪裁巧密，笔锋犀利。谋篇似《庄子·人间世》“栎社见梦”及唐柳宗元的《愚溪对》，议论似陆龟蒙的《野庙碑》，却又另有一番风味。

岸海有古祠②，奉捍沙神者，余暇日过之。循其垣，则恶木枓然而鸟鸢噪其颠③；入其户，则毒草茀然而蛇虺蟠乎中④。有屋焉，仆而不支；有像焉，剥而不完。老巫揖而进曰：“是祠阅五百春秋矣，尝能以祸福恐乎人。有疾必祷，水旱必祷，海贾泝涛往来者必祷⑤，神皆答之如响。百谷岁登，无蜚蝗⑥、霜雹、大疫之灾。人既乐业，至者如归，由是剪荆棘而宫室之，或光怪夜见，仿佛金支翠旗自天而降⑦，而日有事于是者麇至⑧。及其废也，咸玩而侮之，神亦不能祸福于人。岂盛衰关于造物者乎⑨？”余曰：“嘻！是土木而衣冠也。昔非神也，而神之者人也；今非弗神也，而人弗之神也，若何

---

① 选自《清江贝先生文集》。 ② 岸海：即海岸边。 ③ 恶木枓(dǒu)然：不成材的杂树弯曲而又枝桠交错的样子。鸢(yuān)：老鹰。 ④ 茀(fú)然：繁密丛生的样子。虺(huǐ)：毒蛇。 ⑤ 海贾：乘海船经商的商人。泝：即“溯”。 ⑥ 蜚：同“飞”。 ⑦ 金支：犹金枝。翠旗：皇帝仪仗中一种用翠鸟羽作装饰的旗子。 ⑧ 麇(jūn)至：成群结队而来。 ⑨ 造物者：指创造万物的上帝。

怪焉?”

是夕宿于祠之旁,有介而弁者见于梦曰[10]:“吾既辱于子,子何毁之过邪?子见吾土木而衣冠也,独不见衣冠而土木乎?小而为邑,邑有令;大而为郡,郡有守。其为祸福甚于神也。罢软者苟禄[11],贪纵者败法[12],非守令而土木与?内附百姓[13],外柔四夷[14],生杀系其喜怒,黜陟繇其向背[15],执天子之柄而位百僚之首,不啻神之魁然而贵者也。出则陈兵而驱,入则复壁而居,目瞽而黑白相混,耳塞而淫雅不殊,非宰相而土木与?吾假丹青之饰而托乎太阴[16],使玩者有时而惧。彼肖天像地,握珠玉,被锦绣[17],且伥伥焉[18],尸居而鬼躁[19],未始见德于人,子奚不以诮吾者诮彼与?万金虽积,不救然脐之祸[20];三窟虽营,岂免排墙之厄[21]?吾恐栋焚而及巢燕,基圮而殃穴蚁[22],其不为吾祠之毁者几希!”余应之曰:“汝之所斥者似矣,而非其实也。昭昭者或愚,皎皎者或污,安知其才足有

---

⑩ 介而弁者:披铠甲、戴头盔的人。 ⑪ 罢(pí)软:软弱无能。 ⑫ 贪纵:贪婪放纵。 ⑬ 附:使亲附。 ⑭ 柔:怀柔。 ⑮ 繇:通“由”。 ⑯ 丹青:泛指颜料。太阴:月亮。 ⑰ 被:通“披”。 ⑱ 伥伥:茫然不知所措。 ⑲ 尸居:比喻无所事事。鬼躁:谓筋骨轻浮软弱。《三国志・魏书・管辂传》注引《辂别传》:“夫邓(飏)之行步,则筋不束骨,脉不制肉,起立倾倚,若无手足,谓之鬼躁。” ⑳ 然脐:燃火于脐。《后汉书・董卓传》载,董卓被吕布杀死后,陈尸于市,“天时始热,卓素充肥,脂流於地,守尸吏然火置卓脐中,光明达曙,如是积日。”然,为“燃”的本字。 ㉑ “三窟”两句:《战国策・齐策四》:“狡兔有三窟,仅得免其死耳。”西晋大名士王衍,官至尚书令、司空、司徒。“衍虽居宰辅之重,不以经国为念,而思自全之计。”派弟弟王澄、族弟王敦分别镇守荆州和青州,说:“卿二人在外,而吾留此,足以为三窟矣。”后来王衍被后赵主石勒所俘虏,石勒“使人夜排墙填杀之”。见《晋书・王衍传》。 ㉒ 基:房基。圮(pǐ):毁坏。

为而时不可为乎?”介者又曰:“胡广历六帝而无称于时[23],一卢怀慎耳[24];张华、裴颜祸至而不图[25],一曹爽兄弟耳[26]。人物不同,而同为土木已!”余无以诘,觉而识其语[27]。将献诸上,惧执政者之不悦也,故厄。

㉓ 胡广:字伯始。东汉安帝时举孝廉,官至太傅。历事安、顺、冲、质、桓、灵六帝。时朝廷衰微,外戚宦官擅政,胡广将顺自保而已。故京城谚语说“万事不理问伯始,天下中庸有胡公。” ㉔ 卢怀慎:唐玄宗开元元年,进任宰相。他自认为才能比不上姚崇,故凡事都推诿不处理,时讥为“伴食宰相”。 ㉕ 张华:西晋大臣,官至司空。强记默识,以博学著名,著有《博物志》,赵王司马伦废贾后,不从被杀。裴颜(wěi):西晋大臣,官至尚书左仆射。通博多闻,兼明医术。以“言谈之林薮”见称于时。与张华同时为司马伦所杀。 ㉖ 曹爽:曹操族孙。魏明帝(曹叡)时为武卫将军。叡死,曹芳继位,曹爽与司马懿并受遗诏辅佐少主。正始初,削夺司马懿实权。正始十年,司马懿乘曹爽随帝谒高平陵之际,发动政变,杀曹爽等。 ㉗ 识(zhì):通“志”,记住。

（严文儒）

苏伯衡（生卒年不详） 明学者。字平仲，别号空同子，金华（今属浙江）人。苏辙之后。官至国子学正。后任处州教授，因事下狱而死。学问渊博，文词蔚赡有法。著有《苏平仲文集》。

空同子瞽说①

【题解】

瞽说，意谓盲人的妄说，这是作者谦虚的说法。文章用问答的形式，从技巧谈到风格，从艺术性谈到思想性，归结为学圣人之道则圣人之言自然可致，大致与韩愈《答李翊书》“仁义之人，其言蔼如”之说相近。其意虽无甚独到之处，但全篇纯由大量比喻组成，作为一篇文论形式却甚为新颖。

尉迟楚好为文②，谒空同子曰：“敢问文有体乎？”曰：“何体之有？《易》有似《诗》者③，《诗》有似《书》者④，《书》有似《礼》者⑤，何体之有？”“有法乎？”曰：“初何法？典谟训诰⑥，国风雅颂⑦，初何法？”“难乎易乎？”曰：“吾将言其难也，则古《诗三百篇》多出于小夫妇人⑧；吾

---

① 选自《苏平仲文集》。《空同子瞽说》共二十八篇，这是第十五篇。 ② 尉（yù）迟楚：作者假设的人名。下文的公乘丘同此。 ③《易》：即《易经》。《诗》：即《诗经》。 ④《书》：即《尚书》。 ⑤《礼》：指《仪礼》、《周礼》和《礼记》。 ⑥ 典谟训诰：指《尚书》的篇章。 ⑦ 国风雅颂：指《诗经》的篇章。 ⑧《诗三百篇》：即《诗经》，《诗经》有三百零五篇。小夫：地位低下的平民男子。

将言其易也，则成一家言者一代不数人[9]。”“宜繁宜简？”曰：“不在繁，不在简，状情写物在辞达。辞达则二三言而非不足，辞未达则千百言而非有馀。”

“宜何如？”曰：“如江河。”“何也？”曰：“有本也。如键之于管[10]，如枢之于户[11]，如将之于三军，如腰领之于衣裳。”“何也？”曰：“有统摄也。如置陈[12]，如构居第[13]，如建国都。”“何也？”曰：“谨布置也。如草木焉，根而干，干而枝，枝而叶而葩[14]。”“何也？”曰：“条理精畅而皆有附丽也[15]。如手足之十二脉焉[16]，各有起，有出，有循，有注，有会。”“何也？”曰：“支分派别而荣卫流通也[17]。如天地焉，包涵六合而不见端倪[18]。”“何也？”曰：“气象沉郁也。如涨海焉[19]，波涛涌而鱼龙张[20]。”“何也？”曰：“浩汗诡怪也[21]。如日月焉，朝夕见而令人喜。”“何也？”曰：“光景常新也。如烟雾舒而云霞布。”“何也？”曰：“动荡而变化也。如风霆流而雨雹集。”“何也？”曰：“神聚而冥会也。如重林，如邃谷[22]。”“何也？”曰：“深远也。如秋空，如寒冰。”“何也？”曰：“洁净也。如太羹[23]，如玄酒[24]。”“何也？”曰：“隽永也。如

---

⑨ 一家言：有创见的言论著作。⑩ 键：门闩，锁簧。管：钥匙。⑪ 枢：门户的转轴。⑫ 置陈：陈同“阵”。布列阵势。⑬ 居第：住宅。⑭ 葩：花。⑮ 附丽：依附。⑯ 十二脉：中医学的经络名称，也称十二经脉，包括手三阴经、手三阳经、足三阴经、足三阳经。下文的起、出、循、注、会是经脉运行由起始到交会的流通情况。⑰ 荣卫：也称“营卫”，是中医学的名称，营主血，卫主气，营卫气血流通，人体就正常了。⑱ 六合：指天地四方。⑲ 涨海：古海名。相当今我国南部的南海以至爪哇海一带。⑳ 张：布列。㉑ 浩汗诡怪：指文章包涵深广，不拘常格。㉒ 邃（suì）：深远。㉓ 太羹：不调和五味的肉汁。㉔ 玄酒：古代称行祭礼时当酒用的水。

濑之旋㉕，如马之奔。""何也？"曰："回复驰骋也㉖。如羊肠㉗，如鸟道㉘。""何也？"曰："萦迂曲折也㉙。如孙、吴之兵㉚。""何也？"曰："奇正相生也㉛。如常山之蛇㉜。""何也？"曰："首尾相应也。如父师之临子弟，如孝子仁人之处亲侧，如元夫硕士端冕而立乎宗庙朝廷㉝。""何也？"曰："端严也，温雅也，正大也。如楚庄王之怒㉞，如杞梁妻之泣㉟，如昆阳城之战㊱，如公孙大娘之舞剑㊲。""何也？"曰："激切也，雄壮也，顿挫也。如菽粟，如布帛，如精金㊳，如美玉，如出水芙蓉。""何也？"曰："有补于世也，不假磨砻雕琢也㊴。"

"将乌乎以及此也㊵？"曰："《易》、《诗》、《书》、三《礼》㊶、《春秋》

㉕ 濑：从沙石上流过的急水。㉖ 回复驰骋：指文气回环，奔驰而下。㉗ 羊肠：指曲折狭小。㉘ 鸟道：鸟通行的路，指险峻难行。㉙ 萦迂曲折：指文字不平铺直叙。㉚ 孙、吴：孙指孙武，春秋时齐国人，著有《孙子兵法》。吴指吴起，战国时卫国人，著有《吴起》四十八篇，已佚。㉛ 奇正相生：古代兵家术语，意思是出奇制胜的打法和常规的打法要交替使用。语见《孙子·势》。㉜ 常山之蛇：《孙子·九地》。"故善用兵，譬如率然。率然者，常山之蛇也，击其首则尾至，击其尾则首至，击其中则首尾俱至。"意谓首尾呼应，前后联系紧密。㉝ 元夫：大人。硕士：品学兼优的人。㉞ 楚庄王：(？—前591)春秋时楚国君。芈姓，名旅(一作吕、侣)。春秋五霸之一。他听说使者为宋人所杀，急欲报仇，立即奔跑出去，以致给他拿鞋的人追到窒息，奉剑的人追到寝门以外，驾车的人追到蒲胥之市才追上。见《左传》宣公十四年。㉟ 杞梁妻之泣：春秋时齐国杞梁随齐庄公攻莒，战死。事见《左传》襄公二十三年。传说其妻哭泣十天，城因而崩塌。㊱ 昆阳城之战：公元23年，绿林军与王莽军队的一次决战，王莽主力被歼，是我国历史上以弱胜强的著名战例。昆阳，今河南叶县北。㊲ 公孙大娘之舞剑：杜甫《观公孙大娘弟子舞剑器行》，说公孙大娘和她的弟子李十二娘都擅长剑器舞，舞姿雄健优美。㊳ 精金：纯金。㊴ 假：借助。砻(lóng)：磨。㊵ 乌乎：怎么样。㊶ 三《礼》：指《仪礼》、《周礼》、《礼记》。

所载，丘明[42]、高[43]、赤所传[44]，孟[45]、荀[46]、老[47]、庄之徒所著[48]，朝焉夕焉，讽焉味焉习焉[49]，斯得之矣。虽然，非力之可为也。圣贤道德之光，积于中而发乎外，故其言不文而文。譬犹天地之化，雨露之润，物之魂魄，以生华萼毛羽[50]，极人力所不能为，孰非自然哉？故学于圣人之道，则圣人之言莫之致而致之矣；学于圣人之言，非惟不得其道，并其所谓言亦且不能至矣。”

尉迟楚出，以告公乘丘曰：“楚之于文也，其犹在山径之间欤？微空同子导吾出也，吾不知大道之恢恢[51]。于是尽心焉，将于文惘焉无难能者矣[52]。”

㊷ 丘明：即左丘明，春秋时鲁国人，相传《春秋左氏传》是他所著。 ㊸ 高：即公羊高，战国时人，著有《春秋公羊传》。 ㊹ 赤：即谷梁赤，战国时鲁国人，著有《春秋谷梁传》。 ㊺ 孟：即孟子。 ㊻ 荀：即荀子。 ㊼ 老：指老子。 ㊽ 庄：即庄子。 ㊾ 味：体会。 ㊿ 华萼：花和花萼。 ⑤① 恢恢：宽广的样子。 ⑤② 惘（xián）：闲适。

（严文儒）

方孝孺(1357—1402)　明文学家。字希直，一字希古，人称正学先生。宁海(今属浙江)人。建文帝时任侍讲学士。燕王朱棣起兵攻入京师(今南京)，命他起草登位诏书，不从，被杀，诛连十族(九族及其学生)。善作文，文风醇深雄迈，词气锋利豪放。著有《逊志斋集》。

与苏先生书[①]

【题解】

明太祖朱元璋数起大狱，诛戮臣僚。洪武十三年(1380)，以专权树党罪兴胡惟庸案，株连蔓引，被诛者达三万余人。宋濂虽贵为太子师傅却不能幸免，一子一孙死于此狱，自己也被贬谪流放而死。作者对老师一家的悲惨遭遇深感悲痛，对后生小子自以为是、妄加议论心怀不平。洪武二十一年(1388)，苏伯衡自京师返乡任处州教授，有意撰写宋濂传记。作者闻说此事，便写了这封信，表达自己喜慰感泣之情。一腔郁勃之气，发之于文，其意悲，其情深，其词激，其气盛。明文大多以流丽新巧见长，但也因此流于纤巧，罕见如此恢宏沈郁之作。

去年得叔度书[②]，已知执事念太史潜溪公之德[③]，欲为论次遗事

---

① 选自《逊志斋集》。苏先生，即苏伯衡，见《空同子瞽说》作者介绍。 ② 叔度：即郑楷，字叔度，号醇翁。宋濂学生，与方孝孺友善，时有书信来往。 ③ 执事：指侍从左右供使令之人。旧时书信中用以称对方，谓不敢直称，故向执事者陈述，表示尊敬。太史潜溪公：指宋濂。见《送陈庭学序》作者介绍。

以传，私心喜慰，继以感泣。旋闻从者校文关中[4]，不知归期何时。而某卧病山中，无由遇括苍路使[5]，欲致一书达所欲言，至今未果。

自古圣贤君子道德言行信于天下者，如孔子、孟子身没而言在者，若无待于人之传。然由门人弗图其传也，后世史官无所凭信，往往剿取异闻怪说[6]，以实其事，或不知其姓字寿年之真。读其书者，至今以为恨。其次若扬雄、王通[7]，俱号一世大儒，咸有所论著，以发其蕴蓄，亦若不待人言而后信矣。然雄以作《美新》媚莽[8]，受訾于世[9]。或者谓非雄所著，殆后人依效而为之。通书称隋唐大臣皆其弟子，识者谓多误妄，疑非出于通之手。若是者使其门人有所述以纪是非之实，宁有纷纷异论哉？惟其当时以为吾师之德行文章自足以传，而有轻视天下之意，故天下之人得持此遗失而议之。呜乎！天地之大，日月之明，无所资于人[10]，而其行度徐疾盈虚之数，犹必俟人纪之而后定。彼以圣贤君子为无待于人之言，不亦大过矣乎？

吾太史公远宗孔孟以为学，高视雄、通而有余，其著书，其制行，其事君行道，固已暴于四方而信于当时，传于蛮夷之国而诵于缙绅，

---

④ 从者：即左右，用意和执事相同，也是敬称。校文：考核文章。此指苏伯衡主持会试事。关中：函谷关以西地区，即今陕西一带。 ⑤ 括苍：古县名，隋置，以境内有括苍山得名，在今浙江丽水东南。时苏伯衡任处州教授，治所在括苍。路使：驿使。 ⑥ 剿（chāo）：抄袭。 ⑦ 扬雄：见《解嘲》作者介绍。王通：字仲淹，隋绛州龙门（今山西河津）人。不见用于朝，退居河、汾之间，授徒自给。有弟子多人，时称“河汾门下”。著有《中说》。 ⑧《美新》：即《剧秦美新》，扬雄撰此文以取媚于王莽。王莽（前45—23），字巨君，汉元帝皇后侄。西汉末，以外戚掌握政权。初始元年（8），代汉称帝，改国号为新。公元8—23年在位。 ⑨ 訾（zǐ）：毁谤非议。 ⑩ 资于人：取资于人，即需要人帮助。

当世虽未有发明之者，亦无害其不朽也决矣。第其末年，遭罹飞语，一子一孙死于祸，而家迁身放，卒于异乡⑪。倘不得有道而能言者，白其本心告之万世，暧昧之谤，人将憾之，非特忠贤受抑于无穷，且俾圣朝有知人未明之损，岂细故哉，宜乎执事有意于图之也。

千载之间，士之蒙诬受诋者何限，远则司马子长以言语被刑⑫，蔡邕以慨叹受戮⑬；近则程叔子有贪黩之谤⑭，涑水公遭奸党之名⑮。其他挤于险诐之人⑯，污于朋党之论，生不得诉冤于朝，殁不得返葬于里者，不可胜计。然其心迹卒光明于后世者，赖有明士端人断以天下之公是非，而不惑于流俗一时之私意。大者辨其诬于史策，小者表阡铭墓以示将来，是以士有就死而不恨，挫抑而愈光，以有人发扬于后也。今执事居与公同乡，学与公同道，于公有师友之义，而公之自朝退休于家也，属望于执事者甚厚。且执事者尝官太史，而以论撰之作为己任，于公之事而不有述焉，何以解后人之疑，正流俗之失，而慰公之神灵于地下哉？

虽然，公之心，不期人之白己也⑰。忠义自信，而且尝为人言，

---

⑪“第其末年”五句：洪武十三年，宋濂长孙宋慎受胡惟庸案牵连，与宋濂次子宋璲一并被诛。朱元璋还欲杀宋濂，因皇后及太子力救获免，全家流放茂州。第二年，宋濂卒于夔州。第，但。 ⑫ 司马子长：即司马迁。 ⑬ 蔡邕：字伯喈，东汉陈留圉（今河南杞县南）人。董卓因专权被诛，他颇有感慨，为王充所捕，死于狱中。蔡邕博学多才，工文，善辞赋，著有《蔡中郎集》。 ⑭ 程叔子：即程颐，程颢弟，字正叔，人称伊川先生，洛阳（今属河南）人。与周敦颐、程颢同为北宋理学的奠基者。宋哲宗时，曾被诬有贪黩行为而罢官削籍。 ⑮ 涑水公：即司马光。 ⑯ 诐（bì）：邪僻。 ⑰ 白己：为自己表白。

事君犹事父与事天也，父不可欺，天不可怨，顺受之而已矣。每论古人遇贬窜而怨诽及为文过于愤激者，深已薄之，以为不达君臣之义，其素所存者如此。及乎临大故，遭大祸，视子孙之死，夷然不少见颜面⑱，窜逐之至，若返其乡，次于江壖⑲，端坐而逝，此其心岂以世之荣辱介意哉！其信乎己者，可以质之幽明而无怍，考诸圣贤而不愧。其于人之谤且誉，若推之以为高也，抑之以为卑也，安之而已矣。身受其患，尚无怨尤，而于事行之白不白也，复何较焉⑳？然而某之有求于执事，而欲图公之传者，非为公计也，为诵公之文，尊公之德，而欲尽知其平生之计也。是则斯文乌可已哉！

自公之亡，天下无师，后生小子自以为高，而议公者多矣。然徐而视之，如蚊蚋之群忽已消，而公固自若。窃亦见其不量力而徒为尔哓哓也㉑。人之贤不肖，固有定论，文章之高下亦然。近时作者渐以稀阔，在东南惟执事及徐教授耳㉒。徐公之文简质典重，有浑然之气。然推赡畅急言极论而不竭者，实惟执事。某往与太史公论斯事，过辱特见许与，而前辈三数公，复从而推奖之。然七八年来痛自摧斥，向时之可，今索然尽矣。人持所业，殊与相见时异，惟以体乎身，见乎事，有补乎圣贤，而传之万世，此鄙陋之志，而亦太史公夙

---

⑱ 夷然不少见颜面：态度平静，很少有不满露于形色。 ⑲ 壖(ruán)：河边地。 ⑳ 较：计较。 ㉑ 哓哓(xiāo)：争辩声。 ㉒ 徐教授：即徐一夔，字大章，天台(今属浙江)人。明初参与撰修礼书，后召修《元史》，不至。署杭州教授，工文，著有《始丰稿》。

（严文儒）

昔期望之意也。执事可无以教我乎？士气日卑，学术日趋于污下，某病废无聊，无足负荷斯事矣。惟执事善自谋，以大宣正学，上报国家，下慰相知者之望。心所欲言者，无逾于此，而当今可告以此言者，惟执事耳，故卒一言之。

蚊　对[①]

【题解】

明初，朱元璋大力惩治贪官污吏，但以种种手段掠夺榨取百姓财物者并不因此绝迹；社会经济有所恢复和发展，而兼并之风重又盛行。作者从儒家“仁政爱民”的观点出发，对这种现象深恶痛绝。本文通过童子的议论，运用形象的比喻，把巧取豪夺、贪赃枉法者与暗地里吮吸人血的蚊子作了对比，指出前者比后者更加残酷，更加虚伪，也更加卑鄙无耻。文笔犀利，讽刺深刻，说理有力，读来印象深刻。

天台生困暑[②]，夜卧絺帷中[③]，童子持翣扬于前[④]，适甚，就睡。久之，童子亦睡，投翣倚床，其音如雷。生惊寤，以为风雨且至也，抱膝而坐。

---

① 选自《逊志斋集》。 ② 天台生：作者的自称。作者家乡宁海县旧属台州府，境内有天台山，所以自称天台生。困暑：为暑热所困苦。 ③ 絺（chī）帷：细葛布做成的帐子。 ④ 翣（shà）：古代仪仗中用的大掌扇。这里指大扇。

俄而耳旁闻有飞鸣声，如歌如诉，如怨如慕，拂肱刺肉[⑤]，扑股噆面[⑥]，毛发尽竖，肌肉欲颤。两手交拍，掌湿如汗，引而嗅之，赤血腥然也。大愕，不知所为。蹴童子[⑦]，呼曰："吾为物所苦，亟起索烛照。"烛至，绨帷尽张[⑧]，蚊数千皆集帷旁，见烛乱散，如蚁如蝇，利嘴饫腹[⑨]，充赤圆红。生骂童子曰："此非噆吾血者耶？皆尔不谨，褰帷而放之入[⑩]！且彼异类也，防之苟至，乌能为人害？"童子拔蒿束之，置火于端，其烟勃郁，左麾右旋，绕床数匝，逐蚊出门。复于生曰："可以寝矣，蚊已去矣。"

生乃拂席将寝，呼天而叹曰："天胡产此微物而毒人乎？"童子闻之，哑尔笑曰："子何待己之太厚，而尤天之太固也。夫覆载之间[⑪]，二气絪缊[⑫]，赋形受质，人物是分。大之为犀象，怪之为蛟龙，暴之为虎豹，驯之为麋鹿与庸狨[⑬]，羽毛而为禽为兽，裸身而为人为虫，莫不皆有所养。虽巨细修短之不同，然寓形于其中，则一也。自我而观之，则人贵而物贱；自天地而观之，果孰贵而孰贱耶？今人乃自贵其贵，号为长雄[⑭]；水陆之物，有生之类，莫不高罗而卑网[⑮]，山贡而海供，蛙黾莫逃其命[⑯]，鸿雁莫匿其踪。其食乎物者，可谓泰矣[⑰]，而物独不可食于人耶？兹夕蚊一举喙[⑱]，即号天而诉之，使物

---

⑤ 拂肱(gōng)：在手臂上掠过。 ⑥ 噆(zǎn)：叮，咬。 ⑦ 蹴(cù)：踢。 ⑧ 张：张开。 ⑨ 饫(yù)：饱。 ⑩ 褰(qiān)：拉开。 ⑪ 覆载：天地的代称。 ⑫ 二气：指阴阳二气。絪缊：中国哲学术语，同"氤氲"。万物由相互作用而变化生长之意。 ⑬ 庸：大牛。狨(róng)：金丝猴。 ⑭ 长雄：称雄。 ⑮ 卑：低。 ⑯ 黾(měng)：蛙的一种。 ⑰ 泰：极。 ⑱ 喙(huì)：嘴。

为人所食者，亦皆呼号告于天，则天之罚人，又当何如耶？且物之食于人，人之食于物，异类也，犹可言也。而蚊且犹畏谨恐惧，白昼不敢露其形，瞰人之不见，乘人之困怠，而后有求焉。今有同类者，啜粟而饮汤，同也；畜妻而育子，同也；衣冠仪貌，无不同者。白昼俨然乘其同类之间而陵之[19]，吮其膏而盬其脑[20]，使其饿踣于草野[21]，离流于道路，呼天之声相接也，而且无恤之者。今子一为蚊所嚌，而寝辄不安；闻同类之相嚌，而若无闻。岂君子先人后身之道耶[22]？”

天台生于是投枕于地，叩心太息[23]，披衣出户，坐以终夕。

---

⑲ 陵：同“凌”，欺压。⑳ 盬(gǔ)：吸饮。㉑ 踣(bó)：跌倒。㉒ 先人后身：先人后己。㉓ 太息：长长叹息。

（严文儒）

薛瑄(1392—1464)　明理学家。字德温,号敬轩,河津(今属山西)人。官至礼部右侍郎兼翰林学士,入阁参预机务。学宗程朱理学,但主张理在气中,修正了朱熹"理在气先"的说法,世称其学为河东学派。工古文,诗冲淡清秀。著有《读书录》《薛文清公集》。

游龙门记[①]

【题解】

龙门,也称"禹门口",在今山西省河津市西北。黄河流经这里,两岸峭壁对峙如门,故名。相传夏禹在此凿山为门疏导洪水,后人在山上建立大禹庙,以示纪念。作者是河津人,对龙门有着细致具体的观察。文中突出夏禹开凿龙门以通黄河的劳绩和后世缅怀夏禹恩泽的敬意,突出龙门的形胜奇险和巧夺天工的建筑,以深情豪气贯穿全文,胸襟开阔,风格清正。文章疏密相间,重点突出;文字简洁,想象丰富,是历代龙门游记中的佳作。

出河津县西郭门[②],西北三十里,抵龙门下。东西皆层峦危峰,横出天汉[③]。大河自西北山峡中来[④],至是,山断河出,两壁俨立相望[⑤]。神禹疏凿之劳[⑥],于此为大。

由东南麓穴岩构木[⑦],浮虚架水为栈道[⑧],盘曲而上。濒河有宽

---

① 选自《敬轩文集》。 ② 郭门:城门。 ③ 天汉:银河。 ④ 大河:黄河。 ⑤ 俨(yǎn)立:整齐地挺立。 ⑥ 神禹:即夏禹。 ⑦ 穴岩:在岩石上凿洞。

平地，可二三亩，多石少土。中有禹庙，宫曰“明德”，制极宏丽[9]。进谒庭下，悚肃思德者久之[10]。庭多青松奇木，根负土石，突走连结，枝叶疏密交荫，皮干苍劲偃蹇[11]，形状毅然，若壮夫离立，相持不相下。宫门西南，一石峰危出半流[12]，步石磴，登绝顶。顶有临思阁，以风高不可木[13]，甃甓为之[14]。倚阁门俯视，大河奔湍，三面触激，石峰疑若摇振。北顾巨峡，丹崖翠壁，生云走雾，开阖晦明[15]，倏忽万变。西则连山宛宛而去[16]。东视大山，巍然与天浮。南望洪涛漫流，石洲沙渚，高原缺岸，烟村雾树，风帆浪舸，渺茫出没，太华[17]、潼关[18]、雍豫诸山[19]，仿佛见之。盖天下之奇观也。

下磴，道石峰东，穿石崖，横立施木，凭空为楼。楼心穴板[20]，上置井床辘轳，悬繘汲河[21]。凭栏槛，凉风飘洒，若列御寇驭气在空中立也[22]。复自水楼北道，出宫后百余步，至石谷，下视窈然[23]。东距山，西临河，谷南北涯相去寻尺[24]，上横老槎为桥[25]，蹐步以渡[26]。谷北二百举武[27]，有小祠，扁曰“后土[28]”。北山陡起，下与河际。遂穷

---

⑧ 浮虚：凌空。栈道：在悬崖陡壁上凿孔架木铺板而成的通道。 ⑨ 制：（建筑物的）规格式样。 ⑩ 悚（sǒng）肃：畏惧而恭敬的样子。 ⑪ 偃蹇（jiǎn）：高傲挺拔的样子。 ⑫ 危出：突出。半流：黄河中流。 ⑬ 木：用木料建筑。 ⑭ 甃甓（zhòu pì）：砖石。 ⑮ 阖（hé）：关。 ⑯ 宛宛：蜿蜒曲折。 ⑰ 太华：即华山，在陕西华阴南。 ⑱ 潼关：关名，在陕西潼关县北，当陕西、山西、河南三省要冲。 ⑲ 雍：古代九州之一，约今陕西、甘肃、青海的一部分。豫：古代九州之一，约今河南省一带。 ⑳ 楼心穴板：在楼板中央挖一个洞。 ㉑ 繘（jú）：井绳。 ㉒ 列御寇：即列子，战国时郑国人。相传他得道成仙，能乘风飞行。驭气：即御风，乘风而行。 ㉓ 窈然：幽深的样子。 ㉔ 寻尺：八尺。 ㉕ 老槎（chá）：老树。 ㉖ 蹐（jí）步：小步。 ㉗ 武：古代以六尺为步，半步为武。 ㉘ 扁：同“匾”。后土：土地神。

祠东，有石龛窿然若大屋[29]，悬石参差，若人形，若鸟翼，若兽吻，若肝肺，若疣赘[30]，若悬鼎，若编磬，若璞未凿，若矿未炉[31]，其状莫穷。悬泉滴石上，锵然有声。龛下石纵横罗列：偃者[32]，侧者，立者；若床，若几，若屏；可席，可凭，可倚。气阴阴，虽甚暑，不知烦燠[33]；但凄神寒肌，不可久处。复自槎桥道由明德宫左，历石梯上。东南山腹有道院，地势与临思阁相高下，亦可以眺河山之胜。遂自石梯下栈道，临流观渡，并东山而归。

时宣德元年丙午[34]，夏五月二十五日。同游者，杨景瑞也。

㉙ 石龛(kān)：安放神像的石室。 ㉚ 疣赘：一种由病毒引起的在皮肤上长出的疙瘩。㉛ 炉：冶炼。 ㉜ 偃：仰卧。 ㉝ 烦燠(yù)：烦闷燥热。 ㉞ 宣德：明宣宗年号。宣德元年，即公元1426年，干支纪年为丙午年。

（严文儒）

程敏政(约1445—约1499)　明学者。字克勤。休宁(今属安徽)人。官至礼部右侍郎。弘治十二年(1499),与李东阳主持会试,因被诬鬻题下狱,出狱后愤恚而死。程敏政学问该博,为一时之冠,文与李东阳齐名。著有《宋遗民录》《篁墩文集》,编有《明文衡》《新安文献志》等。

夜渡两关记[①]

【题解】

文章记述了作者自北京回家省亲,途中两度遇虎的经历,生动逼真地刻划了当时的心理变化,叙述前后照应,文势曲折回会,文字奇恣,又无斧凿痕迹。

予告谒南归[②],以成化戊戌冬十月十六日过大枪岭[③],抵大柳树驿[④]。时日过午矣,不欲但已。问驿吏,吏绐言:"须晚尚可及滁州也[⑤]。"上马行三十里,稍稍闻从者言:"前有清流关[⑥],颇险恶多虎。"心识之[⑦]。

抵关,已昏黑,退无所止,即遣人驱山下邮卒[⑧],挟铜钲束燎以

---

① 选自《篁墩文集》。② 告谒:请假。③ 成化:明宪宗年号。戊戌是成化十四年,即公元1478年。大枪岭:在今安徽滁县西。④ 大柳树驿:在今安徽滁县西北。⑤ 绐(dài):欺骗。⑥ 清流关:在今安徽滁县西北,五代时南唐在此设关据守。⑦ 识(zhì):记住。⑧ 邮卒:驿站里的小卒。

行[9]。山口两峰夹峙，高数百寻[10]，仰视不极。石栈岖崟[11]，悉下马，累肩而上[12]。仍相约，有警即前后呼噪为应。适有大星，光煜煜自东西流。寒风暴起，束燎皆灭；四山草木，萧飒有声。由是人人自危，相呼噪不已，铜钲哄发，山谷响动。行六七里，及山顶，忽见月出如烂银盘，照耀无际，始举手相庆。然下山犹心悸不能定者久之。予默计此关，乃赵点检破南唐擒其二将处[13]。兹游虽险而奇，当为平生绝冠[14]。夜二鼓，抵滁阳[15]。

十七日午，过全椒[16]，趋和州[17]。自幸脱险即夷[18]，无复置虑。行四十里，渡后河[19]，见面山隐隐[20]，问从者，云："当陟此，乃至和州香林院[21]。"已而日冉冉过峰后，马入山嘴，峦岫回会[22]，桑田秩秩，凡数村，俨若武陵、仇池[23]，方以为喜。既暮，入益深，山益多，草木塞道，杳不知其所穷，始大骇汗。过野庙，遇老叟，问："此为何山？"曰："古昭关也[24]，去香林尚三十余里，宜急行。"前山有火起者，乃烈原

---

⑨ 铜钲(zhēng)：古代的一种铜制行军乐器。束燎：火把。 ⑩ 寻：一寻八尺。 ⑪ 岖崟(yín)：崎岖险峻的样子。 ⑫ 累肩：山道陡峭，前边的人好像在后边人的肩上。 ⑬ 赵点检：即宋太祖赵匡胤。他在后周时曾任殿前都点检。后周世宗显德三年(956)，奉命攻打南唐清流关，守将姚凤、皇甫晖兵败而逃，赵匡胤在滁州城下将他们两人擒获。 ⑭ 绝冠：绝无仅有。 ⑮ 滁阳：即滁州，因在滁水之阳，故又称滁阳。 ⑯ 全椒：今安徽全椒县。 ⑰ 和州：今安徽和县。 ⑱ 夷：平安。 ⑲ 后河：河名，在今安徽和县北。 ⑳ 面山：迎面的山峰。 ㉑ 香林院：在和县西北。其地有香泉，浴之可治疥。 ㉒ 峦岫(xiù)：山峰。 ㉓ 武陵：在今湖南常德地区。陶渊明《桃花源记》所写的桃花源就在这里。仇池：山名，在今甘肃成县西。仇池山四面陡峭，极难攀登，人迹罕至。这里用武陵、仇池比喻与世人隔绝的仙境。 ㉔ 昭关：在今安徽含山西北，因山为关，是春秋时楚国和吴国的界关。

以驱虎也[25]。时铜钲、束燎皆不及备。傍山涉涧，怪石如林，马为之辟易[26]。众以为伏虎，却顾反走[27]，颠仆枕藉[28]，呼声甚微，虽强之大噪，不能也。良久乃起，复循岭以行，谛视崖堑，深不可测。涧水潺潺，与风疾徐。仰见星斗满天，自分恐不可免[29]。且念伍员昔尝厄于此关[30]，岂恶地固应尔耶？尽二鼓，抵香林，灯下恍然自失，如更生者[31]。

噫！予以离亲之久，诸所弗计[32]，冒险夜行，渡二关，犯虎穴，虽濒危而幸免焉，其亦可谓不审也已[33]。谨志之[34]，以为后戒。

㉕ 烈原：烧山。㉖ 辟易：退避。㉗ 却顾反走：回头看着朝来路跑。㉘ 颠仆枕藉：摔倒而互相挤压在一起。㉙ 自分：自己估计。㉚ 伍员：字子胥（？—前484），春秋时吴国大夫。楚国大夫伍奢次子，楚平王杀伍奢，伍员出逃，行至昭关，楚国昭关守吏搜捕甚紧，他后以计逃至吴国。㉛ 更生：重新获得生命。㉜ 弗计：不考虑。㉝ 不审：不够谨慎。㉞ 志：记。

（严文儒）

马中锡(约 1446—约 1512)　字天禄,号东田,故城(今属河北)人。官至左都御史。统兵镇压刘六、刘七起义,招抚诱降未成,被以纵贼论罪,死于狱中。能诗文,散文横逸奇崛。著有《东田文集》。

中山狼传①

【题解】

这是一个根据古代传说改编的长篇寓言故事。叙述东郭先生不惜触犯权贵而营救走投无路的狼,却险些被狼吃掉的故事,以提醒人们不可对狼一样的恶人讲仁慈。此文拟狼为人,或许是有所指的。一说是为讽刺李梦阳而作。当时李梦阳因得罪宦官刘瑾而下狱,他托请刘瑾同乡康海营救。经康海说情,李梦阳获释。后刘瑾伏诛,康海也被指为刘瑾党羽而削职为民,此时李梦阳不发一言以救康海。康海也曾把此文改编为杂剧《中山狼》。但也有人认为这是好事者附会,而疑其别有所指。究竟是指何人,今已不可考。此文幽默风趣,曲折生动,熟用典故,读来辞意隽永,耐人咀嚼,是明代散文中的佳作。

赵简子大猎于中山②,虞人导前③,鹰犬罗后。捷禽鸷兽,应弦而倒者不可胜数。有狼当道,人立而啼。简子垂手登车,援乌号之弓④,挟肃慎之矢⑤,一发饮羽,狼失声而逋。简子怒,驱车逐之。惊

---

① 选自《东田文集》。 ② 赵简子:名鞅,春秋末年晋国大夫,是当时晋国的执政者。"简"是谥号。中山:地名,在今河北定县一带。 ③ 虞人:古代主管山泽、苑囿、田猎的官。 ④ 乌号:古代良弓名。 ⑤ 肃慎:古代东北地区的一个民族,善造箭。

尘蔽天，足音鸣雷，十里之外，不辨人马。

时墨者东郭先生将北适中山以干仕⑥，策蹇驴，囊图书，夙行失道，望尘惊悸。狼奄至，引首顾曰："先生岂有志于济物哉？昔毛宝放龟而得渡⑦，随侯救蛇而获珠⑧，龟蛇固弗灵于狼也。今日之事，何不使我得早处囊中以苟延残喘乎？异时倘得脱颖而出，先生之恩，生死而肉骨也⑨，敢不努力以效龟蛇之诚！"

先生曰："嘻！私汝狼以犯世卿，忤权贵，祸且不测，敢望报乎？然墨之道，兼爱为本，吾终当有以活汝。脱有祸⑩，固所不辞也。"乃出图书，空囊橐⑪，徐徐焉实狼其中，前虞跋胡，后恐疐尾⑫，三纳之而未克。徘徊容与，追者益近。狼请曰："事急矣，先生果将揖逊救焚溺，而鸣鸾避寇盗耶，惟先生速图！"乃跼蹐四足⑬，引绳而束缚之，下首至尾，曲脊掩胡，猬缩蠖屈，蛇盘龟息，以听命先生。先生如其指，内狼于囊⑭，遂括囊口，肩举驴上，引避道左，以待赵人之过。

已而简子至，求狼弗得，盛怒，拔剑斩辕端示先生，骂曰："敢讳狼方向者，有如此辕！"先生伏踬就地⑮，匍匐以进，跽而言曰⑯："鄙

⑥ 墨者：信仰墨家学说的人。干仕：谋求官职。 ⑦ 毛宝：东晋人，官至豫州刺史。相传他曾将一只白龟在江中放生，后来兵败投江逃命时，被这只白龟救起，驮到对岸。事见《搜神记》。 ⑧ 随侯：春秋时随国的国君。相传他曾救治一条受伤的大蛇，后来此蛇从江中衔了一颗大珠来报答他。事见《淮南子·览冥训》。 ⑨ 生死而肉骨：使死者复生，使枯骨长肉。 ⑩ 脱：通"倘"，或许。 ⑪ 囊橐(tuó)：口袋。 ⑫"前虞"两句：前面担心踩着狼颔下的垂肉，后面恐怕压着狼的尾巴。疐(zhì)，同"踬"，跌倒，此为压迫的意思。 ⑬ 跼蹐(jú jí)：蜷曲。 ⑭ 内：同"纳"。 ⑮ 伏踬(zhì)：趴下。踬，倒地。 ⑯ 跽(jì)：跪。

人不慧，将有志于世，奔走遐方，自迷正途，又安能发狼踪以指示夫子之鹰犬也？然尝闻之，'大道以多歧亡羊⑰'。夫羊，一童子可制之，如是其驯也，尚以多歧而亡；狼非羊比，而中山之歧可以亡羊者何限？乃区区循大道以求之，不几于守株缘木乎⑱？况田猎，虞人之所事也，君请问诸皮冠⑲，行道之人何罪哉？且鄙人虽愚，独不知夫狼乎？性贪而狠，党豺为虐，君能除之，固当窥左足以效微劳⑳，又肯讳之而不言哉？"简子默然，回车就道，先生亦驱驴兼程前进。

良久，羽旄之影渐没，车马之音不闻。狼度简子之去已远，而作声囊中曰："先生可留意矣。出我囊，解我缚，拔矢我臂，我将逝矣。"先生举手出狼，狼咆哮谓先生曰："适为虞人逐，其来甚速，幸先生生我。我馁甚，馁不得食，亦终必亡而已。与其饥死道路，为群兽食，毋宁毙于虞人，以俎豆于贵家㉑。先生既墨者，摩顶放踵㉒，思一利天下，又何吝一躯啖我而全微命乎？"遂鼓吻奋爪，以向先生。

先生仓卒以手搏之，且搏且却，引蔽驴后，便旋而走，狼终不得有加于先生，先生亦竭力拒，彼此俱倦，隔驴喘息。先生曰："狼负我，狼负我！"狼曰："吾非固欲负汝，天生汝辈，固需我辈食也。"相持既久，日晷渐移㉓。先生窃念天色向晚，狼复群至，吾死矣夫！因绐

---

⑰"大道"句：大路上岔道很多，所以羊容易走失。语见《列子·说符》。⑱守株缘木：守株待兔，缘木求鱼。⑲皮冠：皮帽，古代打猎时所戴。有人问孟子："国君用什么召唤虞人？"答："用皮冠。"见《孟子·万章下》。这里即以皮冠代指虞人。⑳窥：同"跬"，半步。此用作动词。㉑俎(zǔ)豆：都是古代盛放祭品的器皿，这里借指祭品。㉒摩顶放(fǎng)踵：从头顶到脚跟都摩伤了。放：至。语出《孟子·尽心上》。㉓日晷(guǐ)：日影。

狼曰："民俗，事疑必询三老。第行矣，求三老而问之。苟谓我当食，即食；不可，即已。"狼大喜，即与偕行。

逾时，道无人行。狼馋甚，望老木僵立路侧，谓先生曰："可问是老。"先生曰："草木无知，叩焉何益？"狼曰："第问之，彼当有言矣。"先生不得已，揖老木，具述始末，问曰："若然，狼当食我耶？"木中轰轰有声，谓先生曰："我杏也，往年老圃种我时，费一核耳，逾年华㉔，再逾年实，三年拱把，十年合抱，至于今二十年矣。老圃食我，老圃之妻子食我。外至宾客，下至奴仆，皆食我。又复鬻实于市以规利㉕。我其有功于老圃甚巨。今老矣，不得敛华就实，贾老圃怒㉖，伐我条枚㉗，芟我枝叶，且将售我工师之肆取直焉㉘。噫！樗朽之材，桑榆之景，求免于斧钺之诛而不可得。汝何德于狼，乃觊免乎？是固当食汝。"言下，狼复鼓吻奋爪，以向先生。先生曰："狼爽盟矣㉙。矢询三老㉚，今值一杏，何遽见迫耶？"复与偕行。

狼愈急，望见老牸曝日败垣中㉛，谓先生曰："可问是老。"先生曰："向者草木无知，谬言害事。今牛，禽兽耳，更何问焉？"狼曰："第问之，不问将咥汝㉜。"先生不得已，揖老牸，再述始末以问。牛皱眉瞪目，舐鼻张口，向先生曰："老杏之言不谬矣。老牸茧栗少年时㉝，

㉔ 华：同"花"。㉕ 规利：谋求财利。㉖ 贾(gǔ)：招致，引起。㉗ 条枚：树枝和树干。㉘ 工师之肆：工匠的作坊。直：同"值"，价钱。㉙ 爽盟：失约。㉚ 矢：同"誓"。㉛ 牸(zì)：泛称雌的牲畜，这里指母牛。㉜ 咥(dié)：咬。㉝ 茧栗：指牛角初生时，像蚕茧和栗子一样小。

筋力颇健，老农卖一刀以易我，使我贰群牛，事南亩。既壮，群牛日以老惫，凡事我都之：彼将驰驱，我伏田车，择便途以急奔趋；彼将躬耕，我脱辐衡，走郊坰以辟榛荆㉞。老农视我犹左右手。衣食仰我而给，婚姻仰我而毕，赋税仰我而输，仓庾仰我而实㉟。我亦自谅可得帷席之蔽如马狗也。往年家储无儋石㊱，今麦收多十斛矣；往年穷居无顾藉，今掉臂行村社矣；往年尘卮罂㊲，涸唇吻，盛酒瓦盆半生未接，今醞黍稷，据尊罍㊳，骄妻妾矣；往年衣短褐，侣木石，手不知揖，心不知学，今持《兔园册》㊴，戴笠子，腰韦带㊵，衣宽博矣。一丝一粟，皆我力也。顾欺我老弱，逐我郊野。酸风射眸，寒日吊影，瘦骨如山，老泪如雨。涎垂而不可收，足挛而不可举，皮毛俱亡，疮痍未瘥。老农之妻妒且悍，朝夕进说曰：'牛之一身无废物也。肉可脯，皮可鞟，骨角且切磋为器。'指大儿曰：'汝受业庖丁之门有年矣，胡不砺刃于硎以待？'迹是观之，是将不利于我，我不知死所矣。夫我有功，彼无情乃若是，行将蒙祸。汝何德于狼，觊幸免乎？"言下，狼又鼓吻奋爪，以向先生。先生曰："毋欲速。"

遥望老子杖藜而来，须眉皓然，衣冠闲雅，盖有道者也。先生且喜且愕，舍狼而前，拜跪啼泣，致辞曰："乞丈人一言而生㊶。"丈人问

㉞ 坰（jiōng）：郊野。 ㉟ 仓庾：粮仓。 ㊱ 儋（dàn）石：两担，形容米粟为数不多。 ㊲ 卮（zhī）罂：古代盛酒浆的两种器皿。尘卮罂：卮罂上积满了灰尘。 ㊳ 尊罍（léi）：古代的两种酒器。 ㊴《兔园册》：指旧时村塾中儿童所用的浅近启蒙课本。传说唐代虞世南所编，五代时流行于民间。 ㊵ 韦带：熟牛皮带。 ㊶ 丈人：老人。

故，先生曰："是狼为虞人所窘，求救于我，我实生之。今反欲咥我，力求不免，我又当死之。欲少延于片时，誓定是于三老。初逢老杏，强我问之，草木无知，几杀我；次逢老牸，强我问之，禽兽无知，又几杀我。今逢丈人，岂天之未丧斯文也！敢乞一言而生。"因顿首杖下，俯伏听命。丈人闻之，欷歔再三，以杖叩狼曰："汝误矣。夫人有恩而背之，不祥莫大焉。儒谓受人恩而不忍背者，其为子必孝，又谓虎狼知父子。今汝背恩如是，则并父子亦无矣。"乃厉声曰："狼速去！不然，将杖杀汝。"

狼曰："丈人知其一，未知其二，请诉之，愿丈人垂听。初，先生救我时，束缚我足，闭我囊中，压以诗书，我鞠躬不敢息，又蔓词以说简子，其意盖将死我于囊而独窃其利也。是安可不咥？"丈人顾先生曰："果如是，是羿亦有罪焉[42]。"先生不平，具状其囊狼怜惜之意。狼亦巧辩不已以求胜。丈人曰："是皆不足以执信也。试再囊之，吾观其状果困苦否。"狼欣然从之，伸足先生。先生复缚置囊中，肩举驴上，而狼未之知也。丈人附耳谓先生曰："有匕首否？"先生曰："有。"于是出匕。丈人目先生使引匕刺狼。先生曰："不害狼乎？"丈人笑曰："禽兽负恩如是，而犹不忍杀，子固仁者，然愚亦甚矣。从井以救人[43]，解衣

---

[42]"是羿"句：羿，古代传说中善射的人。相传逢(páng)蒙向他学射箭，学会后就把羿射死了。孟子谈到这件事时认为羿不能识人，也有错误。语出《孟子·离娄下》。[43]从井以救人：意为君子可以想办法去救掉在井里的人，但自己不能也跟着跳下井去。语出《论语·雍也》。

以活友[44]，于彼计则得，其如就死地何！先生其此类乎！仁陷于愚，固君子之所不与也。"言已大笑，先生亦笑。遂举手助先生操刃共殪狼[45]，弃道上而去。

㊹ 解衣以活友：战国时羊角哀与左伯桃是好朋友，同往楚国，途遇风雪，衣服单薄，左伯桃把自己的衣服给羊角哀穿，自己却被冻死。事见《烈士传》。㊺ 殪(yì)：杀死。

（严文儒）

邵宝(1460—1527)　明文学家。字国贤,无锡(今属江苏)人,成化进士,官至户部左侍郎。邵宝出李东阳之门,诗文都有较高的造诣,《明史·儒林传》称其诗文典重和雅,士大夫皆慕之。《四库全书总目》称"其文边幅少狭,而高简有法,要无愧于醇正之目"。著有《容春堂前集》《容春堂后集》《泉斋勿药集》等。

赠太史罗先生序[1]

【题解】

罗太史,名玘,字景鸣,江西南城人。与邵宝同出李东阳之门,后来官至南京吏部侍郎。本文旨在讽劝罗玘以正道立名,但却借托罗口说出必由正道之故。文中以路引道,以"迂""险"两字,兴起波澜,抒发议论。中间一段,瞻望即将经由的中原途程,连写十"将",无所不有,古气磅礴,令人胸襟开阔,以此为铺垫,也就更突出了作序的正意。

太史南城罗公以疾在告[2],既愈而将北上也,予适视学[3],自建昌之宜黄[4],道于其里,因预为公饯。公二从子城、里以诸生侍[5]。公起如内,予问二生公道所由。城曰:"由浙。浙之道坦,然而迂,迂不胜坦,其将由之。"里曰:"由江。江之道疾,然而险,险不当疾,其将由之。"既而公出,予以问公。公曰:"彼意之耳。斯二道者吾皆不

---

① 选自《容春堂前集》。② 南城:今属江西。太史:明清称翰林院官员为太史,罗玘当时为编修官。③ 视学:当时作者任江西提学副使。④ 建昌:府治在今江西南城县。宜黄:与南城相邻的县。⑤ 从子:侄儿。诸生:已入学的生员,即秀才。

由也。夫浙之道坦矣，而迂，吾尝由之，迂非吾所恶也。江之道疾矣，而险，吾尝由之，险非吾所恶也。然而今之行，顾皆不由焉。吾将由鄱阳出安庆，渡江而北，道楚、陈、宋、鲁、齐、赵⑥，以至于京师。

"盖为道者三千余里。计其所经：济、淮、河、沁⑦，吾将济焉；嵩、衡、恒、岱，吾将望焉⑧；其历代帝王之都，圣贤之里，神灵英杰之祠墓，吾将谒焉；其残碑断碣，倚壁而卧庭者，吾将读焉；其平原沃野，为古井田，吾将考焉；其名城望邑，为古封建，吾将览焉；其高岩绝壁，为古关隘，吾将徵焉⑨；其大陵崇丘，为古盟会之坛，其长坂广谷，为古战斗之场，吾又将吊焉赋焉。闻者采之，睹者图之，可献则献，可录则录。行焉而观，观焉而学，学焉而资。吾用不徒然也⑩。

"昔者吴季札之聘⑪，汉司马子长之游，于今为胜，称之不衰，吾尝壮之。顷虽西走关、陕，东涉嬴、博⑫，南经婺、越⑬，北抵并、冀⑭，足迹半天下，而独遗中原。譬之语道者遗孔、孟，谈功者遗禹、皋⑮，论世者遗唐、虞、三代，君子不谓之知也。吾于是憾焉。故虽迂于浙，险于江，吾必由之。吾且老矣，舍是不由，其将焉待哉？"

---

⑥ 楚：指今湖北一带。陈：指今河南东部淮阳一带。宋：指今河南东部商丘一带（包括邻近的山东、江苏、安徽的边界地区）。鲁：指今山东西南部曲阜一带。齐：指今山东北部。赵：指今山西中部和河北西南部。 ⑦ 沁：沁河，在今山西省东南部。 ⑧ 望：祭山神。 ⑨ 徵：考求。 ⑩ 用：因此。 ⑪ 季札：春秋时吴国公子，曾行聘礼于鲁。 ⑫ 嬴、博：春秋时齐国的两个邑名，嬴故城在今山东莱芜西北，博故城在今山东泰安东南。 ⑬ 婺：指今浙江金华一带。 ⑭ 并：约指今山西中部和北部。 ⑮ 皋：皋陶（yáo），相传是舜、禹时代掌刑法的官。

予闻而笑曰："公之于世诚熟矣。奇以为文，危以为行，四十始仕，仕十有六年尚未徙官，吾固知公之不畏夫迂与险也。虽然，中原之道，天下之达道也，其所经诚有如公言者。公归天子所，进备顾问，退而代言，且执笔书天下事，君之职也。有所不对，对必以大；有所不制，制必以正；有所不纪，纪必以直。直也、正也、大也，天下之达道也，其为公之中原也大矣，而是行不能无资焉⑯。虽迂且险，公亦何慊哉⑰？因问道，而得赠公之说。二生者识之，吾将徵公焉。"

---

⑯ 资：资助。这句意谓，这次中原之行，将有助于你建立正确的处世态度。⑰ 慊(qiàn)：憾，恨。

（王　铁）

唐寅(1470—1523) 明画家,诗人。字伯虎,一字子畏,号六如居士、桃花庵主等,吴县(今属江苏)人。乡试第一,会试时因牵涉科场舞弊案而被革黜。遂游名山大川,以卖画为生。长于山水画,兼精人物。能诗文,文以六朝为宗,诗风一生数变,晚年不拘成格。著有《六如居士全集》。

惜梅赋[①]

【题解】

本文借惜梅、赞梅,暗寓自怜、自叹,怀才不遇和孤芳自赏两种感觉交织在一起,感情真挚,文笔流畅,是明人小品中的佳作。

县庭有梅株焉,吾不知植于何时。荫一亩其疏疏[②],香数里其披披[③],侵小雪而更繁,得胧月而益奇。然生不得其地,俗物混其幽姿,前胥吏之纷挐[④],后囚系之嘤咿[⑤]。虽物性之自适,揆人意而非宜[⑥]。既不得荐嘉实于商鼎[⑦],效微劳于魏师[⑧];又不得托孤根于竹

---

① 选自《六如居士全集》。 ② 疏疏:稀疏。 ③ 披披:飘动貌。 ④ 胥吏:官府中的小吏。纷挐:混乱貌。 ⑤ 囚系:指囚犯。嘤咿:呻吟之声。 ⑥ 揆:揣度。 ⑦ 嘉实:指梅子,古代用之作调味品。鼎是古代一种烹饪器,食物可以在其中调味。商王武丁任命傅说为相,说:如果调制适口的羹汤,你就是咸盐和酸梅。见《尚书·说命下》。 ⑧ 效微劳于魏师:指望梅止渴之事。《世说新语·假谲》:魏武(曹操)行役,失汲道,军皆渴,乃令曰:“前有大梅林,饶子,甘酸可以解渴。”士卒闻之,口皆出水,乘此得及前源。

间，遂野性于水涯。怅驿使之未逢[⑨]，惊羌笛之频吹[⑩]；恐飘零之易及，虽清绝而安施。客犹以为妨贤也，而讽余以伐之。嗟夫！吾闻幽兰之美瑞，乃以当户而见夷，兹昔人所短顾，仁者之不为。吾迁数步之行，而假以一席之地，对寒艳而把酒，嗅清香而赋诗，可也。

---

⑨ 驿使：古代传递公文之人，也指信使。《荆州记》载陆凯自江南以梅花一枝寄长安与范晔，赠以诗曰："折梅逢驿使，寄与陇头人。江南何所有，聊赠一枝春。" ⑩ 羌笛：古乐器，原出我国西北的古羌族。笛曲有《梅花落》。刘禹锡诗有"塞北梅花羌笛吹"之句。

（严文儒）

王守仁(1472—1528)　明思想家、文学家。字伯安,世称阳明先生,余姚(今属浙江)人。武宗正德初,因上疏弹劾宦官刘瑾,被贬为贵州龙场驿丞。后官至南京兵部尚书,封新建伯。卒谥文成。他发展了陆九渊的学说,主张用反求内心的修养方法,提倡"知行合一"之说,以对抗程朱学派,为心学集大成者。著有《王文成公全书》。

瘗旅文①

【题解】

本文作于正德四年(1509),作者谪居贵州龙场驿的第三年。当时有吏目主仆三人来自京师,倒毙于龙场驿。面对眼前惨状,作者悲不自胜,在为他们收尸埋葬后,写了这篇悲恻动人的祭文。作为同病相怜之人,作者通过对这三人客死异乡的哀悼,曲折地宣泄了对阉党的愤恨和自己内心的凄苦哀伤之情。文章明白畅达,委婉情深,是一篇情文并茂的佳作。

维正德四年秋月三日,有吏目云自京来者②,不知其名氏,携一子一仆,将之任,过龙场③,投宿土苗家④。予从篱落间望见之,阴雨昏黑,欲就问讯北来事,不果。明早,遣人觇之⑤,已行矣。薄午⑥,

---

① 选自《阳明先生集要·文章篇》。瘗(yì):埋葬。旅:旅居在外的人。② 吏目:官名,明代在知州下设吏目,掌出纳文书,或分领州事。③ 之任:赴任。龙场:指龙场驿,在今贵州修文境内。④ 土苗:当地的苗族居民。⑤ 觇(zhān):察看。⑥ 薄:接近。

有人自蜈蚣坡来，云："一老人死坡下，傍两人哭之哀。"予曰："此必吏目死矣，伤哉！"薄暮，复有人来，云："坡下死者二人，傍一人坐叹。"询其状，则其子又死矣。明早，复有人来，云："见坡下积尸三焉。"则其仆又死矣。呜呼伤哉！

念其暴骨无主，将二童子持畚锸往瘗之⑦，二童子有难色然。予曰："嘻！吾与尔犹彼也。"二童闵然涕下⑧，请往。就其傍山麓为三坎⑨，埋之。又以只鸡、饭三盂，嗟吁涕洟而告之曰⑩：

呜呼伤哉！繄何人⑪，繄何人！吾龙场驿丞余姚王守仁也。吾与尔皆中土之产⑫，吾不知尔郡邑，尔乌为乎来为兹山之鬼乎⑬？古者重去其乡⑭，游宦不逾千里。吾以窜逐而来此，宜也。尔亦何辜乎？闻尔官吏目耳，俸不能五斗，尔率妻子躬耕可有也，乌为乎以五斗而易尔七尺之躯？又不足，而益以尔子与仆乎？

呜呼伤哉！尔诚恋兹五斗而来，则宜欣然就道，乌为乎吾昨望见尔容蹙然⑮，盖不任其忧者。夫冲冒雾露，扳援崖壁，行万峰之顶，饥渴劳顿，筋骨疲惫，而又瘴疠侵其外，忧郁攻其中，其能以无死乎？吾固知尔之必死，然不谓若是其速⑯，又不谓尔子尔仆亦遽尔奄忽也⑰！皆尔自取，谓之何哉！吾念尔三骨之无依而来瘗尔，乃使吾有无穷之怆也。

---

⑦ 畚(běn)：畚箕。锸(chā)：铁锹。 ⑧ 闵然：感伤的样子。 ⑨ 坎：坑穴。 ⑩ 洟：流鼻涕。 ⑪ 繄(yī)：发语词。 ⑫ 中土之产：生长在内地。 ⑬ 乌为乎：为什么。 ⑭ 重：难，不轻易。去：离开。 ⑮ 蹙然：愁眉苦脸的样子。 ⑯ 不谓：没想到。 ⑰ 奄忽：死亡。

呜呼伤哉！纵不尔瘗，幽崖之狐成群，阴壑之虺如车轮[18]，亦必能葬尔于腹，不致久暴露尔。尔既已无知，然吾何能为心乎？自吾去父母乡国而来此三年矣，历瘴毒而苟能自全，以吾未尝一日之戚戚也，今悲伤若此，是吾为尔者重，而自为者轻也，吾不宜复为尔悲矣。

吾为尔歌，尔听之。歌曰：连峰际天兮飞鸟不通[19]，游子怀乡兮莫知西东。莫知西东兮维天则同[20]，异域殊方兮环海之中[21]。达观随寓兮奚必予宫[22]，魂兮魂兮无悲以恫[23]！

又歌以慰之曰：与尔皆乡土之离兮，蛮之人言语不相知兮，性命不可期！吾苟死于兹兮，率尔子仆来从予兮，吾与尔遨以嬉兮。骖紫彪而乘文螭兮[24]，登望故乡而嘘唏兮。吾苟获生归兮，尔子尔仆尚尔随兮，无以无侣悲兮！道旁之冢累累兮，多中土之流离兮，相与呼啸而徘徊兮。餐风饮露，无尔饥兮。朝友麋鹿，暮猿与栖兮。尔安尔居兮，无为厉于兹墟兮[25]！

---

⑱ 虺(huǐ)：毒蛇。⑲ 际天：接近天际。⑳ 维：同"惟"，只有的意思。㉑ 异域殊方：指边远地区。㉒ 随寓：随处为家。宫：房屋。㉓ 恫(tōng)：痛。㉔ 骖：古代一车驾三匹马叫骖，这里意为驾驭。彪：小虎。文螭(chī)：古代传说中的一种没有角的彩色龙。㉕ 厉：这里指恶鬼为害。墟：村落。

（严文儒）

何景明(1483—1521)　明文学家。字仲默，号大复山人，信阳(今属河南)人。官至陕西提学副使。为明代前七子之一，倡导文学复古运动，对明中叶以后的诗文风气有较大影响。著有《大复集》。

上许太宰书[①]

【题解】

这篇文章写于明武宗正德元年(1506)。当时宦官刘瑾掌司礼监，执掌特务机构东厂、西厂，总揽朝政。作者生性正直，不畏权阉，出于忧国忧政之心，毅然写信给吏部尚书许进，劝告许进坚持正义，不要以一己私利而屈从于阉官的淫威，表现了作者疾恶如仇的思想。文章语词激烈犀利，态度光明磊落，充满凛然正气。

中书舍人何某顿首[②]上书冢宰许公下执事[③]。某诚至愚，窃见明公自入吏部，所推进者皆崇饰名节[④]、砥砺廉耻之士，清议攸与[⑤]，群望景附[⑥]，乡鄙末进[⑦]，实亦私抃[⑧]。

---

① 选自《大复集》。 ② 中书舍人：在朝廷内阁掌书写机密文书的官职。顿首：叩头，古代九拜之一，后通用于书信的首尾。 ③ 冢宰：官名。在《周礼》为辅佐天子之官。后世因以冢宰为宰相之称。许公：即许进，字季升，灵宝(今属河南)人。明武宗正德元年任吏部尚书，应召陈时政八事，抨击宦官专横之弊。执事：原指左右侍从之人，后用于书信中是表示对对方的尊敬。 ④ 崇饰名节：崇尚声名节操。 ⑤ 清议：清正的舆论。攸与：所与，即拥护、赞扬。 ⑥ 景附：景同“影”。意谓如影子随着身体。 ⑦ 乡鄙末进：乡村鄙野的后进之士，这里是作者谦称。 ⑧ 私抃(biàn)：私下拍手。

乃者主上幼冲[9]，权阉在内[10]，天纪错易[11]，举动大缪。究人事，考变异，未有甚于此时者也。然而上下之臣，未见有秉德明恤[12]、仗义伏节者[13]。某虽寡昧，谅明公之所必忧也。夫国有人曰实，无曰虚，以今日观之，虽谓之虚可也。其所以系大小之望，致虚实之原，实惟明公之责，是明公虽欲无忧，不可得也。

顷者闻权阉多干明公之正者[14]，议者难之，或谓宜少自贬以为容。夫自贬以为容者，患失者之所为也，孰谓明公表帅百僚[15]、坚立万仞者[16]，而为此乎！某于明公素未伏谒[17]，然慕义甚深，区区之怀，不敢不露，窃为明公画二策，惟明公之自择焉。一曰守正不阿[18]，不容于权阉而去者，上策也。二曰自贬以求容于权阉，而不容于天下后世者，下策也。夫今之计，止是二者，二者俱为不容。然守正不容，可以激颓靡于当时[19]，流声烈于后世[20]，损少而益者多；自贬不容，则颓靡益恣[21]，声烈且败，益少而损者多。二者曷重曷轻，惟明公之自择焉。

昔者子贡谓孔子曰："夫子之道大，天下莫能容，盍少贬乎[22]？"孔子曰："良农能稼，不能为穑；良匠能巧，不能为顺[23]。君子能修其道，纲而纪之，统而理之，而不能为容。赐[24]，尔不务修道，而务为

---

⑨ 乃者：当初。幼冲：年幼。冲与幼意同。 ⑩ 权阉（yān）：操纵朝政的宦官。 ⑪ 天纪：天道纲纪。 ⑫ 秉德明恤：秉持道德，明察体恤。 ⑬ 伏节：服膺节操。 ⑭ 干：干犯，阻挠。 ⑮ 表帅：表率。 ⑯ 万仞：指身份地位之高。 ⑰ 伏谒：拜见。 ⑱ 阿（ē）：迎合。 ⑲ 激：阻遏。 ⑳ 声烈：声誉功业。 ㉑ 恣：恣肆，无所顾忌。 ㉒ 子贡：端木氏，名赐，春秋时卫国人。孔子学生。盍：何不。 ㉓ 顺：顺从迎合。 ㉔ 赐：子贡名。

容，尔志不远矣[25]。”由是观之，士而未禄，尚不可为容，况位冢宰，统百官而均四海者乎？而何以为庶官之地，天下之望乎！今时匹夫女子[26]，咸知太息[27]，用以为慰者，以有明公在位。望明公深惟保重。某积怀甚久，不敢轻造门下，谨遣家人持书，托阍者通焉[28]，幸明公赐察，不即叱责。

㉕ 志不远：志向不远大。语见《史记·孔子世家》。 ㉖ 匹夫：古时指平民中的男子。
㉗ 咸：都。 ㉘ 阍(hūn)者：守门人。

（严文儒）

王艮(1483—1541)　明学者。初名银,王守仁为更名。字汝止,号心斋,泰州安丰场(今属江苏东台)人。出身盐丁,壮年时始读《大学》《论语》等儒家经典,年三十八师事王守仁,以讲学终身,为泰州学派的创始人。文风通俗平易。著作后人辑有《王心斋先生遗书》。

明哲保身论

赠别瑶湖北上①

【题解】

明朝中叶,社会矛盾十分尖锐。士大夫动辄得祸,或以谏死,或谪逐远方。作者有感于此,从“身是天下国家之本”的思想出发,力求在残酷的政治斗争中保全自己,故提倡“以己度人”,做到“内不失己,外不失人”,以达到“明哲保身”的目的。世宗嘉靖五年(1526),泰州知州王瑶湖北上入京,作者因写此文以赠之。引经据典,在“明哲保身”四字上大做文章,说理透辟,不惜回环反复,文字通俗,自然畅达,并无同类文章的枯涩感与沉重感。

明哲者,良知也;明哲保身者,良知良能也;所谓不虑而知,不学而能者也②。人皆有之,圣人与我同也。知保身者,则必爱身如宝;

---

① 选自《王心斋先生遗书》。瑶湖,即王瑶湖,嘉靖初任泰州知州,与王艮时常往来。
② “所谓”两句:“不虑而知,不学而能”,语出《孟子·尽心上》:“人之所不学而能者,其良能也;所不虑而知者,其良知也。”

能爱身，则不敢不爱人；能爱人，则人必爱我；人爱我，则吾身保矣。能爱人，则不敢恶人；不恶人，则人不恶我；人不恶我，则吾身保矣。能爱身者，则必敬身如宝；能敬身，则不敢不敬人；能敬人，则人必敬我；人敬我，则吾身保矣。能敬央，则不敢慢人，不慢人，则人不慢我；人不慢我，则吾身保矣。此仁也，万物一体之道也。以之齐家，则能爱一家矣；能爱一家，则一家者必爱我矣；一家者爱我，则吾身保矣。吾身保，然后能保一家矣。以之治国，则能爱一国矣；能爱一国，则一国者必爱我矣；一国者爱我，则吾身保矣。吾身保，然后能保一国矣。以之平天下，则能爱天下矣；能爱天下，则天下“凡有血气者莫不尊亲[③]”；莫不尊亲，则吾身保矣。吾身保，然后能保天下矣。此仁也，所谓“至诚不息”也[④]。

一贯之道，人之所以不能者，为气禀物欲之偏；气禀物欲之偏，所以与圣人异也；与圣人异，然后有学也。学之如何？明哲保身而已矣。知保身而不知爱人，必至于适己自便，利己害人，人将报我，则吾身不能保矣。吾身不能保，又何以保天下国家哉！此自私之辈不知本末一贯者也。若夫知爱人而不知爱身，必至于烹身割股，舍生杀身，则吾身不能保矣。吾身不能保，又何以保君父哉！此忘本逐末之徒，“其本乱而末治者否矣[⑤]”。

③ 凡有血气者：指人类。全句引自《礼记·中庸》。 ④ 至诚不息：语本《礼记·中庸》。至诚，真诚无妄为诚。儒家以至诚为人最高的道德规范。 ⑤“其本”句：引自《礼记·大学》。

故君子之学，以己度人，己之所欲，则知人之所欲；己之所恶，则知人之所恶。故曰："有诸己而后求诸人，无诸己而后非诸人[⑥]。"必至于内不失己，外不失人，成己成物而后已[⑦]。此恕也，所谓致曲也[⑧]，忠恕之道也。故孔子曰："敬身为大[⑨]"，孟子曰："守身为大[⑩]"，曾子启手启足[⑪]，皆此意也。

古今之嘱临别者，必曰保重。保重，谓保身也。有保重之言而不告以保身之道，是与人未忠者也。吾与瑶湖子相别而告之以此者，非瑶湖子不知此而告之，欲瑶湖子告之于天下后世之相别者也。是为别言。

---

⑥"有诸己"两句：引自《礼记·大学》。 ⑦成己成物：语出《礼记·中庸》："诚者，非自成己而已也，所以成物也。成己，仁也；成物，知也。"物：指人。 ⑧致曲：语出《礼记·中庸》："其次致曲。曲能有诚。"⑨敬身为大：语见《礼记·哀公问》。 ⑩守身为大：语见《孟子·离娄上》。 ⑪曾子：名参，字子舆。孔子学生，以孝著称。启手启足：语出《论语·泰伯》："曾子有疾，召门弟子曰：'启予足，启予手。《诗》云：战战兢兢，如临深渊，如履薄冰。而今而后，吾知免夫，小子！'"何晏《集解》引郑玄注："启，开也。曾子以为受身体于父母，不敢毁伤，故使弟子开衾而视之也。"

（严文儒）

归有光(1506—1571)　明文学家。字熙甫，世称震川先生，昆山(今属江苏)人。嘉靖进士，官至南京太仆寺丞。论文推崇《史记》和唐宋古文，所作散文，即事抒情，纡徐平淡，文字朴素简洁，为明代“唐宋派”代表作家。姚鼐《古文辞类纂》，以归有光直接唐、宋八大家之后。著有《震川文集》《三吴水利录》。

项脊轩志[①]

【题解】

《项脊轩志》所写的只是日常生活琐事，作者心怀长恨，于无可寄托之时，通过对一个小轩的记述，从中寄托对祖母、母亲及亡妻的怀念，同时表达了自己的抱负，融情入景，情景逼真。语言朴实无华，不事雕饰，但感情真挚、韵味深长，历来为人传诵。

项脊轩，旧南阁子也。室仅方丈[②]，可容一人居。百年老屋，尘泥渗漉[③]，雨泽下注，每移案，顾视无可置者。又北向，不能得日，日过午已昏。余稍为修葺，使不上漏。前辟四窗，垣墙周庭，以当南日[④]。日影反照，室始洞然[⑤]。又杂植兰、桂、竹、木于庭，旧时栏楯，亦遂增胜。借书满架，偃仰啸歌，冥然兀坐，万籁有声[⑥]。而庭阶寂

---

① 选自《震川文集》。项脊轩：归有光年轻时读书的书斋名。作者先祖宋代归道隆居昆山项脊泾，以地名轩，含不忘祖先之意。 ② 方丈：一丈见方。 ③ 渗漉(lù)：渗漏。 ④ 垣墙：短墙。周：用作动词，环绕，围绕。当：对着。 ⑤ 洞然：敞亮。 ⑥ 借：一作“积”。偃仰：

寂，小鸟时来啄食，人至不去。三五之夜，明月半墙，桂影斑驳，风移影动，珊珊可爱⑦。

然余居于此，多可喜，亦多可悲。先是⑧，庭中通南北为一。迨诸父异爨⑨，内外多置小门墙，往往而是。东犬西吠，客逾庖而宴⑩，鸡栖于厅。庭中始为篱，已为墙，凡再变矣⑪。家有老妪，尝居于此。妪，先大母婢也，乳二世⑫。先妣抚之甚厚。室西连于中闺⑬，先妣尝一至。妪每谓余曰："某所，而母立于兹⑭。"妪又曰："汝姊在吾怀，呱呱而泣。娘以指扣门扉曰：'儿寒乎？欲食乎？'吾从板外相为应答⑮。"语未毕，余泣，妪亦泣。余自束发读书轩中⑯，一日，大母过余曰："吾儿，久不见若影，何竟日默默在此，大类女郎也⑰？"比去⑱，以手阖门，自语曰："吾家读书久不效⑲，儿之成，则可待乎？"顷之，持一象笏至，曰："此吾祖太常公宣德间执此以朝⑳，他日，汝当用之。"瞻顾遗迹，如在昨日，令人长号不自禁。轩东故尝为厨㉑，人往，从轩前过。余扃牖而居㉒，久之，能以足音辨人。轩凡四遭火，

俯仰。冥然兀坐：默默地端坐。万籁(lài)：指自然界的一切声响。⑦ 三五之夜：农历十五日之夜。珊珊：摇曳之态。⑧ 先是：此前，早先。⑨ 迨(dài)：等到。诸父：伯父、叔父。异爨(cuàn)：各起炉灶，指分家。⑩ 逾庖(páo)：穿过厨房。⑪ 已：已而，不久。再：两次。⑫ 先大母：去世的祖母。乳二世：喂养过二代人。⑬ 中闺：妇女住的内室。此指母亲卧室。⑭ 而：你。兹：此。⑮ 板外：门外。⑯ 束发：古人十五岁时将头发束起盘在头顶以示成童。⑰ 过余：来看我。若：你。竟日：整天。⑱ 比去：等到离开。⑲ 久不效：很久没有成效，指无人取得功名。⑳ 顷之：一会儿。象笏(hù)：象牙制的长方形手版。又称象简。古时大臣朝见君主时手执之物。太常公：归有光祖母之祖父夏昶，字仲昭，昆山人，永乐进士，官至太常寺卿。宣德：明宣宗年号。㉑ 故：早先、以前。㉒ 扃牖(jiōng yǒu)：关上窗户。

得不焚，殆有神护者[23]。

项脊生曰[24]："蜀清守丹穴，利甲天下，其后秦皇帝筑女怀清台[25]。刘玄德与曹操争天下，诸葛孔明起陇中[26]。方二人之昧昧于一隅也[27]，世何足以知之？余区区处败屋中，方扬眉瞬目，谓有奇景。人知之者，其谓与坎井之蛙何异[28]？"

余既为此志，后五年，吾妻来归[29]。时至轩中，从吾问古事，或凭几学书。吾妻归宁[30]，述诸小妹语曰："闻姊家有阁子，且何为阁子也？"其后六年，吾妻死，室坏不修，其后二年，余久卧病无聊，乃使人复葺南阁子，其制稍异于前[31]。然自后余多在外，不常居。庭有枇杷树，吾妻死之年所手植也，今已亭亭如盖矣[32]。

㉓ 殆：似乎，大概。 ㉔ 项脊生：作者自称。 ㉕"蜀清"三句：《史记·货殖列传》："巴（蜀）寡妇清，其先得丹穴，而擅其利数世……能守其业，用财自卫，不见侵犯。秦皇帝（秦始皇）以为贞妇而客之，为筑女怀清台。" ㉖ 陇中：当作隆中。诸葛亮隐居之处。一说陇通"垄"，垄亩。 ㉗ 昧昧：不明。此指不为人所知。 ㉘ 坎（kǎn）井之蛙：即井底之蛙。坎井：浅井。 ㉙ 来归：嫁到男家。古时女子出嫁曰归。 ㉚ 归宁：回娘家看望父母。 ㉛ 制：格局。 ㉜ 盖：伞。

（姜汉椿）

先妣事略①

【题解】

《先妣事略》是归有光追忆亡母生平而作的一篇小传。作者选取几件家庭琐事，通过细致的刻画，一个不辞辛劳操持家业、苦心抚育子女的家庭主妇的形象，生动、真切地出现在读者面前。文笔朴实，不事修饰。由于作者发于至性，故能化俗为韵。文章情辞并得，读来分外感人。

先妣周孺人，弘治元年二月十一日生②。年十六，来归。逾年，生女淑静。淑静者，大姊也。期而生有光③，又期而生女、子，殇一人④；期年而不育者一人⑤；又逾年，生有尚，妊十二月；逾年，生淑顺；一岁，又生有功。有功之生也，孺人比乳他子加健，然数颦蹙顾诸婢⑥，"吾为多子苦。"老妪以杯水盛二螺进，曰："饮此，后妊不数矣。"孺人举之尽，喑不能言。正德八年五月二十三日⑦，孺人卒。诸儿见家人泣，则随之泣，然犹以为母寝也。伤哉！于是家人延画工画，出二子，命之曰："鼻以上画有光，鼻以下画大姊。"以二子肖母也。

孺人讳桂⑧。外曾祖讳明，外祖讳行，太学生⑨。母何氏。世居

---

① 选自《震川文集》。 ② 先妣：去世的母亲。孺人：明清时七品以下职官的母亲或妻子的封号，也通用为对妇人的尊称。弘治元年：1488 年。弘治，明孝宗年号。 ③ 期(jī)：一周年，④ 生女、子：即生了一男一女双胞胎。殇(shāng)：夭折。 ⑤ 不育：未能成活，指流产。 ⑥ 数：频频。颦蹙(pín cù)：愁眉不展。 ⑦ 正德八年：1513 年。正德，明武宗年号。⑧ 讳：指去世的尊长的名字。 ⑨ 太学生：国学的学生。

吴家桥，去县城东南三十里，由千墩埔而南，直桥并小港以东，居人环聚，尽周氏也。外祖与其三兄，皆以赀雄⑩，敦尚简实⑪，与人姁姁说村中语⑫，见子弟甥侄，无不爱。孺人之吴家桥，则治木绵；入城，则缉纑⑬。灯火荧荧，每至夜分⑭。外祖不二日，使人问遗⑮。孺人不忧米盐，乃劳苦若不谋夕⑯。冬月炉火炭屑，使婢子为团，累累暴阶下⑰。室靡弃物⑱，家无闲人。儿女大者攀衣，小者乳抱，手中纫缀不辍，户内洒然。遇僮奴有恩，虽至箠楚，皆不忍有后言⑲。吴家桥岁致鱼蟹饼饵，率人人得食。家中人闻吴家桥人至，皆喜。

有光七岁，与从兄有嘉入学。每阴风细雨，从兄辄留，有光意恋恋，不得留也。孺人中夜觉寝，促有光暗诵《孝经》，即熟读，无一字龃龉⑳，乃喜。孺人卒，母何孺人亦卒。周氏家有羊狗之痾㉑，舅母卒，四姨归顾氏，又卒，死三十人而定，惟外祖与二舅存。

孺人死十一年，大姊归王三接，孺人所许聘者也。十二年，有光补学官弟子㉒，十六年而有妇，孺人所聘者也。期而抱女，抚爱之，益念孺人。中夜与其妇泣，追惟一二㉓，仿佛如昨，馀则茫然矣。世乃有无母之人？天乎！痛哉！

---

⑩ 赀：同“资”。雄：称雄，有势力。 ⑪ 敦尚：崇尚。 ⑫ 姁姁（qú）：和悦的样子。 ⑬ 缉纑（lú）：将麻搓成麻线。 ⑭ 夜分：半夜。 ⑮ 问遗（wèi）：问候、赠送。 ⑯ 劳苦若不谋夕：劳苦得像早晨不能作晚上的打算。 ⑰ 暴：同“曝（pù）”，晒。 ⑱ 靡：无。 ⑲ 后言：背后有怨言。 ⑳ 龃龉（jǔ yǔ）：原指牙齿不正，这里意为不流利，不顺畅。 ㉑ 羊狗之痾：可能是一种由家畜传染的疾病。 ㉒ 补学官弟子：指考中秀才。归有光二十岁以童子试第一名补苏州府学生员。 ㉓ 追惟：追思、回忆。

（姜汉椿）

寒花葬志①

【题解】

本文同样用琐事点缀，形象地写出了一个女孩的稚气、淘气、秀气，从中流露作者的伤感之情，读来悲恻动人。作为一个封建士大夫，能为婢女作葬志，这是难能可贵的。

婢，魏孺人媵也②。嘉靖丁酉五月四日死③。葬虚丘④。事我而不卒，命也夫⑤！

婢初媵时，年十岁，垂双鬟，曳深绿布裳⑥。一日天寒，爇火煮荸荠熟⑦，婢削之盈瓯。予入自外，取食之，婢持去不与⑧。魏孺人笑之。孺人每令婢倚几旁饭，即饭，目眶冉冉动⑨。孺人又指予以为笑。

回思是时，奄忽便已十年⑩。吁，可悲也已！

---

① 选自《震川文集》。寒花，归有光家婢女。 ② 魏孺人：作者前妻，昆山人。南京光禄寺典簿魏庠次女。孺人：见《先妣事略》注。媵(yìng)：古时富贵人家陪嫁的婢女。 ③ 嘉靖丁酉：明世宗嘉靖十六年(1537)。 ④ 虚丘：荒丘，墓地。一说为丘墟之倒文。据《嘉靖昆山县志》，县城东南十八里有丘墟镇。 ⑤ 卒：终。夫：句末叹词。 ⑥ 曳(yè)：拖着。裳：下衣，裙子。 ⑦ 爇(ruò)：烧。 ⑧ 与：给。 ⑨ 饭：动词，吃饭。即饭：吃饭时。冉冉：缓缓。⑩ 奄忽：倏忽。

（姜汉椿）

唐顺之(1507—1560)　明文学家。字应德,一字义修,人称荆川先生,武进(今属江苏)人。曾督领兵船在崇明抵御倭寇,以功升右佥都御史,代凤阳巡抚。为古文汪洋纡折,有大家风范,主张直写胸臆,反对模拟。与归有光、王慎中、茅坤等同被称为“唐宋派”。著有《荆川先生文集》。

书《秦风·蒹葭》三章后①

【题解】

嘉靖十八年(1539),唐顺之被削官为民,筑室阳羡(今江苏宜兴)山中,到写这篇文章时,已隐居读书九年。本文抒写了他和学生雨后泛舟,临流歌啸,触景生情,吟咏《秦风·蒹葭》而生的感叹。《秦风·蒹葭》中的“伊人”,一说是指隐士,唐顺之即持这种看法;但近世学者多认为这是首情歌,“伊人”是诗人所追求的情人。文章清通流畅,直抒胸臆,正是作者一贯风格。

嘉靖戊申②,秋七月二十五日,夜,雷雨大作,万艘震荡。平明开霁③,则河水增高四五尺矣。余与褚生泛小舠④,如陈渡⑤,临流歌啸,渺然有千里江湖之思。因咏《秦风·蒹葭》三章,则宛如目前风景,而所谓伊人者犹庶几见之。

---

① 选自《荆川先生文集》。 ② 嘉靖:明世宗年号。嘉靖戊申:嘉靖二十七年(1548)。 ③ 霁(jì):雨止放晴。 ④ 褚生:名滔,唐顺之的弟子。舠(dāo):小船,形如刀。 ⑤ 陈渡:镇名,在今江苏武进县西南。

且秦时风俗，不雄心于戈矛战斗，则痒技于猃歇射猎[6]。至其声利所驱，虽豪杰亦且侧足于寺人、媚子之间[7]，方以为荣而不知愧。其义士亦且沈酣豢养，与君为殉而不可赎[8]。盖靡然矜侠趋势之甚矣[9]。

而乃有遗世独立[10]，澹乎埃壒之外若斯人者[11]，岂所谓一国之人皆若狂，而此其独醒者欤？抑亦以秦之不足与，而优游肥遁[12]，若后来凿坏[13]、羊裘之徒者[14]，在当时固已有人欤？

余独惜其风可闻而姓名不著，不得与凿坏、羊裘之徒并列隐逸传[15]。然凿坏、羊裘之徒以其身而逃之，《蒹葭》伊人者乃并其姓名而逃之，此又其所以为至也。

噫嘻！士固有不慕乎当世之荣，而亦何心于后世之名也哉？因慨然为之一笑。遂书以示褚生。

---

⑥ 猃(xiǎn)歇：猎犬名。猃，长嘴。歇，短嘴。 ⑦ 寺人：太监。媚子：指君主的宠臣。 ⑧ “与君”句：秦穆公卒，以子车氏的三个儿子殉葬，秦国人很痛惜，说：“如可赎兮，人百其身”(《诗经·秦风·黄鸟》)。意思是，如果准许赎回殉葬者的生命，自己即使死一百次也可以。 ⑨ 矜：夸。 ⑩ 遗世独立：摆脱世俗，特立独行。 ⑪ 壒(ài)：同“堨”，尘埃。 ⑫ 肥遁：隐居避世。 ⑬ 坏(péi)：通“培”，屋的后墙。凿坏：颜师古注《汉书·扬雄传》引应劭曰：“凿坏，谓颜阖也。鲁君闻颜阖贤，欲以为相，使者往聘，因凿后垣而亡。” ⑭ 羊裘：据《后汉书·严光传》，严光少与汉光武帝同游学，光武即位，严光即隐避不见。不久齐国上言，有一男子披羊裘钓大泽中。光武帝疑是严光，遣使往返三次才请到他。但严光终未接受官职。 ⑮ 隐逸传：古代正史类传名称，专载有声名的隐士。

（严文儒）

王慎中(1509—1559)　明文学家。字道思,号遵岩居士,又号南江,晋江(今属福建)人。官至河南参政。反对李梦阳、何景明等前七子的复古主张,推崇唐宋散文,卓然成家,与唐顺之、茅坤、归有光同被称为“唐宋派”。著有《遵岩先生集》。

朱碧潭诗序[1]

【题解】

这篇诗序介绍了一位平民诗人一生坎坷,穷困潦倒,但对诗的追求却矢志不移。文章没有详尽的叙述,只写了这位诗人的几件轶事,一个对诗务必“求之而得,得之而乐,虽生死不能易,而岂有所计于外”的诗人形象便活现了。篇中回忆往事,感情真挚,文字自然生动,含意深长。

诗人朱碧潭君汶,以名家子少从父薄游,往来荆湖、豫章[2],泛洞庭、彭蠡、九江之间[3],冲簸波涛,以为壮也。登匡庐山[4],游赤壁[5],览古名贤栖遁啸咏之迹,有发其志,遂学为诗。耽酒自放,当其酣嬉颠倒笑呼欢适,以诗为娱,顾谓人莫能知我,人亦皆易之,无以为意者。其诗不行于时,屋壁户牖题墨皆满[6],涂污淋漓,以诧家人妇子而已。

---

① 选自《遵岩先生集》。朱碧潭,名君汶,生平事迹不详。 ② 荆湖:宋置荆湖路,这里泛指两湖地区。豫章:楚汉之际设豫章郡,这里泛指江西。 ③ 彭蠡:古泽薮名,即今江西鄱阳湖。九江:府名,今属江西。 ④ 匡庐山:即江西庐山。 ⑤ 赤壁:地名,详见苏轼《前赤壁赋》注释。 ⑥ 户牖(yǒu):门窗。

贫不自谋，家人诮之曰："何物可憎，徒涴墙户[7]，曾不可食，其为画饼耶？"取笔砚投掷之，欲以怒君，冀他有所为。君不为怒，亦不变也。

一日，郡守出教[8]，访所谓朱诗人碧潭者。吏人持教喧问，市中莫识谓谁，久乃知其为君也。吏人至门，强君入谒。君衣褐衣，窄褎而长裾[9]，阔步趋府。守下与为礼，君无所不敢当，长揖上坐。君所居西郊僻处，田坳林麓之交，终日无人迹。守独出访之，老亭数椽欹倾[10]，植竹撑柱，坐守其下，突烟昼湿，旋拾槠叶煨火[11]，烧笋煮茗以饮守。皂隶忍饥诟骂门外，君若不闻。于是朱诗人之名哗于郡中，其诗稍稍传于人口。然坐以匹夫交邦君，指目者众，讪疾蜂起，而守所以礼君如彼其隆，又不为能诗故。守父故与君之父有道路之雅，以讲好而报旧德耳。君诗虽由此闻于人，人犹不知重其诗，复用为谤。呜呼，可谓穷矣！

凡世之有好于物者，必有深中其欲而大惬于心。其求之而得，得之而乐，虽生死不能易，而岂有所计于外？诗之不足贯于时以受资而取宠，君诚知之矣。苦为闭关吟讽，冻饿衰沮而不厌，其好在此也。人之不知重其诗，乌足以挠其气而变其所业哉！君尝谒予，怀诗数十首为贽[12]，色卑而词款[13]，大指自喜所长，不病人之不知，而惟

---

⑦ 涴（wò）：沾污。 ⑧ 教：文体的一种，为上对下的告谕。 ⑨ 褎（xiù）：同"袖"。裾：衣服的前襟。 ⑩ 欹（qī）：通"攲"，倾斜。 ⑪ 槠（zhū）：树木名。 ⑫ 贽：旧时初次求见人时所送的礼物。 ⑬ 词款：语词恳切。

（严文儒）

欲得余一言以为信也，岂其刻肠镂肺，酷于所嗜，虽无所计于外，而犹不能忘意于区区之名耶？嗟乎！此固君之所以为好也。君既死，予故特序其诗而行之，庶以不孤其意，岂以予文为足以重君之诗于身后哉！

海瑞(1514—1587)　字汝贤，自号刚峰，回族，广东琼山(今海南海口)人。嘉靖举人。任浙江淳安知县，颇有政声。任户部主事时，因上疏批评世宗，被捕入狱。后出任应天巡抚，推行一条鞭法。因高拱、张居正排挤，革职闲居十六年。晚年出任南京右佥都御史，力主严惩贪污。卒谥忠介。有《海瑞集》。

治安疏[①]

【题解】

明世宗暴虐不仁，滥刑好杀，晚年更宠信方士，妄想长生，拒谏饰非，残害忠良。嘉靖四十五年(1566)，海瑞因忧国心切，犯颜直谏。疏上之后，与同乡王弘诲诀别道："今之医国者只一味甘草，处世者只两字乡愿。古治之盛，何由而见！"这篇奏疏，直斥世宗误国殃民，措词尖锐，古今罕见。当时朝野士大夫，闻之相顾失色。海瑞是专务实事的清官，作文非其所长，当其搦管之时，绝不会去考虑构思措词，唯有一腔激清，喷薄而出，唯其如此，故更可见其真性刚肠。《四库全书总目提要》称海瑞"所作劲气直达，侃侃而谈，有凛然不可犯之概"。作者风节峻峻，能为人所不敢为，故出口痛快，能言人所不敢言。这篇上疏，有批鳞折槛之风，有九死不悔之意，足以起顽懦而扬浩气，振强毅以砥颓波，从而成为震惊一时、流誉千载的名篇。

户部云南清吏司主事臣海瑞谨奏[②]。为直言天下第一事，以正

---

① 选自《海瑞集》。 ② 云南清吏司：户部按行省区域分司，每司的名称，除政区外，加上"清吏"二字。

君道、明臣职，求万世治安事。

君者，天下臣民万物之主也。惟其为天下臣民万物之主，责任至重。凡民生利瘼一有所不闻[3]，将一有所不得知而行，其任为不称。是故养君之道，宜无不备，而以其责寄臣工[4]，使尽言焉。臣工尽言，而君道斯称矣。昔之务为容悦，谀顺曲从，致使实祸蔽塞，主不上闻焉，无足言矣。过为计者[5]，则又曰："君子危明主，忧治世。"夫世则治矣，以不治忧之；主则明矣，以不明危之。毋乃使之反求眩瞀，失趋舍矣乎[6]？非通论也。

臣受国恩厚矣，请执有犯无隐之义[7]。美曰美，不一毫虚美；过曰过，不一毫讳过。不容悦，不过计，披肝胆为陛下言之。

汉贾谊陈政事于文帝曰[8]："进言者皆曰天下已安已治矣，臣独以为未也。曰安且治者，非愚则谀。"夫文帝，汉贤君也，贾谊非苛责备也。文帝性仁类柔，慈恕恭俭，虽有近民之美；优游退逊，尚多怠废之政。不究其弊所不免，概以安且治当之，愚也；不究其才所不能，概以致安治颂之，谀也。

陛下自视于汉文帝何如？陛下天资英断，睿识绝人，可为尧、

---

③ 利瘼(mò)：即利病。瘼，痛苦。 ④ 臣工：群臣百官。 ⑤ 过为计者：忧虑过多、危言耸听的人。 ⑥"毋乃"两句：只怕使人反而弄得模糊混乱，不知何去何从。眩瞀(mào)：眼睛昏花，视物不清，这里引申为模糊混乱。 ⑦ 有犯无隐：语出《礼记·檀弓》。意为宁可犯颜直谏，不要畏罪隐讳不言。 ⑧ 贾谊：西汉文学家。下面引文见贾谊《陈政事疏》。文帝：汉文帝刘恒。公元前180—前157年在位。

舜，可为禹、汤、文、武，下之如汉宣帝之励精⑨，光武之大度⑩，唐太宗之英武无敌⑪，宪宗之志平僭乱⑫，宋仁宗之仁恕⑬，举一节可取者，陛下优为之⑭。即位初年，铲除积弊，焕然与天下更始⑮。举其略：如箴敬一以养心⑯，定冠履以辨分⑰，除圣贤土木之像⑱，夺宦官内外之权，元世祖毁不与祀⑲，祀孔子推及所生⑳，天下忻忻然以大有作为仰之。识者谓辅相得人，太平指日可期也，非虚语也，高汉文帝远甚。然文帝能充其仁顺之性，节用爱人，吕祖谦称其不尽人之才力㉑，情是也，一时天下虽未可尽以治安予之，而贯朽粟陈㉒，民少康阜，三代后称贤君焉㉓。

陛下则锐情未久㉔，妄念牵之而去矣。反刚明而错用之㉕，谓遥兴可得㉖，而一意玄修㉗。富有四海，不曰民之脂膏在是也，而侈兴土木。二十余年不视朝㉘，纲纪弛矣。数行推广事例㉙，名爵滥

---

⑨ 汉宣帝：刘询，公元前73—前49年在位。 ⑩ 光武：东汉光武帝刘秀。公元25—57年在位。 ⑪ 唐太宗：李世民，公元627—649年在位。 ⑫ 宪宗：李纯，公元806—820年在位。 ⑬ 宋仁宗：赵祯，公元1023—1063年在位。 ⑭ "举一节可取"两句：这些可取的优点，无论举出哪一项，你都容易办得到。 ⑮ 更始：重新开始，即除旧布新。 ⑯ 箴(zhēn)敬一以养心：明世宗作过一篇《敬一箴》。箴，规戒。 ⑰ 定冠履以辨分：明世宗曾改定一些冠服制度。 ⑱ 除圣贤土木之像：明世宗下令废除孔子庙里的塑像，只用木主。 ⑲ "元世祖"句：元世祖忽必烈，本是历代帝王庙中所祭的帝王之一，明世宗将他取消。 ⑳ "祀孔子"句：孔子庙里兼祭孔子父母。 ㉑ 吕祖谦：宋学者，与朱熹、张栻齐名，为南宋金华学派的代表，开浙东学派的先声。 ㉒ 贯朽：国库里钱堆积太久，连串钱的绳子都朽烂了。 ㉓ 三代：夏、商、周。 ㉔ 锐情：专一情志。 ㉕ 反刚明而错用之：把刚强、英明的德性，错误地用到别的地方去。 ㉖ 遥兴：一作"长生"。 ㉗ 玄修：修炼。 ㉘ 视朝：临朝听政。 ㉙ 推广事例：明代原有章程规定，通过缴纳一定财物，可以获得某种官爵，后来援例滥用，名为推广事例。

矣。二王不相见[30]，人以为薄于父子；以猜疑诽谤戮辱臣下，人以为薄于君臣；乐西苑而不返宫[31]，人以为薄于夫妇。天下吏贪将弱，民不聊生，水旱靡时[32]，盗贼滋炽。自陛下登极初年，亦有之，而未甚也。今赋役增常，万方则效[33]。陛下破产礼佛日甚，室如悬罄[34]，十余年来极矣。天下因即陛下改元之号而臆之曰[35]："嘉靖者，言家家皆净而无财用也。"

迩者严嵩罢黜[36]，世蕃极刑，差快人意，一时称清时焉。然严嵩罢相之后，犹之严嵩未相之先而已，非大清明世界也，不及汉文帝远甚。天下之人不直陛下久矣[37]，内外臣工之所知也。知之，不可谓愚。《诗》云："衮职有阙，惟仲山甫补之[38]。"今日所赖以弼棐匡救[39]，格非而归之正[40]，诸臣责也。岂以圣人而绝无过举哉[41]？古昔设官，亮采惠畴足矣[42]，不必责之以谏[43]。保氏掌谏王恶[44]，不必设也。木

---

[30] 二王不相见：明世宗听信方士段朝用的话，以为在炼丹时和亲人会面，药会失灵，故世宗长期不与儿子见面。[31] 西苑：即今北京的三海。[32] 靡时：无时不有。[33] 万方则效：各地官吏作为榜样行事。[34] 悬罄：形容空无所有，喻极贫。[35] 改元：更改年号。臆：心里猜想。[36] 迩者：近来。严嵩：嘉靖二十一年(1542)任武英殿大学士，入阁，专国政二十年。以子世藩和赵文华等为爪牙，残害忠良，民愤极大。晚年渐为世宗疏远，御史邹应龙等相继弹劾，世藩被杀，他也被革职，不久病死。[37] 不直：不以为是。[38] "衮职有阙"两句：见《诗·大雅·烝民》。衮(gǔn)，君王的衣服，也借指君王。仲山甫，周宣王时大臣。宣王"料民"(调查人口)，他曾劝谏。阙，缺失，过错。补，补救。[39] 弼棐(fěi)：弼，辅正；棐，辅导。[40] 格非：纠正错误。[41] 过举：错误举动。[42] 亮采惠畴：语见《书·舜典》。亮采，辅助立功。惠畴，办事顺当。[43] 不必责之以谏：这是反诘语。言若君王不会犯错误的话，那么古代设官，只要"亮采惠畴"就够了，不必再要他们进谏。下面"不必设"、"不必言"，也同样是反诘语。[44] 保氏：《周礼·地官·保氏》："保氏掌谏王恶。"

绳金砺[45]，圣贤不必言之也。乃修斋建醮[46]，相率进香，天桃天药[47]，相率表贺。建兴宫室，工部极力经营；取香觅宝，户部差求四出。陛下误举，诸臣误顺，无一人为陛下一正言焉。都俞吁咈之风[48]，陈善闭邪之义，邈无闻矣，谀之甚也。然愧心馁气[49]，退有后言[50]，以从陛下；昧没本心，以歌颂陛下，欺君之罪何如！

夫天下者，陛下之家也。人未有不顾其家者。内外臣工，其官守，其言责，皆所以奠陛下之家而磐石之也[51]。一意玄修，是陛下心之惑也；过于苛断，是陛下情之偏也。而谓陛下不顾其家，人情乎？诸臣顾身念重，得一官多以欺败、脏败、不事事败[52]，有不足以当陛下之心者。其不然者，君心臣心偶不相值也[53]，遂谓陛下为贱薄臣工。诸臣正心之学微，所言或不免己私，或失详审，诚如胡寅挠乱政事之说[54]，有不足以当陛下之心者。其不然者，君意臣言偶不相值也，遂谓陛下为是己拒谏[55]。执陛下一二事不当之形迹，亿陛下千

㊺ 木绳金砺：《书·说命上》记载殷高宗得傅说为相，命其进谏，有“若金，用汝作砺”之语；傅说回复王，有“惟木从绳则正，后(君)从谏则圣”的话。言绳能使木直，砺(磨刀石)能使刀(金属)锋利，君王也要靠人帮助纠正。 ㊻ 修斋：会集僧徒，供应斋食，使他们作佛事。建醮(jiào)：设坛祈祷。 ㊼ 天桃天药：说是天赐的仙桃和仙药。 ㊽ 都俞吁咈：四字皆叹词，是《书·尧典》又《益稷》中尧、舜、禹对话用词。以为可，则曰都曰俞；以为否，则曰吁曰咈。后以此指君臣论政问答、气象雍睦之词。 ㊾ 愧心馁气：不敢直言，内心不免感到惭愧空虚，气也不足。 ㊿ 退有后言：当面不说，背后议论。 ⑤① 奠：安放。磐(pán)石：扁厚的大石，此作动词用，犹言使之稳固。 ⑤② 不事事：上事字动词，谓旷职不做事。 ⑤③ 不相值：不相投合。 ⑤④ 胡寅：曾上书宋高宗赵构，主张抗金，反对和议，被秦桧贬斥。胡寅上疏抗金，反对和议是正确的，海瑞说他“挠乱政事”，是指当时君相的看法。 ⑤⑤ 是己：自以为是。

百事之尽然[56]，陷陛下误终不复[57]，诸臣欺君之罪大矣。《记》曰："上人疑则百姓惑，下难知则君长劳[58]。"今日之谓也。

为身家心与惧心合，臣职不明，臣一二事形迹说，既为诸臣解之矣[59]。求长生心与惑心合，有辞于臣，君道不正，臣请再为陛下开之[60]。

陛下之误多矣，大端在修醮。修醮所以求长生也。自古圣贤止说修身立命，止说顺受其正[61]。盖天地赋予于人而为性命者，此尽之矣[62]。尧、舜、禹、汤、文、武之君，圣之盛也，未能久世不终。下之，亦未见方外士自汉、唐、宋存至今日[63]，使陛下得以访其术者。陶仲文[64]，陛下以师呼之，仲文则既死矣。仲文尚不能长生，而陛下独何求之？至谓天赐仙桃药丸，怪妄尤甚。昔伏羲氏王天下[65]，龙马出河[66]，因则其文以画八卦[67]；禹治水时，神龟负文而列于背，因而第之以成九畴[68]。《河图》《洛书》[69]，实有此瑞物，泄此万古不传之

---

[56] 亿：猜想。[57]"陷陛下"句：害陛下一直错到底。[58]"上人疑"两句：见《礼记·缁衣》。说君主多疑于上，百姓就无所适从。臣子不忠于下，君主就劳苦不堪。[59]"为身家心"四句：臣子为了保全身家，因而不敢触怒皇上，这二种私心合在一起，就把自己的职责置于脑后。我已举出一二事例替他们作过分析了。[60]"求长生心"四句：希望长生，迷惑不醒，二者结合，就会使臣子不满，有失为君之道，请允许我再为陛下进行分析。[61]顺受其正：《孟子·尽心上》："孟子曰：'莫非命也，顺受其正。'"言人之夭寿，都由命定，要顺应自然正常法则。[62]此尽之矣：即尽于此，不过如此。[63]方外士：指僧道术士。[64]陶仲文：明世宗最信任的方士。[65]伏羲氏：古代传说中的部落联盟首领，即太昊，风姓，相传他始画八卦，教民捕鱼畜牧，以充庖厨。[66]龙马：龙而形像马。[67]则其文：依据龙马的花纹。[68]第之：排列起来。九畴：传说禹治理天下的九类大法。畴，品类。[69]《河图》《洛书》：即指上述伏羲及夏禹所得的"神物"。

秘。天不爱道而显之圣人，藉圣人以开示天下，犹之日月星辰之布列，而历数成焉[70]，非虚妄事也。宋真宗获天书于乾祐山，孙奭进曰："天何言哉？岂有书也[71]！"桃言采而得，药人工捣合以成者也。无因而至，桃药有足行耶？天赐之者，有手执而付之耶？陛下玄修多年矣，一无所得。至今日，左右奸人逆陛下悬思妄念[72]，区区桃药导之长生，理之所无，而玄修之无益可知矣。

陛下又将谓悬刑赏以督率臣下，分理有人，天下无不可治，而玄修无害矣乎？夫人幼而学，无致君泽民异事之学[73]；壮而行，亦无致君泽民殊用之心。《太甲》曰："有言逆于汝心，必求诸道；有言逊于汝志，必求诸非道[74]。"言顺者之未必为道也。即近事观，严嵩有一不顺陛下者乎？昔为贪窃，今为逆本[75]。梁材守官守道[76]，陛下以为逆者也。历任有声，官户部者至今首称之。虽近日严嵩抄没[77]，

---

⑦⓪ 历数：推算节气的度数。 ⑦① "宋真宗"四句：宋真宗赵恒，公元998—1022年在位。他深以澶州城下之盟为辱，常怏怏不乐，大中祥符元年(1008)，听信王钦若的话，伪造天书，作为符瑞，以自欺欺人。一天对群臣说。"昨晚忽然梦见神人，告诉我有天书大中祥符三篇降临人世。"说这话时，正好有一鸱鸟尾上系着黄帛，出现在左承天门上，据称那黄帛就是所降的天书。当时群臣皆贺，唯独孙奭说道："臣愚，所闻'天何言哉'，岂有书也？"同一年，"天书"复降泰山。文中说于乾祐山得天书，不知何指。孙奭(shì)，儒者。真宗时，为诸王府侍读。以经术进，守道自处。 ⑦② 逆：迎合。 ⑦③ 致君：杜甫《奉先咏怀》诗："致君尧舜上。"言辅佐君王，使其功德在尧舜之上。 ⑦④ "《太甲》曰"四句：语见《书·太甲下》，是伊尹告太甲的话。意为：别人的话，违背你的心意，一定要从道义方面去探求其用意，勿遽拒绝。如果别人的话，顺从你的意旨，一定要考察一下是否有不合道义，切勿自满。 ⑦⑤ 逆本：即祸根。⑦⑥ 梁材：嘉靖时三次出任户部尚书，砥节守公如一日。因屡忤权倖，失帝意，致仕。守官：谨守职责。 ⑦⑦ 抄没：抄家没收财产。

百官有惕心焉，无用于积贿求迁，稍自洗涤[78]。然严嵩罢相之后，犹严嵩未相之先而已。诸臣为严嵩之顺，不为梁材之执。今甚者贪求，未甚者挨日[79]，见称于人者，亦廊庙山林，交战热中[80]，鹘突依违[81]，苟举故事[82]。洁己格物[83]，任天下重，使社稷灵长终必赖之者[84]，未见其人焉。得非有所牵掣其心，未能纯然精白使然乎[85]？陛下欲诸臣惟予行而莫逆也[86]，而责之效忠，付之以翼为明听也[87]，又欲其顺吾玄修土木之误，是股肱耳目不为腹心卫也，而自为视听持行之用[88]。有臣如仪、衍焉，可以成"得志与民由之"之业，无是理也[89]。

陛下诚知玄修无益，臣之改行，民之效尤，天下之不安不治由之，翻然悔悟，日视正朝，与宰辅、九卿、侍从、言官讲求天下利害，洗数十年君道之误，置其身于尧、舜、禹、汤、文、武之上；使其臣亦得洗数十年阿君之耻[90]，置其身与皋、夔、伊、傅相后先[91]；明良喜

---

⑱ 洗涤：这里是改过之意。 ⑲ 挨日：混日子。 ⑳ 廊庙：朝廷，此指在朝为官。山林：指退隐之地。交战热中：谓两种思想在心中不断地斗争。 ㉑ 鹘突：糊涂。依违：迟疑不决。 ㉒ 苟举故事：勉强按照旧例马虎办事，敷衍塞责。 ㉓ 格物：纠正事物之所不正。 ㉔ 社稷灵长：国运长久。 ㉕ 纯然精白：心地纯正。 ㉖ 惟予行而莫逆：要人听从自己的意志，不得违抗。 ㉗"付之以翼"句：叫他们做自己的助手和耳目，以广见闻。 ㉘"是股肱"两句：言既要人顺从自己意旨，又要人尽忠；既要人充当助手耳目，又要人顺从去做修炼等错事。这是不用四肢耳目来保卫腹心，而让腹心直接替代目视耳听手持足行的作用。这里股肱耳目指臣子，腹心指君王。 ㉙"有臣如仪、衍"三句：仪，张仪；衍，公孙衍。两人都是能言善辩的战国策士。与民由之，和百姓一起走上仁义的大道。孟子认为，像张仪、公孙衍这种巧伪顺从之臣，即使得志，也不可能"与民由之"。 ㉚ 阿：曲从，迎合。 ㉛ 皋：皋陶（yáo），传说虞舜的贤臣。夔（kuí）：传说舜时的乐官。伊：伊尹，商汤的贤相。傅：傅说，殷高宗的贤相。

起[92]，都俞吁咈。内之宦官宫妾，外之光禄寺厨役、锦衣卫恩荫、诸衙门带俸[93]，举凡无事而官者亦多矣。上之内仓内库，下之户、工部，光禄寺诸厂，藏段绢[94]、粮料、珠宝、器用、木材诸物，多而积于无用，用之非所宜用亦多矣，诸臣必有为陛下言者。诸臣言之，陛下行之，此则在陛下一节省间而已。京师之一金，田野之百金也，一节省而国有余用，民有盖藏[95]，不知其几也。而陛下何不为之？

官有职掌，先年职守之正、职守之全而未之行[96]。今日职守之废、职守之苟且因循，不认真、不尽法而自以为是[97]。敦本行以端士习，止上纳以清仕途[98]，久任吏将以责成功，练选军士以免召募，驱缁黄游食使归四民[99]，责府州县兼举富教[100]，使成礼俗，复屯盐本色以裕边储[101]，均田赋丁差以苏困敝[102]，举天下官之侵渔、将之怯懦、吏之为奸，刑之无少姑息焉。必世之仁[103]，博厚高明悠远之业，诸臣必有为陛下言者。诸臣言之，陛下行之，此则在陛下一振作间而已。一振作而百废具举，百弊铲绝，唐、虞三代之治粲然复兴矣，而陛下何不为之？

---

[92] 明良喜起：《书·益稷》载，虞舜作歌："股肱喜哉！元首起哉！"陶和歌："元首明哉！股肱良哉！"这是君臣互相勉励敬重的话。 [93] 恩荫：封建时代因祖先的官职功劳而得朝廷任用。带俸：额外冗员。 [94] 段：古"缎"字。 [95] 盖藏：储藏。 [96] "先年"句：过去官吏忠于职守，官职也齐全，但还有办不成的事。 [97] "今日"四句：如今不少官职已经废弃，官吏因循苟且，不守法纪，还自我得意。 [98] 上纳：出钱买官。 [99] 缁黄：指穿缁（黑色）衣的和尚和穿黄衣的道士。四民：士、农、工、商。 [100] 兼举富教：生计和教化同时并举。 [101] 复屯盐本色：恢复屯田盐场仍缴纳粮、盐实物以供军需。本色，自唐末至明清，缴纳的实物田赋，称本色；折成钱币或他物的称折色。 [102] 赋：土地税。差：公务劳役。苏：苏息，恢复元气。 [103] 必世之仁：数十年后才能取得效果的仁政。

节省之，振作之，又非有所劳于陛下也。九卿总其纲，百职分其绪，抚按科道纠率肃清于其间[104]，陛下持大纲、稽治要而责成焉[105]。劳于求贤，逸于任用，如天运于上，而四时六气各得其序[106]，恭己无为之道也[107]。天地万物为一体，固有之性也。民物熙洽[108]，熏为太和[109]，而陛下性分中有真乐矣。可以赞天地之化育，则可与天地参[110]。道与天通[111]，命由我立[112]，而陛下性分中有真寿矣。此理之所有，可旋至而立有效者也[113]。若夫服食不终之药[114]，遥兴轻举[115]，理之所无者也。理所无而切切然散爵禄、竦精神[116]，玄修求之，悬思凿想[117]，系风捕影，终其身如斯而已矣，求之其可得乎？

君道不正，臣职不明，此天下第一事也。于此不言，更复何言？大臣持禄而外为谀，小臣畏罪而面为顺，陛下诚有不得知而改之行之者，臣每恨焉。是以昧死竭忠，惓惓为陛下言之。一反情易向之间[118]，而天下之治与不治，民物之安与不安，于焉决焉。伏惟陛下留神，宗社幸甚[119]，天下幸甚。臣不胜战栗恐惧之至，为此具本亲赍[120]，谨具奏闻。

---

[104] 抚按科道：指巡抚、巡按、六科（吏、户、礼、兵、刑、工）给事中、十三道御史。[105] 稽治要：考核政纲的实施情况。[106] 六气：指阴阳风雨晦明。[107] 恭己无为：帝王只要以端正严肃的态度约束自己，任官得人，便可以无为而治。[108] 熙洽：指时世清明和乐。[109] 熏为太和：形成一片和平气象。[110] 与天地参：言人之德可与天地并比。[111] 道与天通：人道与天理是一致的。[112] 命由我立：命运由我自己掌握。[113] 旋至：转身就可达到。[114] 不终之药：长生不死之药。[115] 轻举：成仙升天。[116] 切切然：急迫的样子。竦（sǒng）：肃敬，惶恐不安。[117] 悬思凿想：发空想。[118] 反情易向：改变心意，转移方向。[119] 宗社：宗庙、社稷，指国家。[120] 赍（jī）：持物赠人。

（黄　珅）

张居正(1525—1582)　明政治家。字叔大，号太岳，湖广江陵(今属湖北)人，少时有神童之称，嘉靖进士，隆庆元年(1567)入阁。穆宗死后，代高拱任首辅。神宗万历初，主持国政长达十年，期间进行改革，无论经济、军事，都颇有成效。卒谥文忠。不久即被追夺官阶，查抄家产。

请清汰近习疏[1]

【题解】

万历八年(1580)年底，神宗带着心腹太监孙海、客用等人，出宫嬉游，由此在宫中引起一场轩然大波。在处理此事时，张居正上了这篇奏疏。从表面上看，本文颇似《前出师表》，其实大不相同。张居正是权臣而非忠臣，有诸葛亮的才干，但没有他的德行。本文所学的也只是诸葛亮的言词，而不是精神。《出师表》抒写忠悃，情意恳至，但本文字里行间，时时流露出要挟之意，缺乏真挚之情。《出师表》扫尽虚言浮词，本文则多矫饰，表面谦恭有礼，骨子里盛气凌人。张居正以诸葛亮自居，实际上却是曹操式的人物。本文所表现的“天下之事，舍我其谁”的态度，便和曹操十分相似。只是他没有曹操的机遇，因此也就没有曹操的气魄，只得去学同样独揽大权、但为世人钦慕的诸葛亮，必然形似而神不似。明人沈德符曾说：张居正在这件事上，要挟人主，如同小孩，神宗忿恚，积在心中，张居正死后不久，神宗便对他进行一次彻底的清算，这是必然的。

臣等恭诵纶音[2]，不胜钦仰，不胜惶愧。仰惟皇上天挺圣资，幼

---

①选自《张太岳集》。②纶音：《礼·缁衣》：“王言如丝，其出如纶；王言如纶，其出如

而聪颖，自临御以来③，讲学勤政，圣德日新。臣等每自庆幸，以为亲逢尧舜之主，庶几复见唐虞之治矣④。乃数月之间，仰窥圣意所向，稍不如前，微闻宫中起居，颇失常度，臣等心切忧惶。但身隔外廷，不知内事，即有所闻，未敢轻信，而朝廷庶政⑤，未见有阙⑥，故不敢妄有所言。然前者恭侍日讲⑦，亦曾举孔子"益者三乐，损者三乐⑧"，并"益者三友，损者三友"两章书⑨，请皇上加意省览，盖亦阴寓讽谏之意。

又数日前，曾问文书官云："近臣闻皇上夜间游行，左右近习皆持短棍兵器，此何为者？"乃文书官回说："并无此事。"臣等亦遂以所闻为妄，不敢复言。连日因睹御笔帖子⑩，处治孙海、客用两人⑪，因而询访，始知此两人者，每日引诱皇上燕闲，游宴别宫，释去法服⑫，身著窄袖小衣，长街走马，挟持刀仗，又数进奇巧戏玩之物，以蛊惑上心，希图宠幸。臣等连日寝食不宁，神爽飞越⑬，可惜天生圣主，被这几个奸佞小人，引诱蛊惑，一至于此！拟俟日讲时，面奏谏劝，以尽愚忠。乃蒙圣母谆谆教戒⑭，皇上幡然改悔，迸去奸邪，引咎自

綍。"纶，青丝绶。綍，同"绋"，引棺大绳索。谓言出而弥大，后因用以称皇帝的诏书。③ 临御：君临天下。④ 庶几：差不多。⑤ 庶政：各种政务。⑥ 阙：缺失，失误。⑦ 日讲：给皇帝每日讲学。⑧ 三乐：三件爱好的事。《论语·季氏》："益者三乐，损者三乐。乐节礼乐，乐道人之善，乐多贤友，益矣。乐骄乐，乐佚游，乐宴乐，损矣。"⑨ 三友：三种交友之道。《论语·季氏》："益者三友，损者三友。友直，友谅，友多闻，益矣。友便辟，友善柔，友便佞，损矣。"⑩ 御笔帖子：皇帝亲笔写的简短手诏。⑪ 孙海、客用：在乾清宫管事的牌子太监。⑫ 法服：礼法规定的标准服装。此指皇帝所服衮衣。⑬ 神爽：精爽，魂灵。⑭ 圣母：指神宗母李太后（慈圣太后）。

责，又宣谕臣等，尽心辅导。此盖九庙列圣之灵⑮，默启我圣母之心，形之谴责，阴祐我皇上之心，自悔前非也。夫人孰无过，惟过而能改，则复于无过。自兹以往，皇上依然为尧舜之主，臣等亦庶几可勉为尧舜之臣矣。宗社生灵⑯，曷胜庆幸！

但古语云："树德务滋，除恶务尽。"臣等窃闻近日引诱之人，在孙海、客用，固为尤甚，而其中谄佞希宠，放肆无忌者，尚不止二人，如司礼监太监孙德秀、温泰，兵仗局掌印周海者，皆不良之人，其罪亦不在孙海、客用之下。今皇上既将此二人置之于法⑰，以示悔过自新之意，则孙德秀等，亦不宜姑容在内，以为圣德之累。伏望皇上大奋乾断⑱，将孙德秀等一体降黜，以彰日月之明。其司礼监管事牌子等官，平日为忠为佞，谅莫逃于圣鉴，合无俱令自陈，请自圣断⑲：老成廉谨者，照旧管事；谄佞放肆者，悉加汰黜。且近日皇穹垂象⑳，彗芒扫宦者之星㉑，亦宜大行扫除，以应天变，以光圣德，此皇上修德改过之实政也。

臣等又闻汉臣诸葛亮云："宫中府中，俱为一体，陟罚臧否，不宜异同㉒。"臣等待罪辅弼㉓，宫中之事，皆宜与闻。臣居正又亲承先帝

---

⑮ 九庙：古代帝王立七庙以祀祖先，至王莽增建黄帝太初祖庙和虞帝始祖昭庙，共九庙。后来历代封建王朝沿用九庙。 ⑯ 宗社：宗庙、社稷，古代用作国家的代称。生灵：犹生民，人民。 ⑰ 置之于法：孙海、客用被发配充军。 ⑱ 乾断：刚健的决断。 ⑲ "合无"两句：也应无须都使他们自己坦白，即请由皇上作出决定便是。 ⑳ 皇穹：指天。垂象：显示征兆。 ㉑ 宦者：星名，属天市垣，共四星。《后汉书·宦者传序》："宦者四星，在皇位之侧。" ㉒ "宫中府中"四句：诸葛亮《前出师表》中语。陟，升进。臧否（pǐ），褒贬。 ㉓ 辅弼：佐助，常指宰臣。

遗命㉔，辅保圣躬，比之二臣㉕，责任尤重。今乃徒避内外之嫌，不行直言匡救，以致皇上有此过举，孤负先帝付托之言，万死不足以自赎；除痛自省励以图报称外㉖，既蒙皇上明发德音㉗，昭示圣意，臣等此后亦不敢复以外臣自限，凡皇上起居及宫壸内事㉘，但有所闻，即竭忠敷奏；及左右近习有邪佞不忠，如孙海、客用等者，亦不避嫌怨，必举祖宗之法，奏请处治，仍望俯允施行。皇上亦宜仰遵圣母慈训，痛自改悔，戒游宴以重起居，专精神以广胤嗣㉙，节赏赉以省浮费㉚，却珍玩以端好尚，亲万几以明庶政㉛，勤讲学以资治理，庶今日之悔过不为虚言，将来之圣德愈为光显矣，臣等无任沥血哀恳之至㉜，伏惟圣慈鉴宥㉝。

㉔ 先帝：指明穆宗朱载垕，1567—1572年在位。 ㉕ 二臣：指当时与张居正联名上疏的内阁大学士张四维、申时行。 ㉖ 报称：报答人的恩德，与实际相称。 ㉗ 德音：指诏书。 ㉘ 壸(kǔn)：宫中道路，引申为宫内。 ㉙ 胤嗣：后嗣。 ㉚ 赉(lài)：赏赐。 ㉛ 万几：指帝王日常的纷繁政务，也作“万机”。 ㉜ 无任：不胜，非常。沥血：滴血，表示竭尽忠诚。 ㉝ 宥：宽免，赦罪。

（黄　珅）

宗臣(1525—1560)　字子相,号方城山人,扬州兴化(今属江苏)人。因作文讥讽权相严嵩,被贬为福建布政使司参议。后以防御倭寇有功,官至福建提学副使。为明“后七子”之一。著有《宗子相集》。

报刘一丈书①

【题解】

这篇文章作于嘉靖年间。当时严嵩父子总揽朝政,卖官鬻爵,残害忠良,造成了十分黑暗的政治局面。本文用一种近乎漫画的白描手法,绘声绘色地勾勒出干谒者奔走权门,谄媚取宠;门者狐假虎威,敲诈勒索;权奸的显赫声势和贪污受贿等种种丑态,对此进行了无情的揭露和辛辣的讽刺,以宣泄自己愤世嫉俗之情。文章不借助于典故、辞藻,而把当时的官场黑暗暴露无遗,是明朝中叶一幅形象化的官场现形图。

数千里外,得长者时赐一书②,以慰长想,即亦甚幸矣,何至更辱馈遗③,则不才益将何以报焉。书中情意甚殷,即长者之不忘老父,知老父之念长者深也。

至以“上下相孚④,才德称位”语不才,则不才有深感焉。夫才德不称,固自知之矣;至于不孚之病,则尤不才为甚。

---

① 选自《宗子相集》。 ② 长者:指刘一丈。刘一丈,名玠,字国珍,号墀石,排行第一,是作者父亲的朋友。 ③ 馈遗(kuì wèi):赠送礼物。 ④ 孚:信任。

且今世之所谓孚者何哉？日夕策马，候权者之门。门者故不入[5]，则甘言媚词作妇人状，袖金以私之。即门者持刺入[6]，而主者又不即出见，立厩中仆马之间[7]，恶气袭衣袖，即饥寒毒热不可忍，不去也。抵暮，则前所受赠金者出，报客曰："相公倦[8]，谢客矣，客请明日来。"即明日，又不敢不来。夜披衣坐，闻鸡鸣，即起盥栉，走马抵门。门者怒曰："为谁？"则曰："昨日之客来。"则又怒曰："何客之勤也！岂有相公此时出见客乎？"客心耻之，强忍而与言曰："亡奈何矣[9]，姑容我入。"门者又得所赠金，则起而入之，又立向所立厩中。幸主者出，南面召见[10]，则惊走匍匐阶下。主者曰："进！"则再拜，故迟不起，起则上所上寿金[11]。主者故不受，则固请，主者故固不受，则又固请，然后命吏内之[12]。则又再拜，又故迟不起，起则五六揖，始出。出，揖门者曰："官人幸顾我，他日来，幸亡阻我也！"门者答揖。大喜奔出，马上遇所交识，即扬鞭语曰："适自相公家来，相公厚我！厚我！"且虚言状。即所交识，亦心畏相公厚之矣。相公又稍稍语人曰："某也贤！某也贤！"闻者亦心计交赞之。此世所谓上下相孚也，长者谓仆能之乎？

前所谓权门者，自岁时伏腊一刺之外[13]，即经年不往也。间道

⑤ 门者：守门人。 ⑥ 刺：谒见的名帖。 ⑦ 厩：马棚。 ⑧ 相公：对宰相的一种称呼。这里指严嵩。 ⑨ 亡奈何：无可奈何。亡，同"无"。下同。 ⑩ 南面：面向南方，这是尊者之位。 ⑪ 寿金：以祝寿名义的礼金，这里实际是指贿赂。 ⑫ 内：同"纳"。 ⑬ 岁时伏腊：岁时，一年四季。伏腊，夏天的伏日和冬天的腊日，是古时进行祭祀的重大节日。

经其门[14]，则亦掩耳闭目，跃马疾走过之，若有所追逐者。斯则仆之褊哉[15]，以此常不见悦于长吏。仆则愈益不顾也，每大言曰："人生有命，吾惟守分尔矣。"长者闻此，得无厌其为迂乎？

乡园多故，不能不动客子之愁[16]。至于长者之抱才而困，则又令我怆然有感。天之与先生者甚厚，亡论长者不欲轻弃之[17]，即天意亦不欲长者之轻弃之也，幸宁心哉[18]！

---

⑭ 间(jiàn)：偶尔，有时。⑮ 褊(biǎn)：狭隘。⑯ 客子：客居外地的人，这里指作者自己。⑰ 亡论：用不着说。⑱ 宁心：安心。

（严文儒）

王世贞(1526—1590)　明文学家、史学家。字元美，号凤洲，又号弇州山人，太仓(今属江苏)人。嘉靖进士，官至南京刑部尚书。反对严嵩专权。他是明代“后七子”的领袖，主张文必秦汉，诗必盛唐，倡导文学复古运动，于当时文坛有极大影响。著有《弇州山人四部稿》等。

题《海天落照图》后[1]

【题解】

明嘉靖中，严嵩专权，以子世蕃和赵文华等为爪牙，贪赃枉法，迫害忠良。作者之父王忬即为严嵩所害。作者写此文时，严嵩已贬死，世蕃伏诛。此文历述名画《海天落照图》收藏得失的经过，以叙事为题跋，揭露严世蕃的强取豪夺。笔致自然，而愤寓其中，已脱作者早年复古主张的束缚。

《海天落照图》，相传小李将军昭道作[2]，宣和秘藏[3]，不知何年为常熟刘以则所收[4]，转落吴城汤氏[5]。嘉靖中[6]，有郡守，不欲言其名，以分宜子大符意迫得之[7]。汤见消息非常，乃延仇英实父别室[8]，摹

---

① 选自《弇州山人续稿》。 ② 小李将军昭道：即李昭道，唐代著名画家，因其父李思训在开元间曾任右武卫大将军，故人们称李昭道为小李将军。 ③ 宣和：宋徽宗年号(1119—1125)。秘藏：内府所藏。 ④ 刘以则：明代收藏家。 ⑤ 吴城：苏州。汤氏：当时的一个古董商。 ⑥ 嘉靖：明世宗年号(1522—1566)。 ⑦ 分宜：指严嵩，因他是江西分宜人，故称。大符：即严世蕃，字大符，严嵩之子。 ⑧ 仇英：字实父，号十洲，明代著名画家，善于临摹古画。

一本，将欲为米颠狡狯[⑨]，而为怨家所发。守怒甚，将致叵测[⑩]。汤不获已，因割陈缉熙等三诗于仇本后[⑪]，而出真迹，邀所善彭孔嘉辈[⑫]，置酒泣别，摩挲三日而后归守，守以归大符。大符家名画近千卷，皆出其下。寻坐法[⑬]，籍入天府[⑭]。隆庆初[⑮]，一中贵携出[⑯]，不甚爱赏，其位下小珰窃之[⑰]。时朱忠僖领缇骑[⑱]，密以重赀购，中贵诘责甚急，小珰惧而投诸火，此癸酉秋事也[⑲]。

余自燕中闻之拾遗人[⑳]，相与慨叹妙迹永绝。今年春，归息弇园[㉑]，汤氏偶以仇本见售，为惊喜，不论直收之[㉒]。按《宣和画谱》称昭道有《落照》《海岸》二图[㉓]，不言所谓《海天落照》者。其图之有御题[㉔]，有瘦金、瓢印与否[㉕]，亦无从辨证，第睹此临迹之妙乃尔，因以想见隆准公之惊世也[㉖]。实父十指如叶玉人[㉗]，即临本亦

⑨ 米颠：指宋代书画家米芾，因举止“颠狂”，人称米颠。善临摹古人字画，几可乱真。⑩ 叵测：不可测。 ⑪ 陈缉熙：名鉴，曾在翰林院任职，为当时著名鉴赏收藏家。 ⑫ 彭孔嘉：名年，苏州人，善书画，是书画名家文征明的学生。 ⑬ 坐法：因犯罪而受法律制裁。⑭ 天府：内府，即宫中府库。 ⑮ 隆庆：明穆宗年号（1567—1572）。 ⑯ 中贵：指大太监。⑰ 小珰：即小太监。 ⑱ 朱忠僖：名希孝，忠僖是死后的谥号。当时任后军都督府左都督，掌锦衣卫事。缇骑：文中指锦衣卫。 ⑲ 癸酉：即明神宗万历元年（1573）。 ⑳ 拾遗人：指买卖古旧书画等物的商人。 ㉑ 弇（yān）园：作者的私家花园，在江苏太仓。 ㉒ 直：同“值”，价格。 ㉓《宣和画谱》：书名，宋徽宗命精于鉴赏的大臣所编，记录宣和时内府所藏的历代名画。 ㉔ 御题：指宋徽宗的题字。 ㉕ 瘦金：宋徽宗赵佶的书体，笔势劲逸，为其自创。瓢印：宋徽宗收藏的古书画上特有的一种瓢状印鉴。 ㉖ 隆准公：这里指李昭道。汉高祖刘邦隆准，即高鼻梁，后人称之为隆准公。杜甫《哀王孙》云：“高帝子孙尽隆准。”李昭道是唐朝宗室，故也称他为隆准公。 ㉗ 叶玉人：古代寓言，说一个匠人手巧，能把玉雕刻成极薄的树叶和树叶混在一起不能分别。

何必减逸少《宣示》[28]、信本《兰亭》哉[29]！老人馋眼今日饱矣，为题其后。

㉘ 逸少：即王羲之，字逸少。东晋著名书法家。《宣示》：即《宣示表》，著名楷书法帖，原为三国时钟繇所写，后世流传的本子是王羲之临写的。 ㉙ 信本：即欧阳询，字信本。唐代著名书法家。《兰亭》：即《兰亭序》，著名行书法帖，据说原为王羲之所书，后世流传的《兰亭序》石刻本相传是欧阳询所书。

（严文儒）

徐渭(1521—1593) 明文学家。字文长,别号天池生,晚年号青藤道人,山阴(今浙江绍兴)人。曾为浙闽总督胡宗宪幕客,宗宪下狱,徐渭惧祸发狂,后以杀妻罪下狱论死,因里人力救获释,遂浪游二京及诸边阨塞以终。徐渭天才超轶,工诗文,善书画。在文学上主张独创,反对模拟,对公安派等颇有影响。著有《徐文长全集》《徐文长逸稿》《徐文长佚草》《南词叙录》《四声猿》等。

豁然堂记[①]

【题解】

此文可能是代人拟作的。因作者一直为人幕僚,中年后又遭祸而浪迹天涯,无力也无钱来改建豁然堂。作者是绍兴人,对绍兴山水的观察具体而细致,并以小见大,从一堂的改建得出"却晦而即明"的道理,令人回味无穷。文章构思巧妙,文笔生动,一反当时的正统文体,体现了作者适性任情的风格。

越中山之大者若禹穴、香炉、蛾眉、秦望之属以十数[②],而小者至不可计。至于湖,则总之称鉴湖[③],而支流之别出者,益不可胜计矣。郡城隍祠在卧龙山之臂[④],其西有堂,当湖山环会处。语其似,

---

① 选自《徐渭集·徐文长逸稿》。 ② 越:古国名,此处指今浙江绍兴地区。禹穴:在绍兴的会稽山,相传为夏禹葬地。秦望:即秦望山,在绍兴东南。《水经注》引《史记》云:秦始皇登之以望南海,故名。香炉、蛾眉,均是绍兴附近的山峰,以其形状而得名。 ③ 鉴湖:亦称镜湖等名,在今绍兴西南。 ④ 卧龙山:旧名种山,原越大夫文种所葬处。因山势盘绕回抱

大约缭青萦白，髻峙滞澄。而近俯雉堞[5]，远向村落，其间林莽田隰之布错[6]，人禽宫室之亏蔽，稻黍菱蒲莲芡之产，耕渔犁楫之具，纷披于坻洼；烟云雪月之变，倏忽于昏旦；数十百里间，巨丽纤华，无不毕集人衿带上。或至游舫冶尊，歌笑互答，若当时龟龄所称莲女渔郎者[7]，时亦点缀其中。

于是登斯堂，不问其人，即有外感中攻[8]，抑郁无聊之事，每一流瞩，烦虑顿消。而官斯土者，每当宴集过客，亦往往寓庖于此[9]。独规制无法[10]，四蒙以辟[11]，西面凿牖[12]，仅容两躯。客主座必东，而既背湖山，起座一观，还则随失，是为坐斥旷明，而自取晦塞。予病其然，悉取西南牖之，直辟其东一面，令客座东而西向，倚几以临即湖山，终席不去，而后向之所云诸景，若舍塞而就旷，却晦而即明。工既讫，拟其名，以为莫"豁然"宜。既名矣，复思其义曰："嗟乎！人之心一耳，当其为私所障时，仅仅知有我七尺躯。即同室之亲，痛痒当前，而盲然若一无所见者，不犹向之湖山，虽近在目前，而蒙以辟者耶？及其所障既彻，即四海之疎，痛痒未必当吾前也，而灿然若无一而不婴于吾之见者[13]，不犹今之湖山，虽远在百里，而通以牖者耶？

若卧龙状，故又名卧龙。今称府山，在绍兴市内。⑤ 雉堞：指城墙。⑥ 隰（xí）：低下的湿地。⑦ 龟龄：即王十朋（1112—1171），字龟龄，宋代文学家。作有《会稽风俗赋》，其中有"有菱歌兮声峭，有莲女兮貌都，日出兮烟销，渔郎兮啸呼"之句。⑧ 外感：由外界事务所引起的感触。⑨ 寓庖：借此堂以宴宾客。⑩ 规制：规划设置。⑪ 辟：通"壁"。⑫ 牖：窗户。⑬ 婴：通"撄"，接触。

（严文儒）

由此观之，其豁与不豁，一间耳，而私一己公万物之几系焉。此名斯堂者与登斯堂者，不可不交相勉者也，而直为一湖山也哉?”既以名于是义，将以共于人也，次而为之记。

李贽(1527—1602) 明思想家、文学家。号卓吾,又号宏甫,别号温陵居士,泉州晋江(今属福建)人。曾任云南姚安知府,后辞官著述讲学,是晚明出现的思想解放思潮的杰出代表。著有《李氏焚书》《续焚书》《藏书》《续藏书》《初潭集》等。

童　心　说[①]

【题解】

明朝中后期,思想文化界出现了反对束缚人们身心自由的左派文学,《童心说》正是一篇体现这种进步的哲学思想和文学主张的重要论文。作者指出童心即真心,并从绝假纯真的童心出发,以鲜明的立场反对复古派和道学家的文学观点,开了公安派的先河。文章思想激进,见解大胆,析理透辟,笔墨酣畅泼辣,读来淋漓痛快。

龙洞山农叙《西厢》[②],末语云:"知我者勿谓我尚有童心可也。"夫童心者,真心也。若以童心为不可,是以真心为不可也。夫童心者,绝假纯真,最初一念之本心也。若失却童心,便失却真心;失却真心,便失却真人。人而非真,全不复有初矣。

童子者,人之初也;童心者,心之初也。夫心之初曷可失也[③]!然童心胡然而遽失也[④]?盖方其始也,有闻见从耳目而入,而以为

---

① 选自《焚书》。② 龙洞山农:恐是李贽的别号。《西厢》:即《西厢记》。③ 曷:何。④ 胡:为何。遽:突然,一下子。

主于其内而童心失。其长也，有道理从闻见而入，而以为主于其内而童心失。其久也，道理闻见日以益多，则所知所觉日以益广，于是焉又知美名之可好也，而务欲以扬之而童心失。知不美之名之可丑也，而务欲以掩之而童心失。夫道理闻见，皆自多读书识义理而来也。古之圣人，曷尝不读书哉？然纵不读书，童心固自在也，纵多读书，亦以护此童心而使之勿失焉耳，非若学者反以多读书识义理而反障之也。夫学者既以多读书识义理障其童心矣，圣人又何用多著书立言以障学人为耶？童心既障，于是发而为言语，则言语不由衷；见而为政事，则政事无根柢；著而为文辞，则文辞不能达。非内含以章美也⑤，非笃实生辉光也，欲求一句有德之言，卒不可得。所以者何？以童心既障，而以从外入者闻见道理为之心也。

夫既以闻见道理为心矣，则所言者皆闻见道理之言，非童心自出之言也。言虽工，于我何与？岂非以假人言假言，而事假事、文假文乎？盖其人既假，则无所不假矣。由是而以假言与假人言，则假人喜；以假事与假人道，则假人喜；以假文与假人谈，则假人喜。无所不假，则无所不喜。满场是假，矮人何辨也⑥？然则虽有天下之至文，其湮灭于假人而不尽见于后世者，又岂少哉！何也？天下之至文，未有不出于童心焉者也。苟童心尚存，则道理不行，闻见不立，无时不文，无人不文，无一样创制体格文字而非文者。诗何必古

---

⑤ 章：通“彰”。章美：彰明美好。 ⑥ 矮人：矮子。李贽在《续焚书二・圣教小引》中说：“所谓矮子观场，随人说妍，和声而已。”这里指没有主见，随声附和的庸人。

选，文何必先秦。降而为六朝[7]，变而为近体[8]，又变而为传奇[9]，变而为院本[10]，为杂剧[11]，为《西厢曲》[12]，为《水浒传》，为今之举子业[13]，皆古今至文，不可得而时势先后论也。故吾因是而有感于童心者之自文也，更说甚么《六经》[14]，更说甚么《语》[15]《孟》乎[16]？

夫《六经》《语》《孟》，非其史官过为褒崇之词，则其臣子极为赞美之语。又不然，则其迂阔门徒、懵懂弟子，记忆师说，有头无尾，得后遗前，随其所见，笔之于书。后学不察，便谓出自圣人之口也，决定目之为经矣，孰知其大半非圣人之言乎？纵出自圣人，要亦有为而发，不过因病发药，随时处方，以救此一等懵懂弟子、迂阔门徒云耳。药医假病，方难定执，是岂可遽以为万世之至论乎？然则《六经》《语》《孟》，乃道学之口实，假人之渊薮也，断断乎其不可以语于童心之言明矣。呜呼！吾又安得真正大圣人童心未曾失者而与之一言文哉！

---

⑦ 六朝：指东吴、东晋、宋、齐、梁、陈等六个朝代。 ⑧ 近体：指唐代成熟的律诗、绝句等格律诗。 ⑨ 传奇：指唐宋传奇小说。 ⑩ 院本：金代行院演戏所用的脚本。 ⑪ 杂剧：指元杂剧。 ⑫《西厢曲》：即《西厢记》。 ⑬ 举子业：明代以八股文取士，举子业即指八股文。⑭《六经》：指《诗》《书》《易》《礼》《乐》《春秋》等六部儒家经典。 ⑮《语》：即《论语》。⑯《孟》：即《孟子》。

（严文儒）

赞刘谐[①]

【题解】

作者本人是一位反对宋明道学的斗士，他借赞刘谐，对道学家的尊孔崇儒的陈腐论调进行了有力的批驳。文章不足二百字，却写得形象生动，文笔辛辣诙谐。

有一道学[②]，高屐大履，长袖阔带，纲常之冠，人伦之衣，拾纸墨之一二，窃唇吻之三四，自谓真仲尼之徒焉[③]。时遇刘谐。刘谐者，聪明士，见而哂曰："是未知我仲尼兄也。"其人勃然作色而起曰："'天不生仲尼，万古如长夜[④]。'子何人者，敢呼仲尼而兄之！"刘谐曰："怪得羲皇以上圣人尽日燃纸烛而行也[⑤]！"其人默然自止。然安知其言之至哉！

李生闻而善曰："斯言也，简而当，约而有余[⑥]，可以破疑网而昭中天矣。其言如此，其人可知也。盖虽出于一时调笑之语，然其至者百世不能易。"

---

① 选自《焚书》。刘谐：字宏源，明麻城（今属湖北）人。隆庆进士，曾任知县等职。② 道学：宋明理学的别称。这里指崇奉理学的道学家。 ③ 仲尼：即孔丘，字仲尼。 ④"天不生"两句：宋强幼安《唐子西文录》谓为蜀道馆舍壁间所题。朱熹曾在《朱子语类》卷九三加以引用。意思是：上天如果不降生孔子，千年万代就像是处于漫长的黑暗之中。 ⑤ 怪得：怪不得。羲皇：即伏羲氏，古代传说中人类的始祖。纸烛：蘸酒点火可以照明的纸捻。⑥ 有余：有余味。

（严文儒）

汤显祖(1550—1616)　明戏剧家、文学家。字义仍,号海若、若士,别称“清远道人”,江西临川(今江西抚州)人。万历进士,任南京太常寺博士、礼部主事等职。性刚直,不附权贵,因上疏抨击朝政被排斥而辞官归家。他的成就在于戏剧创作,作品有传奇《牡丹亭》(又称《还魂记》)《紫钗记》《南柯记》《邯郸记》,合称为“临川四梦”或“玉茗堂四梦”。有《玉茗堂诗文集》传世。今有《汤显祖集》整理出版。

牡丹亭记题词[1]

【题解】

汤显祖为自己和别人传奇所作的序都称之为“题词”,大概他以为题词更可自由抒发,不落俗套。本文采用晚明小品的笔调来发议论,使文章所表达的思想感情,显得愈加情真意切。它从一般的人情出发,强调了“情”的伟大力量,寄寓了崇尚真性情、反对假道学的思想。“理之所必无”,“情之所必有”,含蓄地表现了作者与当时社会正统观念的对立。

天下女子有情,宁有如杜丽娘者乎[2]!梦其人即病[3],病即弥连[4],至手画形容传于世而后死[5]。死三年矣,复能溟莫中求得其所梦者而生[6]。如丽娘者,乃可谓之有情人耳。情不知所起,一往而

① 选自《汤显祖集》。② 宁:岂。杜丽娘:《牡丹亭》中女主角。③ 其人:指《牡丹亭》中男主角柳梦梅。④ 弥连:弥留,指病重将死。⑤ 手画形容:《牡丹亭》第十四出《写真》写杜丽娘自己画像。⑥ 溟莫:指冥间,阴间。迷信称人死后鬼魂聚居处。

深，生者可以死，死可以生。生而不可与死，死而不可复生者，皆非情之至也。梦中之情，何必非真，天下岂少梦中之人耶？必因荐枕而成亲[⑦]，待挂冠而为密者[⑧]，皆形骸之论也[⑨]。

传杜太守事者[⑩]，仿佛晋武都守李仲文、广州守冯孝将儿女事[⑪]。予稍为更而演之[⑫]。至于杜守收考柳生[⑬]，亦如汉睢阳王收考谈生也[⑭]。

嗟夫，人世之事，非人世所可尽。自非通人[⑮]，恒以理相格耳[⑯]。第云理之所必无[⑰]，安知情之所必有邪！

---

⑦ 荐枕：荐枕席。语出宋玉《高唐赋》："闻君游高唐，愿荐枕席。"形容男女间之事。 ⑧ 挂冠：司马相如《美人赋》："玉钗挂臣冠，罗袖拂臣衣。"写美人对自己的亲近。 ⑨ 形骸：形体，相对精神而言。这里"形骸"与上文"至情"相对。 ⑩ 传杜太守事：指当时已经流传的有关杜丽娘的故事。 ⑪"仿佛"两句：李仲文亡女与张世之之子梦中情爱之事。冯孝将之子冯马子与徐元方亡女因梦而成夫妇。二事均见《法苑珠林》。 ⑫ 演：铺排。 ⑬"杜守收考"句：《牡丹亭》第五十三出《硬拷》，杜丽娘父杜太守拷问柳梦梅，逼他招认盗墓。 ⑭"汉睢阳王"句：一女子夜赴谈生家，与谈结为夫妇。二年后离别时赠以珠袍，实为睢阳王女，已死。睢阳王怀疑谈生盗墓，于是收拷谈生。事见《列异传》。 ⑮ 通人：学识渊博、贯通古今的人。 ⑯ 格：推究。 ⑰ 第：但，只。

（曹大民）

黄汝亨(1558—1626)　字贞父,仁和(今浙江杭县)人。万历二十六年进士,官至江西布政司参议。晚年归隐杭州西湖小蓬莱。学术渊博,擅长言谈,深为时人称誉。著有《狂言纪略》《寓林集》《廉吏传》《古奏议》等。

复吴用修[1]

【题解】

由于晚明政治黑暗,许多文人和下层官吏只得逃离现实,躲进个人的小天地中。在这种时代背景下,作者写下了这封构思奇妙、词句秀丽的信,反映了自己的矛盾心理:一方面不满现实,向往充满诗情画意,能够旷达不羁的理想世界;另一方面作为社会成员,又必须面对因物质生活而带来的种种现实问题。文中描绘了两种不同的境界,设想奇特却又自然妥贴,将诗情画意和哲理有机地融为一体。

怀足下意非楮墨可了[2],彼此穷愁,亦复默会[3];姑与足下陈说两境。

泉声咽石,月色当户;修竹千竿,芭蕉一片。或探名理,时对佳客。清旷则弟蓄嵇阮[4],飞扬则奴隶原尝[5]。萧然四壁,傲睨千古。

---

① 选自《寓林集》。吴用修:生平事迹不详。 ② 楮(chǔ)墨:纸墨。了:明白,清楚。 ③ 默会:不言而喻,心领神会。 ④ 清旷:清高旷达,不受羁绊。弟蓄嵇阮:把嵇康、阮籍当作弟弟。嵇康和阮籍都是魏晋间文学家、思想家,以清高放达著称。 ⑤ 飞扬:放荡不羁,目空一切。奴隶原尝:把平原君和孟尝君看作奴隶。平原君、孟尝君:战国贵公子,曾分别任赵、

此一境也。

采薇颇艰⑥，辟纑不易⑦。内窘中馈之奉⑧，外虚北海之尊⑨；更复好义，先人守雌去道⑩。食指如林，多口若棘⑪。风雅之趣既减，往来之礼务苛⑫。此又一境也。

两境迭进⑬，终归扰扰⑭。半是阿堵小贼⑮，坐困英雄耳！吾与足下俱不免，故敢及之，此未可以示俗客也！

齐二国相国。⑥ 采薇：殷末伯夷、叔齐耻食周粟，于首阳山采薇而食，竟至饿死。⑦ 辟纑（lú）：把缉过的麻搓成线。指战国陈仲子，以兄为齐卿不义而离去，靠做鞋、绩麻为生。⑧ 中馈（kuì）：古时指妇女在家主持饮食之事。奉：赡养。⑨ 虚北海之尊：指酒杯中没有酒。汉末孔融，曾为北海相，常说："座上客常满，杯中酒不空，吾无虑矣！"尊，指酒杯。⑩ 先人：古人。守雌去道：自守柔道与卑微，不与人争，不为官宦。语出《老子》。⑪ "食指"两句：极喻饮食之人多。⑫ 苛：苛刻；烦琐。⑬ 迭进：交相出现。⑭ 扰扰：烦乱。⑮ 阿堵小贼：指钱。

（陆德阳）

陈继儒(1558—1639)　明文学家。字仲醇,号眉公。松江华亭(今上海松江)人。工诗善文,又兼能书画,名重一时,与董其昌齐名。二十九岁时隐居昆山,后居东佘山,闭门写作。志尚高雅,博学多通,著述丰富,并辑有《宝颜堂秘笈》《翰海》等。

米襄阳志林序①

【题解】

本篇序文是应人之请而作的。作者抓住米芾性格中一个"颠"字来做文章,撷取米氏生活中几件典型的佚事,表现了与众不同的米氏之颠——不俗、不寒、不落近代、不屈挫、不堕狡狯——总之,米氏之颠是他人所不能及的。联系作者处于明末而隐居避世,不难看出是借说米颠而浇自己胸中块垒罢了。

予读陆友仁《米颠遗事》②,恨其故实未备③,尝发意排纂。江东好古收藏之家所遇襄阳书画④,小有题识者,辄手录之。而范长康多读异书⑤,搜讨米事,尤丑类而详⑥。因题曰《志林》,请予叙。

---

① 选自《米襄阳志林》卷首。米襄阳:米芾(1051—1107),字元章,居襄阳,故称米襄阳。北宋书画大家,书法超妙入神,与苏轼、黄庭坚、蔡襄并称宋四家。行多违世异俗,人称米颠。② 陆友仁:元代陆友,字友仁,吴县人。博极群书,工汉隶八分,尤长五言诗。③ 故实:足以效法的旧事。④ 江东:指长江下游南岸地区。⑤ 范长康:明代范明泰,字长康。辑有《米襄阳志林》。⑥ 丑:通"俦"。俦类即同类。

予谓古今隽人多矣⑦,惟米氏以颠著。要之颠不虚得,大要浩然之气全耳。后人喜通脱而惮检括⑧,沓拖拉拶⑨,沾沾藉米颠氏为口实⑩。夫米公之颠,谈何容易!公书初摹二王⑪,晚入颜平原⑫,掷斤置削⑬,而后变化出焉。其云山一一以董、巨为师⑭。诗文不多见,顾崖绝魁垒如深往者⑮,而公之颠始不俗。两苏、黄豫章、秦淮海、薛河东、德麟、龙眠、刘泾、王晋卿之徒⑯,皆爱而乐与之游,相与跌宕文史⑰,品题翰墨,而公之颠始不寒⑱。陪祀太庙⑲,洗去祭服藻火⑳,至褫职㉑,然洁疾淫性㉒,不能忍,而公之颠始不秽。冠带衣襦㉓,起居语默,略以意行,绝不用世法㉔,而公之颠始不落近代。奉敕写《黄庭》㉕,写御屏㉖,奋毫振袖,酣叫淋漓,天子为卷帘动色,彻赐酒果㉗,文其甚则跪请御前研以归㉘,公之颠始不屈挫。寄人尺

⑦ 隽(jùn)人:才智出众的人。 ⑧ 惮(dàn):怕。检括:遵守法度。 ⑨ 沓(tà)拖:办事拖拉。拉拶:崩塌,断裂。意为办不成事。 ⑩ 藉:借。口实:借口。 ⑪ 摹:临摹。二王:晋王羲之、王献之父子,书法为后世推崇,并称二王。 ⑫ 颜平原:颜真卿,唐代著名书法家,曾为平原太守,故称颜平原。后封鲁郡公,世称颜鲁公。 ⑬ 斤:斧子,引申为改正。削:曲刀,古代书写用竹简木札,有所修改,就用削来刮除。此句意为对二王和颜真卿的书法有所突破、创新。 ⑭ 董:董源,五代人,善画山水。巨:巨然,南唐画僧,师法董源,并称董巨。为五代北宋间山水画主要流派。 ⑮ 顾:副词,不过的意思。崖绝:独特。魁(kuài)垒:即块垒,雄伟。 ⑯ 两苏:北宋文学家苏轼、苏辙。黄豫章:北宋诗人黄庭坚。秦淮海:北宋词人秦观。薛河东:北宋书画家薛绍彭。德麟:北宋宗室赵令畤,能诗词,著有《侯鲭录》。龙眠:北宋画家李公麟。刘泾:北宋熙宁进士,善画。王晋卿:王诜,北宋英宗驸马,能诗善书画,又工弈棋。 ⑰ 跌宕:放佚不羁。 ⑱ 寒:孤单。 ⑲ 太庙:皇帝的祖庙。 ⑳ 藻火:水藻及火焰的图形,古人用作服饰。 ㉑ 褫(chǐ)职:革去官职。 ㉒ 洁疾:洁癖。淫性:过度成性。 ㉓ 襦:短衣,短袄,穿在单衫外。 ㉔ 世法:世俗的礼法。 ㉕ 奉敕:受君主的诏命。《黄庭》:《黄庭经》。 ㉖ 御屏:皇宫里的屏风。 ㉗ 彻:撤去。 ㉘ 御前:皇帝面前。研:砚台。

牍[29]，写至“芾拜”，则必整襟拜而书之，而公之颠始不堕狡狯[30]。呜呼米颠，旷代一人而已！求诸古今，张长史得其怪[31]；倪元镇得其洁[32]；敷文学士与高尚书得其笔[33]；滑稽谈笑，游戏殿廷，东方朔[34]、李白得其豪。故曰，米公之颠，谈何容易！

公没于淮阳军[35]，先一月，尽焚其平生书画。预置一棺，焚香清坐其中。及期举拂[36]，合掌而逝。吾视其胸中，直落落无一物者，其圣门所谓古之狂欤[37]？洙泗之时[38]，楚狂在接舆[39]；濂洛之时[40]，楚狂在芾；其颠可及也，其浩然之气不可及也。

㉙ 尺牍：信札。㉚ 堕：落，入。狡狯：诡变，开玩笑。㉛ 张长史：唐代张旭，善狂草。官至金吾长史。㉜ 倪元镇：元代倪瓒，字元镇，工山水。㉝ 敷文学士：不详。高尚书：元代高克恭，山水画家，官至刑部尚书。㉞ 东方朔：汉武帝时人，官至太中大夫。以诙谐滑稽著名。㉟ 淮阳军：地名，在今江苏省邳县东三里。㊱ 拂：掸尘之具，即拂尘。㊲ 圣门：孔子门下。孔子曾说：“古之狂也肆，今之狂也荡。”见《论语·阳货》。㊳ 洙泗：即洙水、泗水。孔子居洙泗之间，教授弟子。洙泗之时即指春秋时代。㊴ 接舆：传说为春秋时楚隐士，佯狂避世。因其迎孔子的车而歌，故称接舆。㊵ 濂洛：濂指濂溪周敦颐，洛指洛阳程颢、程颐，为宋代理学主要学派，濂洛之时即指宋代。

（曹大民）

袁宗道(1560—1600)　明文学家。字伯修,号石浦,湖广公安(今属湖北)人。万历十四年(1586)会试第一,官至右庶子。与弟袁宏道、袁中道齐名,时称“三袁”,为公安派代表作家之一。极力排斥复古派摹拟抄袭之风,提出较进步的文体革新主张。特别喜好白居易和苏轼的作品,因此名其书斋为“白苏斋”。著有《白苏斋类集》。

龙　湖[①]

【题解】

袁氏三兄弟受同时代的进步思想家、文学家李贽影响很大。从万历十八年(1590)起,三袁与李贽每年都有往来。万历二十一年春,三袁再次结伴去湖北麻城附近的龙湖拜访李贽。五月五日,袁宗道写下此文。文章前半写龙湖景致,寥寥数语,交代清楚,形容周全,笔力简劲练达。后半提及李贽,透露出“问法而来”的消息,但旨意颇为含蓄。李贽评“伯(指宗道)也稳实”,从这短短的一百六十一个字的记游小品中,确也可看出作者的风格来。

龙湖一云龙潭。去麻城三十里[②]。万山瀑流,雷奔而下,与溪中石骨相触,水力不胜石,激而为潭。潭深十余丈,望之深青,如有龙眠,而土之附石者,因而夤缘得存[③]。突兀一拳,中央峙立。青树

① 选自《白苏斋类集》。 ② 麻城:今湖北省麻城县。 ③ 夤(yín)缘:攀附。

红阁，隐见其上，亦奇观也。

潭右为李宏甫精舍[④]，佛殿始落成。倚山临水，每一纵目，则光、黄诸山，森然屏列，不知几万重。余本问法而来[⑤]，初非有意山水，且谓麻城僻邑，当与孱陵、石首伯仲[⑥]，不意其泉石幽奇至此也。故识[⑦]。癸巳五月五日记[⑧]。

---

④ 李宏甫：李贽，见《童心说》作者介绍。精舍：僧人、道士修炼居住的地方。 ⑤ 问法：问道。指向李贽请教。 ⑥ 孱(zhàn)陵：县名，在今湖北公安县南。石首：县名，今属湖北。伯仲：指兄弟的次第，比喻不相上下。 ⑦ 识(zhì)：记。 ⑧ 癸巳：万历二十一年(1593)，岁次癸巳。

（曹大民）

袁宏道(1568—1610) 明文学家。字中郎,号石公,湖广公安(今属湖北)人。万历进士,官至吏部郎中。袁氏兄弟中以他成就最高,是“公安派”的代表人物。文学上主张“独抒性灵,不拘格套”,“一一从自己胸中流出”。他的散文活泼生动,清新自然,在明代散文中自成一格。有《袁中郎集》。

满井游记①

【题解】

袁宏道性爱游览,他说:“余性疏脱,不耐羁锁……虽霜天黑月,纷庞冗杂,意未尝一刻不在宾客山水”(《游惠山记》)。1598年起,他在京城做官,幸而政事清闲,得以游览北京附近名胜,第二年初春他写了这篇游记。文章短短三百来字,飘来了春天的气息和泥土的芬芳,分明是一首早春的颂歌。游人所见的一切都透出勃勃的生机。文章用了许多生动鲜明的比喻,更为春天的大自然增添了绚丽的色彩。

燕地寒②,花朝节后③,余寒犹厉。冻风时作④,作则飞沙走砾⑤。局促一室之内⑥,欲出不得。每冒风驰行⑦,未百步辄返⑧。

---

① 选自《袁宏道集笺校》。满井:古井名。在北京东北郊。因水面常满出井边得名。② 燕:以前指河北北部一带,称北京为燕京。 ③ 花朝节:旧时以农历二月初二(一说为十二日,又说为十五日)为百花生日,称花朝节。 ④ 时作:经常刮。 ⑤ 砾(lì):碎石子。⑥ 局促:拘束。 ⑦ 驰行:快步走。 ⑧ 辄(zhé):就。

廿二日天稍和[⑨]，偕数友出东直[⑩]，至满井。高柳夹堤，土膏微润[⑪]，一望空阔，若脱笼之鹄[⑫]。于时冰皮始解[⑬]，波色乍明[⑭]，鳞浪层层[⑮]，清澈见底，晶晶然如镜之新开而冷光之乍出于匣也[⑯]。山峦为晴雪所洗，娟然如拭[⑰]，鲜妍明媚，如倩女之靧面而髻鬟之始掠也[⑱]。柳条将舒未舒，柔梢披风[⑲]，麦田浅鬣寸许[⑳]。游人虽未盛，泉而茗者[㉑]，罍而歌者[㉒]，红装而蹇者[㉓]，亦时时有。风力虽尚劲，然徒步则汗出浃背[㉔]。凡曝沙之鸟[㉕]，呷浪之鳞[㉖]，悠然自得，毛羽鳞鬣之间皆有喜气[㉗]。始知郊田之外未始无春[㉘]，而城居者未之知也。

夫能不以游堕事[㉙]，而潇然于山石草木之间者[㉚]，惟此官也[㉛]。而此地适与余近[㉜]，余之游将自此始，恶能无纪[㉝]？己亥之二月也[㉞]。

---

⑨ 稍和：略微温和。 ⑩ 偕：同。东直：东直门，北京城东面最北的城门。 ⑪ 土膏：肥沃的泥土。 ⑫ 鹄(hú)：天鹅。 ⑬ 冰皮：冰覆在水面上，如水有皮。 ⑭ 乍：开始。 ⑮ 鳞浪：鱼鳞似的浪纹。 ⑯ 匣：镜匣。 ⑰ 娟然：美好的样子。 ⑱ 倩女：美丽的少女。靧(huì)：洗脸。髻(jì)鬟：环形发结。掠：拂过，这里指梳理。 ⑲ 披风：在风中散开。 ⑳ 浅：短短的。鬣(liè)：兽颈上的长毛，这里借指麦苗。 ㉑ 泉而茗：汲泉水煮茶。 ㉒ 罍(léi)而歌：饮酒唱歌。 ㉓ 蹇(jiǎn)：驴子。此句意为骑驴子的浓妆艳抹的妇女。 ㉔ 浃(jiā)：湿透。 ㉕ 曝(pù)沙：在沙滩上晒太阳。 ㉖ 呷(xiā)浪：吞吸水波。鳞：鱼。 ㉗ 毛羽鳞鬣：这里泛指一般的动物。 ㉘ 未始：未尝。 ㉙ 堕(huī)事：误事。 ㉚ 潇然：不受拘束的样子。 ㉛ 此官：作者当时任学官(顺天教授、国子助教)。 ㉜ 此地：指满井。适：刚好。 ㉝ 恶(wū)：哪。 ㉞ 己亥：万历二十七年(1599)。

(曹大民)

晚游六桥待月记[①]

【题解】

袁宏道写有十六篇西湖游记，本文是其中的第二篇。文章极写西湖之春桃花的迷人，连罕见的梅花“奇观”也难以引动作者离去。“绿烟红雾，弥漫二十余里”的一片桃花，引得游人如织，“粉汗如雨”，好一幅西湖游春图！但杭人不知朝、夕为西湖尤“浓媚”之时，作者要领略的是常人所没有发现的风神天然之美。在依次把梅花、桃花、朝烟、夕岚之美层层渲染之后，待到要写“待月”和“为月”之美，却匆匆几句“花态柳情，山容水意，别是一种趣味”，戛然而止，飘然而逝。西湖月夜之美竟使袁宏道这样的大手笔也描摹不得，笔法空灵幻变，余韵悠长。同时代张岱评道：“古人记山水手，太上郦道元，其次柳子厚，近时则袁中郎。”诚非虚誉。

西湖最盛，为春为月[②]。一日之盛，为朝烟，为夕岚[③]。

今岁春雪甚盛，梅花为寒所勒[④]，与杏桃相次开发，尤为奇观。石篑数为余言[⑤]：傅金吾园中梅[⑥]，张功甫玉照堂故物也[⑦]，急往观之。余时为桃花所恋，竟不忍去。湖上由断桥至苏堤一带[⑧]，绿烟

---

① 选自《袁宏道集笺校》。六桥：杭州西湖苏堤上映波、锁澜、望山、压堤、东浦、跨虹六座桥。 ② 为春为月：是春天是月夜。 ③ 夕岚（lán）：傍晚的山雾。 ④ 勒：束缚。此句意为梅花为寒气所抑而迟开。 ⑤ 石篑：即陶望龄，字周望，号石篑，会稽（今浙江绍兴）人。“公安派”作家，三袁好友。 ⑥ 傅金吾：金吾是官名，汉官有执金吾，明代亲军中有金吾卫。傅氏生平不详。 ⑦ 张功甫：张镃，字功甫，南宋将领张俊的孙子。玉照堂是他家的园林，有四百株名贵的梅花。 ⑧ 断桥：西湖白堤东首一座桥，又名段家桥。

红雾，弥漫二十余里。歌吹为风[9]，粉汗为雨，罗纨之盛[10]，多于堤畔之草，艳冶极矣。

然杭人游湖，止午、未、申三时[11]，其实湖光染翠之工，山岚设色之妙，皆在朝日始出，夕舂未下[12]，始极其浓媚。月景尤不可言，花态柳情，山容水意，别是一种趣味。此乐留与山僧游客受用，安可为俗士道哉！

---

⑨ 歌吹：泛指歌声和器乐声。 ⑩ 罗纨（wán）：指穿盛装艳服的游人。 ⑪ 午未申三时：指从上午十一时到下午五时这一段时间。 ⑫ 夕舂（chōng）：夕阳。《淮南子·天文训》："日至虞渊是谓高舂，至于连石，是谓下舂。"因以舂代日。

（曹大民）

灵　岩[1]

【题解】

袁宏道在万历二十三年（1595）三月至万历二十四年（1596）年底，任吴县县令。其间他写了十八篇关于苏州山水名胜的游记。本篇当是万历二十四年六月，宏道以吴县地方官身份，到灵岩等地勘察灾情后所作。灵岩山因吴王夫差和美女西施而多遗迹，对此文章花了较多笔墨，凭吊古迹，颇多感慨。通篇写山水少，而以追怀古昔引起议论史

---

① 选自《袁宏道集笺校》。灵岩：在苏州市西郊，又名砚石山。

事，在袁氏记游文中另辟蹊径。议论虽不免老生常谈，但行文举重若轻，摇曳多姿，缘景生情，因情生叹，有较大的感染力。

灵岩一名砚石，《越绝书》云②："吴人于砚石山作馆娃宫。"即其处也。山腰有吴王井二：一圆井，日池也；一八角井，月池也。周遭石光如镜，细腻无驳蚀，有泉常清，莹晶可爱，所谓银床素绠③，已不知化为何物。其间挈军持瓶钵而至者④，仅仅一二山僧，出没于衰草寒烟之中而已矣。悲哉！有池曰砚池，旱岁不竭，或曰即玩华池也。

登琴台，见太湖诸山，如百千螺髻⑤，出没银涛中，亦区内绝景。山上旧有响屧廊⑥，盈谷皆松，而廊下松最盛，每冲飙至⑦，声若飞涛。余笑谓僧曰："此美人环珮钗钏声，若受具戒乎⑧？宜避去。"僧瞪目不知所谓。石上有西施履迹，余命小奚以袖拂之⑨，奚皆徘徊色动。碧繶缃钩⑩，宛然石髲中⑪，虽复铁石作肝，能不魂销心死？色之于人甚矣哉！山仄有西施洞，洞中石貌甚粗丑，不免唐突⑫。或云：石室吴王所以囚范蠡也⑬。僧为余言，其下洼处，为东西画船

---

②《越绝书》：著者佚名，原书二十五篇，今佚五篇。内容类同于《吴越春秋》，记春秋时期越国事。③ 银床：银饰的井栏。素绠(gěng)：白色的汲水绳索。《晋书·乐志·淮南王篇》："后园凿井银作床，金瓶素绠汲寒浆。"④ 挈(qiè)：提。军持：净瓶或澡罐。⑤ 螺髻：螺壳状的发髻。⑥ 响屧(xiè)廊：也作鸣屧廊、屧廊。相传吴王令西施辈步屧，廊虚而响，故名。屧，木板拖鞋。⑦ 飙(biāo)：暴风。⑧ 若：你。具戒：全部的佛教戒律。⑨ 奚：奴仆。⑩ 繶(yì)：饰屦的圆丝带。缃(xiāng)：浅黄色。⑪ 髲：今字书均无此字，疑有误。⑫ 唐突：冒犯。⑬ 范蠡：春秋时越国大夫，辅佐越王勾践灭吴国。

湖，吴王与西施泛舟之所。采香径在山前十里，望之若在山足，其直如箭，吴宫美人种香处也⑭。山下有石可为砚，其色深紫，佳者殆不减歙溪⑮。米氏《砚史》云⑯："嶐村石理粗⑰，发墨不糁⑱。"即此石也。山之得名，盖以此，然在今蒐伐殆尽，石亦无复佳者矣。

嗟夫！山河绵邈⑲，粉黛若新⑳。椒华沉彩㉑，竟虚待月之帘㉒；夸骨埋香㉓，谁作双鸾之雾㉔？既已化为灰尘白杨青草矣。百世之后，幽人逸士犹伤心寂寞之香趺㉕，断肠虚无之画屧，矧夫看花长洲之苑㉖、拥翠白玉之床者㉗，其情景当何如哉？夫齐国有不嫁之姊妹，仲父云无害霸㉘；蜀宫无倾国之美人，刘禅竟为俘虏㉙。亡国之罪，岂独在色？向使库有湛卢之藏㉚，潮无鸱夷之恨㉛，越虽进百西施何益哉！

---

⑭ 香：代指花草。 ⑮ 歙（shè）溪：在江西婺源县，所产砚石称歙砚，为名砚。 ⑯ 米氏：北宋书画家米芾。 ⑰ 嶐（guó）村：在吴王旧城侧。 ⑱ 糁（sǎn）：指散粒状的东西。 ⑲ 绵邈（miǎo）：久远。 ⑳ 粉黛：借指美女。 ㉑ 椒华：即椒花。椒，香木。后妃之居室称为椒花之房。 ㉒ 待月：据《拾遗记》："越有美女二人，一名夷光，一名修明，以贡于吴。吴处于椒花之房，贯细珠为帘，朝下以蔽景，夕捲以待月。" ㉓ 夸：疑为夸之误。夸为夷的异字。夷，夷光，即西施。埋香：埋葬美人。 ㉔ 雾：疑为"舞"字之误。古代传说，鸾鸟善舞。 ㉕ 趺（fū）：足迹。 ㉖ 矧（shěn）：况且。长洲之苑：长洲苑为春秋吴王阖闾游猎处，在苏州南，太湖北。 ㉗ 白玉：即白玉堂，指官吏的邸宅。 ㉘ 仲父：春秋时齐桓公对管仲的尊称。 ㉙ 刘禅：三国蜀刘备之子，刘后主。 ㉚ 湛（zhàn）卢：古代宝剑名，相传为春秋时欧冶子所铸。 ㉛ 鸱（chī）夷：皮制的口袋。伍子胥因谏吴王夫差灭越，但夫差信伯嚭谗言，迫伍自杀。又把他的尸首盛在鸱夷中，投于江。传说伍子胥死后成为浙江潮神，因称浙江潮为胥涛。

（曹大民）

徐文长传①

【题解】

本文作于明神宗万历二十七年(1599),时距徐文长谢世已有六年。徐文长是个不世出的英才,他的成就无论诗文、剧作,还是书画艺术,皆足以名垂后世,但一生怀才不遇,命途坎坷。作者为之作传,是为同志抒发积愤,同时也壮大自己一派的声势。文中抓住"奇"字来写,其人奇,事奇,文奇,诗奇,字奇,画奇,"无之而不奇",但是,最后却落得个"数奇"的悲剧命运。作者在传文末段对这位怀才不遇的传主,作了肯定的评价,慧眼知言,直抒胸臆,激情满怀,大足为文长吐气。

余一夕坐陶太史楼②,随意抽架上书,得《阙编》诗一帙③,恶楮毛书④,烟煤败黑,微有字形。稍就灯间读之,读未数首,不觉惊跃,急呼周望:"《阙编》何人作者,今邪古邪?"周望曰:"此余乡徐文长先生书也。"两人跃起,灯影下读复叫,叫复读,僮仆睡者皆惊起。盖不佞生三十年⑤,而始知海内有文长先生,噫,是何相识之晚也!因以所闻于越人士者⑥,略为次第⑦,为《徐文长传》。

---

① 选自《袁宏道集笺校》。徐文长:即徐渭。详见《豁然堂记》作者介绍。 ② 一夕:万历二十五年(1597)三月,袁宏道游绍兴的一个晚上。陶太史:陶望龄,参见《晚游六桥待月记》注⑤。曾任翰林院编修,明代翰林院掌修史的官员称太史。 ③ 帙(zhì):装线装书的布套。一帙即一部。 ④ 楮:落叶乔木,树皮为造纸原料。恶楮毛书:指书的纸质和字体都很差。 ⑤ 不佞(nìng):作者自谦。佞,有才智。 ⑥ 越:古诸侯国名,今浙江一带。 ⑦ 次第:依次编排、整理。

徐渭，字文长，为山阴诸生⑧，声名藉甚⑨。薛公蕙校越时⑩，奇其才，有国士之目⑪。然数奇⑫，屡试辄蹶⑬。中丞胡公宗宪闻之⑭，客诸幕⑮。文长每见，则葛衣乌巾⑯，纵谭天下事⑰。胡公大喜。是时公督数边兵，威振东南，介胄之士⑱，膝语蛇行⑲，不敢举头，而文长以部下一诸生傲之，议者方之刘真长、杜少陵云⑳。会得白鹿㉑，属文长作表，表上，永陵喜㉒。公以是益奇之，一切疏记，皆出其手。

文长自负才略，好奇计，谈兵多中，视一世士无可当意者，然竟不偶㉓。文长既已不得志于有司㉔，遂乃放浪曲蘖㉕，恣情山水，走齐、鲁、燕、赵之地，穷览朔漠㉖，其所见山奔海立，沙起云行，风鸣树偃，幽谷大都㉗，人物鱼鸟，一切可惊可愕之状，一一皆达之于诗。其胸中又有勃然不可磨灭之气，英雄失路托足无门之悲㉘，故其为

---

⑧ 诸生：经考试入学的生员，俗称秀才。 ⑨ 藉甚：很大。 ⑩ 薛公蕙：薛蕙，字君采。亳(bó)州(今安徽亳县)人，明正德进士。校(jiào)越：作浙江的乡试主考官。 ⑪ 国士：一国杰出的人物。目：看待，品评。 ⑫ 数奇(shù jī)：命运不顺利。 ⑬ 蹶：摔倒。指科举失败。 ⑭ 中丞：明清时借称巡抚。胡公宗宪：胡宗宪，字汝贞，徽州绩溪(今属安徽)人，嘉靖进士，曾任浙江巡抚，率兵抗倭有功。后因附严嵩，下狱死。 ⑮ 客诸幕：延请(徐)为幕僚。 ⑯ 葛衣乌巾：穿葛布衣服，戴黑色头巾。这都不是正式官服。 ⑰ 谭：同“谈”。 ⑱ 介胄之士：指将官。 ⑲ 膝语蛇行：跪着说话，匍伏而行。形容敬畏的样子。 ⑳ 方：比拟。刘真长：刘惔，字真长，东晋著名清谈家。杜少陵：杜甫，字少陵，唐代诗人。两人都曾处幕僚之位，但无谄媚之状。 ㉑ 会：适逢。白鹿：嘉靖三十七年(1558)春，胡宗宪得白鹿于舟山，作为祥瑞上献明世宗。 ㉒ 永陵：明世宗嘉靖皇帝朱厚熜(cōng)的陵墓。代称嘉靖皇帝，以示崇敬。 ㉓ 不偶：不遇，不得志， ㉔ 有司：主管有关政事的官吏，这里指考官。 ㉕ 曲蘖(niè)：酒母，代指酒。 ㉖ 朔漠：泛指北方沙漠地带。 ㉗ 大都：大的都市。 ㉘ 托足无门：无处立足。

诗，如嗔如笑[29]，如水鸣峡，如种出土，如寡妇之夜哭，羁人之寒起[30]，虽其体格时有卑者，然匠心独出，有王者气[31]，非彼巾帼而事人者所敢望也[32]。文有卓识，气沉而法严，不以模拟损才，不以议论伤格[33]，韩、曾之流亚也[34]。文长既雅不与时调合[35]，当时所谓骚坛主盟者[36]，文长皆叱而奴之，故其名不出于越，悲夫！喜作书，笔意奔放如其诗，苍劲中姿媚跃出，欧阳公所谓“妖韶女老，自有余态”者也[37]。间以其余[38]，旁溢为花鸟，皆超逸有致。卒以疑杀其继室[39]，下狱论死，张太史元汴力解乃得出[40]。

晚年愤益深，佯狂益甚，显者至门[41]，或拒不纳。时携钱至酒肆，呼下隶与饮[42]。或自持斧击破其头，血流被面，头骨皆折，揉之有声[43]。或以利锥锥其两耳，深入寸余，竟不得死。周望言：“晚岁诗文益奇，无刻本，集藏于家。”余同年有官越者[44]，托以抄录，今未至。余所见者，《徐文长集》《阙编》二种而已。然文长竟以不得志于时，抱愤而卒。

石公曰[45]：“先生数奇不已，遂为狂疾；狂疾不已，遂为囹圄。古

㉙ 嗔(chēn)：发怒。 ㉚ 羁人：旅居在外的人。 ㉛ 王者气：帝王般的轩昂气概。 ㉜ 巾帼：妇女。这句意为不是那种像专门侍奉人的婢女般的世俗文人所能比拟的。 ㉝ 格：格调。 ㉞ 韩、曾：韩愈、曾巩，唐宋散文名家。流亚：同样类型的人物。 ㉟ 雅：平素，向来。时调：指当时盛行一时的前后七子拟古文风。 ㊱ 骚坛：诗坛。 ㊲ “欧阳公”句：欧阳修诗《水谷夜行寄子美圣俞》有句：“譬如妖韶女，老自有余态。”以赞苏子美诗，此处借以论徐文长书法。 ㊳ 间：有时。余：余力，余暇。 ㊴ 卒：终于。继室：后妻。 ㊵ 张太史元汴：张元汴，字子荩，山阴人。隆庆进士，官至翰林侍读。 ㊶ 显者：大官。 ㊷ 下隶：衙门里地位低贱的差役。 ㊸ 揉：用手来回搓擦。 ㊹ 同年：科举时代称同科考中的人为同年。 ㊺ 石公：袁宏道的号，用以自称。

今文人牢骚困苦，未有若先生者也。虽然，胡公间世豪杰[46]，永陵英主。幕中礼数异等，是胡公知有先生矣；表上，人主悦，是人主知有先生矣。独身未贵耳。先生诗文崛起，一扫近代芜秽之习，百世而下，自有定论，胡为不遇哉？梅客生尝寄余书曰[47]：'文长吾老友，病奇于人，人奇于诗。'余谓文长无之而不奇者也。无之而不奇，斯无之而不奇也[48]，悲夫！"

㊻ 间（jiàn）世：隔几世。古称三十年为一世。 ㊼ 梅客生：梅国桢，万历进士，官至兵部右侍郎。 ㊽ 奇（jī）：不顺利，倒霉。

（曹大民）

袁中道(1570—1626)　明文学家。字小修,湖广公安(今属湖北)人。万历进士,官至南京礼部郎中。与兄宗道、宏道并称"三袁",同是"公安派"的代表作家。文学上反对摹拟抄袭,认为"天下无百年不变之文章",提出"诗以发抒性灵为主"。散文以游记著称。有《珂雪斋集》。

爽籁亭记[1]

【题解】

袁中道在他两个哥哥相继去世后,曾一度在湖北当阳城西三十里处的玉泉山隐居,这里四季林木葱郁,多怪石名泉,素有"三楚名山"之美称。那段时间,袁中道万念俱灰,决心居山听泉,读书参禅以了此生。喧嚣的泉声,在作者耳中,成了超乎人间八音之上的"泉音一部",为了满足随时聆听"泉音"的欲望,建亭以避骄阳、挡淫雨也就再自然不过了。此文文笔简洁洒落,颇与主旨相契合,读来情味悠长,可算得袁中道散文中的上品。

玉泉初如溅珠,注为修渠[2],至此忽有大石横峙,去地丈余,邮泉而下[3],忽落地作大声,闻数里。予来山中,常爱听之。泉畔有石,可敷蒲[4],至则趺坐终日[5]。

其初至也,气浮意嚣,耳与泉不深入[6],风柯谷鸟,犹得而乱之。

---

① 选自《珂雪斋集》。 ② 修:长,高。 ③ 邮:过,引申为流过。 ④ 敷蒲:铺开蒲团。蒲团为僧人坐禅、跪拜时所用。 ⑤ 趺(fū)坐:佛教徒盘腿坐姿,即双足交叠而坐。 ⑥ 深入:非常契合。

及瞑而息焉，收吾视，返吾听，万缘俱却，嗒焉丧偶⑦，而后泉之变态百出。初如哀松碎玉，已如鹍弦铁拨⑧，已如疾雷震霆，摇荡川岳。故予神愈静，则泉愈喧也。泉之喧者，入吾耳而注吾心，萧然泠然，浣濯肺腑⑨，疏瀹尘垢⑩，洒洒乎忘身世而一死生⑪。故泉愈喧则吾神愈静也。

夫泉之得予也，予为导其渠之壅滞，除其旁之草莱，汰其底之泥沙。濯足者有禁，牛马之蹂践者有禁。予之功德于泉者，止此耳。

自予之得泉也，旧有热恼之疾，根于生前，蔓于生后，师友不能箴⑫，灵文不能洗，而与泠泠之泉遇，则无涯柴棘⑬，若春日之泮薄冰而秋风之陨败箨⑭。泉之功德于我者，岂其微哉！泉与予又安可须臾离也？

故予居此数月，无日不听泉。初曦落照往焉，惟长夏亭午，不胜烁也⑮，则暂去之矣。斜风细雨往焉，惟滂沱淋漓，偃盖之松不能蔽也，则暂去之矣。暂去之而予心皇皇然⑯，若有失也。乃谋之山僧，结茅为亭于泉上。四寘轩窗⑰，可坐可卧。亭成而叹曰："是骄阳之所不能驱，而猛雨之所不能逐也。与明月而偕来，逐梦寐而不舍，吾

---

⑦ 嗒(tà)：懊丧的样子。丧偶：失去了相对的事物。 ⑧ 鹍弦：用鹍鸡筋做的琵琶弦。铁拨：弹琵琶等弦乐器的工具。苏轼《杜介熙熙堂》："遥想闭门投辖饮，鹍弦铁拨响如雷。" ⑨ 浣濯：洗涤。 ⑩ 疏瀹(yuè)：疏导。 ⑪ 洒：清除。引申为摆脱一切约束。一死生：把死和生看作一回事。 ⑫ 箴(zhēn)：劝戒。 ⑬ 柴棘：荆棘。比喻内心的躁急不安。 ⑭ 泮(pàn)：溶解。败箨(tuò)：残留的竹皮。 ⑮ 烁：热。 ⑯ 皇皇然：即惶惶然，心不安的样子。 ⑰ 寘(zhì)：放置。

今乃得有此泉乎？且古今之乐，自八音止耳[18]，今而后始知八音外，别有泉音一部。世之王公大人，不能听，亦不暇听，而专以供高人逸士，陶写性灵之用，虽帝王之咸英韶武[19]，犹不能与此泠泠世外之声较也，而况其他乎？予何幸而得有之，岂非天所以赉予者欤[20]？”于是置几移袱[21]，穷日夜不舍，而字之曰“爽籁”云[22]。

---

⑱ 八音：古时称金、石、丝、竹、匏、土、革、木为八音。 ⑲ 咸英韶武：古帝王之乐。相传尧乐名《咸池》，舜乐名《六英》，汤乐名《韶濩》，周武王乐名《大武》。 ⑳ 赉（lài）：赏赐。 ㉑ 袱（fú）：包袱。 ㉒ 字：取名。

（曹大民）

西山十记·玉泉山[1]

【题解】

袁中道在北京时，曾遍游西山名胜，共写了十篇游记，描写了这一带的山光水色，古迹名刹。本文是游记之二。《西山十记》大致是按游踪的顺序写的，《记一》讲到功德寺，因此本文开头称：“功德寺循河而行，至玉泉山麓”，把两记很自然地衔接了起来。文章很短小，而内容却颇丰富多采。写了玉泉山的泉、溪流，又写了华严寺附近的洞和亭子，表现了作者对宁静安闲、平淡朴素的自然风光的强烈爱好。文字活泼生动，造成鲜明可触的意境，句式多用四字句，显得简洁明快，富有诗的韵味。

---

① 选自《珂雪斋集》。

功德寺循河而行，至玉泉山麓，临水有亭。山根中时出清泉，激喷巉石中[2]，悄然如语。至裂泉，泉水仰射，沸冰结雪，汇于池中。见石子鳞鳞[3]，朱碧磊珂[4]，如金沙布地，七宝妆施[5]，荡漾不停，闪烁晃耀。注于河，河水深碧泓渟[6]，澄澈迅疾，潜鳞了然[7]，荇发可数[8]。两岸垂柳，带拂清波，石梁如雪[9]，雁齿相次[10]。间以独木为桥，跨之濯足，沁凉入骨。

折而南，为华严寺，有洞可容千人，有石床可坐。又有大士洞[11]，石理诘曲[12]，突兀奋怒，较华严洞更觉险怪。后有窦[13]，深不可测。其上为望湖亭，见西湖明如半月[14]，又如积雪未消。柳堤一带，不知里数，嫋嫋濯濯[15]，封天蔽日。而溪壑间民方田作，大田浩浩，小田晶晶，鸟声百啭，杂华在树[16]，宛若江南三月时矣。

循溪行，至山将穷处，有庵，高柳覆门，流水清激。跨水有亭，修饬而无俗气[17]。山余出巉石[18]，肌理深碧。不数步见水源，即御河发源处也，水从此隐矣。

---

② 巉(chán)：山势高峻的样子。 ③ 鳞鳞：形容石子像鱼鳞那样整齐地排列着。 ④ 磊珂：堆积着玉一般的美石。珂，像玉的石头。 ⑤ 七宝：佛经以金、银、琉璃、砗磲、玛瑙、珍珠、玫瑰为七宝。 ⑥ 泓渟(hóng tíng)：水深而停滞。 ⑦ 潜鳞：潜在水下的鱼。 ⑧ 荇(xìng)：荇菜，水生植物，多长于湖塘中，根在水底，茎浮在水上。荇发：指荇在水中如毛发之竖。 ⑨ 石梁：水中为捕鱼而设的石堰。 ⑩ 雁齿相次：像雁行那样排列齐整有序。 ⑪ 大士：即观音大士。 ⑫ 石理诘曲：岩石纹路弯曲。 ⑬ 窦：洞。 ⑭ 西湖：即今颐和园的昆明湖。 ⑮ 嫋嫋：柔美的样子。濯濯：清新的样子。 ⑯ 华：同花。 ⑰ 修饬：修饰整齐。⑱ 山余：山的尽处。

（曹大民）

钟惺(1574—1624) 明文学家。字伯敬,号退谷,湖广竟陵(今湖北天门)人。万历进士,官至福建提学佥事。与同里人谭元春共同编选《唐诗归》和《古诗归》,风行一时,创立了"竟陵派"。在文学上反对复古,倡导幽深孤峭,追求险僻,因而作品有冷涩支离之弊。著有《隐秀轩集》。

浣花溪记[①]

【题解】

浣花溪,在成都南门外,两岸风光旖旎动人,闻名遐迩的武侯祠、杜甫草堂即在此。本文生动细腻地描绘了浣花溪一带清幽、曲深的美景,表达了作者对大诗人杜甫的崇敬,寄托了自己的怀抱。文章把写景、叙事、议论、抒情巧妙地相结合,形成思想上、艺术上的统一。在语言上,设喻写景,造成鲜明可触的意境,而三三两两的短句,更使文章显得峭拔、奇特,充分显示出"竟陵派"文风的特色。末段将杜甫与孔子相提并论,推崇到了极点,是全篇主旨,非常人所能道。文中还通过对官场丑态的刻画,衬托出自己清高孤傲的精神风貌。

出成都南门,左为万里桥[②]。西折,纤秀长曲,所见如连环、如玦、如带、如规、如钩,色如鉴[③]、如琅玕[④]、如绿沉瓜[⑤],窈然深碧[⑥],

---

① 选自《隐秀轩集》。 ② 万里桥:在成都市南锦江上。 ③ 鉴:镜。意为像镜子般明亮。 ④ 琅玕(láng gān):质次于玉的美石。 ⑤ 绿沉瓜:深绿色的一种瓜。 ⑥ 窈然:幽深的样子。

潆回城下者⑦，皆浣花溪委也⑧。然必至草堂，而后浣花有专名，则以少陵浣花居在焉耳⑨。

行三四里为青羊宫⑩。溪时远时近，竹柏苍然，隔岸阴森者尽溪，平望如荠，水木清华⑪，神肤洞达⑫。自宫以西，流汇而桥者三，相距各不半里。舁夫云通灌县⑬，或所云“江从灌口来”是也⑭。

人家住溪左，则溪蔽不时见，稍断则复见溪⑮，如是者数处，缚柴编竹，颇有次第。桥尽，一亭树道左，署曰：“缘江路”。过此则武侯祠⑯，祠前跨溪为板桥一，覆以水槛，乃睹浣花溪题榜⑰。过桥一小洲横斜插水间如梭。溪周之，非桥不通，置亭其上，题曰“百花潭水”。由此亭还，度桥，过梵安寺⑱，始为杜工部祠⑲。像颇清古，不必求肖，想当尔尔⑳。石刻像一，附以本传，何仁仲别驾署华阳时所为也㉑。碑皆不堪读。

钟子曰㉒：杜老二居，浣花清远，东屯险奥㉓，各不相袭。严公不

---

⑦ 潆(yíng)回：盘旋往复。 ⑧ 委：水流所聚。 ⑨“然必至”三句：三句意为，到了杜甫，浣花溪才有了专名。这是因为杜甫的浣花居(即草堂)就在那里的缘故。少陵：杜甫曾住长安少陵，自称少陵野老，后人因以少陵指杜甫。 ⑩ 青羊宫：又称青羊观，是著名的道教宫观。 ⑪ 水木清华：溪水清碧，草木繁盛。 ⑫ 神肤洞达：从心神到肌肤都感到清凉爽快。 ⑬ 舁(yú)夫：轿夫。 ⑭ 江从灌口来：杜甫《野望因过常少仙》诗中的句子。江指锦江，灌口在四川灌县。 ⑮ 稍断：意为没有人家的地方。 ⑯ 武侯：诸葛亮。 ⑰ 题榜：匾额。 ⑱ 梵安寺：在成都市南，近杜甫草堂，俗称草堂寺。 ⑲ 杜工部：即杜甫。杜甫曾任工部员外郎，故名。 ⑳ 尔尔：如此。 ㉑ 别驾：明代州府通判的别称。署：代理，暂任。华阳：今四川成都。 ㉒ 钟子：作者自称。 ㉓ 东屯：夔州(今四川奉节)东瀼溪。杜甫曾居此地。

死㉔,浣溪可老㉕,患难之于友朋大矣哉!然天遣此翁增夔门一段奇耳㉖。穷愁奔走,犹能择胜,胸中暇整㉗,可以应世,如孔子微服主司城贞子时也㉘。时万历辛亥十月十七日㉙,出城欲雨,顷之霁㉚。使客游者㉛,多由监司郡邑招饮㉜,冠盖稠浊㉝,磬折喧溢㉞,迫暮促归㉟。是日清晨,偶然独往。楚人钟惺记㊱。

㉔ 严公:严武,杜甫友人,曾任剑南节度使。 ㉕ 浣溪可老:可以在浣花溪终老。 ㉖ 夔门一段奇:指杜甫在严武死后,移居夔州的经历。 ㉗ 暇整:安详而不乱。 ㉘ 微服:为隐藏身份而穿平民的服装。司城贞子:春秋时陈国大夫,死后尊为司城贞子。据说孔子周游列国时,遭遇狼狈,后到陈国,住司城贞子家。 ㉙ 万历辛亥:万历二十九年(1611),岁次辛亥。 ㉚ 顷之霁:一会儿晴了。 ㉛ 使客:朝廷派来的使臣。 ㉜ 监司:监察州郡之官。郡邑:指地方官。 ㉝ 冠盖:代指官吏。稠浊:繁乱。形容官员车马来往非常繁乱。 ㉞ 磬折:打躬作揖,弯腰如磬之背,以示恭敬。喧溢:声音嘈杂。 ㉟ 迫暮:傍晚。促归:赶快回去。 ㊱ 楚人:竟陵古属楚国,作者因而自称楚人。

(曹大民)

谭元春(1586—1637)　明末文学家。字友夏,湖广竟陵(今湖北天门)人。与同里钟惺同为"竟陵派"的创始者。诗文强调"性灵",反对复古。提倡"幽深孤峭"的风格,但往往给人冷涩僻奥的感觉。有《谭友夏合集》。

再游乌龙潭记[1]

【题解】

乌龙潭在六朝古都金陵城内。作者除了此篇外,另有《初游乌龙潭记》和《三游乌龙潭记》,三篇上下相贯,而又各独立成篇。本文从感觉、视觉、听觉以及幻觉等多种角度细腻地描述风雨雷电之中的乌龙潭,有声有色,情景相融,十分精采动人,营造出幽峭奇奥的气氛,被推许为竟陵派的代表作之一。

潭宜澄,林映潭者宜静,筏宜稳,亭阁宜朗,七夕宜星河[2],七夕之客宜幽适无累。然造物者岂以予为此拘拘者乎[3]?

茅子[4],越中人[5],家童善篙楫[6];至中流,风妒之[7],不得至河荡,旋近钓矶[8],系筏垂下。雨霏霏湿幔[9],犹无上岸意。已而雨注

---

① 选自《谭友夏合集》。 ② 七夕:夏历七月初七的晚上。传说是牛郎织女相会的日子。 ③ 造物者:天地,大自然。拘拘:限制。 ④ 茅子:茅元仪,字止生,作者的游伴。 ⑤ 越中:现今浙江绍兴一带,这里代指浙江水乡。 ⑥ 篙:撑船的竹竿。楫(jí):船桨。 ⑦ 风妒:因风而受阻。 ⑧ 旋:不久。钓矶:钓鱼时坐的岩石。 ⑨ 霏霏:雨很盛的样子。幔:船上的幔子。

下，客七人，姬六人[⑩]，各持盖立幔中[⑪]，湿透衣表，风雨一时至，潭不能主[⑫]。姬惶恐求上，罗袜无所惜。客乃移席新轩[⑬]，坐未定，雨飞自林端，盘旋不去，声落水上，不尽入潭，而如与潭击。雷忽震，姬人皆掩耳欲匿至深处。电与雷相后先，电尤奇幻，光煜煜入水中[⑭]，深入丈尺，而吸其波光以上于雨，作金银珠贝影，良久乃已。潭龙窟宅之内，危疑未释，是时风物倏忽[⑮]，耳不及于谈笑，视不及于阴森，咫尺相乱[⑯]。而客之有致者[⑰]，反以为极畅，乃张灯行酒，稍敌风雨雷电之气。忽一姬昏黑来赴，始知苍茫历乱，已尽为潭所有，亦或即为潭所生。而问之女郎来路，曰："不尽然[⑱]。"不亦异乎？

招客者，为洞庭吴子凝甫。而冒子伯麟，许子无念，宋子献孺，洪子仲韦，及予与止生为六客，合凝甫而七[⑲]。

---

⑩ 姬：陪游的歌女。 ⑪ 盖：指雨具。 ⑫ 潭不能主：意为乌龙潭在风雨突然袭击下，不知如何才好。用的是拟人化手法。 ⑬ 轩：有窗的廊子或小屋子。 ⑭ 煜（yù）煜：明亮的样子。 ⑮ 风物：风光景物。倏忽：转眼间。 ⑯ 咫尺：形容距离很近。 ⑰ 致：兴致。 ⑱ 不尽然：不都是（像乌龙潭那样风雨雷电）。 ⑲ 末尾交待主客，为古代游记常用的结语法。

（曹大民）

王思任(1574—1646)　明末文学家,字季重,号遂东,晚年号谑庵。山阴(今浙江绍兴)人。万历进士。清兵破南京,鲁王任他为礼部尚书。顺治三年(1646),绍兴失守,绝食而死。受公安派影响,以游记散文著名。文笔清新明丽,语言不避俚俗而富于表现力。时有讽刺时政之作。有《王季重十种》。

让马瑶草[1]

【题解】

马士英在崇祯末年任凤阳总督,清兵入关后,在南京拥立福王,专权误国。王思任写了这篇文章直斥其罪,义正辞严,气势非凡。文章起手尚平稳舒缓,不激不厉。然而两句之后,作者内心的愤慨、忧患便如火山运行,喷薄而出,一发不可阻遏。文辞之锋利,直令权奸丧胆。结尾戛然而止,坚定有力,作者那为国忘身的凛然正气,更加完美地凸现在眼前!

阁下文采风流,才情义侠,职素钦慕[2]。当国破众疑之际,爰立今上[3],以定时局,以为古之郭汾阳[4],今之于少保也[5]。然而一立

---

① 选自《王季重先生文集》。让:责备。马瑶草:马士英,字瑶草。清兵入关,他在南京拥立福王。南京失守后,逃至浙江,为清兵所杀。 ② 职:旧时公文用语,为下属对上司的自称。犹言卑职。 ③ 爰:于是。今上:指福王朱由崧。清兵入关后,在南京被拥立为帝,年号弘光。 ④ 郭汾阳:唐代大将郭子仪,封汾阳郡王。在平定安史之乱中,建立大功。 ⑤ 于少保:明代于谦。明英宗征瓦剌,在土木堡兵败被俘。于谦拥立英宗弟景帝,带兵打败瓦剌,因功封太保。后被冤杀。

之后，阁下气骄满腹，政本自由[6]，兵权独握，从不讲战守之事，而只知贪黩之谋[7]，酒色逢君[8]，门墙固党[9]，以致人心解体，士气不扬。叛兵至则束手无策[10]，强敌来而先期以走[11]，致今乘舆播迁[12]，社稷丘墟[13]。阁下谋国至此，即喙长三尺[14]，亦何以自解也！

以职上计[15]，莫若明水一盂[16]，自刎以谢天下[17]。则忠愤节义之士，尚尔相亮无他[18]。若但求全首领[19]，亦当立解枢权[20]，授之才能清正大臣，以召英雄豪杰，呼号惕厉[21]，犹当幸望中兴[22]。如或逍遥湖上，潦倒烟霞，仍效贾似道之故辙[23]，千古笑齿已经冷绝[24]。再不然如伯嚭渡江[25]，吾越乃报仇雪耻之国，非藏垢纳污之区也，职当先处胥涛[26]，乞素车白马以拒阁下[27]。

上干洪怒[28]，死不赎辜。阁下以国法处之，则当束身以候缇

⑥ 政本自由：政策由一己决定。 ⑦ 黩(dú)：沾污。 ⑧ 逢君：迎合皇上。 ⑨ 门墙固党：结党营私。 ⑩ 叛兵：指驻兵于武昌一带的左良玉部队。 ⑪ 强敌：指清兵。 ⑫ 乘舆：皇帝乘的车子，代指皇帝。播迁：流离迁徙。 ⑬ 社稷丘墟：国家成了土丘废墟。 ⑭ 喙(huì)：鸟兽的嘴。借以贬称马士英。 ⑮ 上计：最佳计策。 ⑯ 明水一盂：意为以盂中的水为镜来看清自己。语出《周礼·秋官》："以鉴，取明水于皿"。 ⑰ 谢：认罪。 ⑱ 相亮：即相谅。 ⑲ 全首领：保全头颅，保全生命。 ⑳ 枢权：政权。 ㉑ 呼号：呼叫号召。惕厉：警惕严肃。意为不忘忧患。 ㉒ 中兴：复兴。 ㉓ 贾似道：南宋权臣。度宗时封太师，专权误国，生活奢侈放荡。后被杀。 ㉔ "千古"句：笑必开口，久笑齿冷。意为贾似道已经千古为人耻笑。 ㉕ 伯嚭(pǐ)：春秋吴国太宰。吴国破越国，他受越贿赂，使吴越达成和约。二十二年后，越灭吴，他降越为臣。 ㉖ 处：安排。胥涛：吴国大夫伍子胥为伯嚭所诬，被吴王夫差冤杀，投尸于江，传说伍子胥驱水为涛，是为钱塘江涛。 ㉗ 乞：请。素车白马：《集异记》载："时见子胥乘素车白马，立涛头之中，因立庙以祠焉。"

骑[29]；私法处之，则当引领以待钼麑[30]。

---

[28] 干：冒犯。上干即干上。洪怒：大怒。[29] 缇骑（tí jì）：指逮捕犯人的禁卫吏役。[30] 引领：伸长脖子。钼麑（chú ní）：人名。春秋晋灵公时力士。灵公派钼麑刺杀赵盾，他见赵贤不忍杀，触槐自杀而亡。这里借指刺客。

（曹大民）

陆灼(生卒年不详)　明代长洲(在今江苏苏州境内)人。著有《艾子后语》。

大　言①

【题解】

宋人有《艾子杂说》一书，皆寓言，陆灼此书名《艾子后语》，即续其作。文中赵方士，是一个说大话的典型人物。他的天花乱坠般的自我吹嘘为后来的出乖露丑作了极好的铺垫。本文想象丰富，语言幽默，先扬后抑，耐人寻味。

赵有方士好大言②，艾子戏问之曰："先生寿几何③？"方士哑然曰④："余亦忘之矣。忆童稚时与群儿往看宓羲画八卦⑤，见其蛇首人身，归得惊痫，赖宓羲以草头药治，余得不死。女娲之世⑥，天倾西北，地陷东南，余时居中央平隐之处，两不能害⑦。神农播厥谷⑧，余已辟谷久矣⑨，一粒不曾入口。蚩尤犯余以五兵⑩，因举一指击伤

---

① 选自《艾子后语》。 ② 赵：战国时赵国。方士：神仙方术之士。从事求仙、炼丹，自言能长生不死。 ③ 寿：年龄。几何：多少。 ④ 哑(è)然：笑声。 ⑤ 宓羲(fú xī)：即伏羲，又作庖牺或包牺。古代传说中的人物，发明八卦，教民捕鱼、畜牧等。八卦：由阴(－－)阳(—)两种线形组成的八种符号。八卦最初是上古人们记事的符号，后来用以解释自然现象、万物变化，逐渐神秘化。 ⑥ 女娲(wā)：古代神话中的神，以黄土造人。在天地塌陷时，炼石补天。 ⑦ 两：指天和地。 ⑧ 神农：又称炎帝、烈山氏。古代传说中的人物。教民播种五谷，尝百草为药以治疾病。 ⑨ 辟谷：不吃粮食。 ⑩ 蚩(chī)尤：传说中黄帝时东方部落的首领，在向西发展时，被黄帝打败。五兵：矛、弓、剑、戈、戟等五种兵器。

其额，流血被面而遁[11]。苍氏子不识字[12]，欲来求教，为其愚甚不屑也[13]。庆都十四月而生尧[14]，延余作汤饼会[15]。舜为父母所虐[16]，号泣于旻天[17]，余手为拭泪，敦勉再三，遂以孝闻。禹治水，经余门，劳而觞之[18]，力辞不饮而去。孔甲赠予龙醢一脔[19]，余误食之，于今口尚腥臭。成汤开一面之网以罗禽兽[20]，尝面笑其不能忘情于野味。履癸强余牛饮[21]，不从，寘余炮烙之刑[22]，七昼夜而言笑自若，乃得释去。姜家小儿钓得鲜鱼[23]，时时相饷[24]，余以饲山中黄鹤。穆天子瑶池之宴[25]，让余首席；徐偃称兵[26]，天子乘八骏而返；阿母留余终席[27]，为饮桑落之酒过多[28]，醉倒不起，幸有董双成、萼绿华两个丫头相扶归舍[29]；一向沉醉，至今犹未全醒，不知今日世上是何甲子也。”艾子唯唯而退[30]。

---

⑪ 被面：满面。遁：逃跑。⑫ 苍：苍颉，传说苍颉是汉字的创造者。苍氏子：苍家的年轻人。⑬ 不屑：不愿意理会。⑭ 庆都：尧的母亲。尧：传说中上古的贤明君主。⑮ 汤饼会：古时小孩出生三日时宴客叫汤饼会。⑯ 舜：传说中上古的贤明君主。少年时受父、后母及弟弟象的虐待，后以孝行感化了父母。⑰ 旻（mín）天：天空。⑱ 劳：慰劳。觞（shāng）：请人喝酒。⑲ 孔甲：禹的后代，传说曾食龙肉。醢（hǎi）：肉酱。脔（luán）：切成小片的肉。⑳ 成汤：商朝第一个王。据说他捕鸟兽的网，敞开三面。㉑ 履癸：即纣，商朝最后一个王，荒淫暴虐。强：强迫。牛饮：像牛一样伏身就池而饮。㉒ 寘（zhì）：同“置”。炮烙：古代酷刑。相传让犯人抱住烧热的铜柱而烙死。㉓ 姜家小儿：指姜尚，又称姜子牙、姜太公等。相传他七十岁后在渭水钓鱼，遇周文王而被重用。㉔ 饷（xiǎng）：赠送。㉕ 穆天子：周穆王，《穆天子传》记他曾西游会见西王母。瑶池：传说中西王母居住之处。㉖ 徐偃：周穆王时徐国国君徐偃王，曾率九夷攻周。㉗ 阿母：母亲，此指西王母。㉘ 桑落之酒：桑落酒，古代酒名，此代指仙酒。㉙ 董双成、萼绿华：传说中的仙女。㉚ 唯唯：唯即“是”，唯唯即口称“是，是”。

俄而赵王堕马伤胁，医云：“须千年血竭傅之乃差[31]。下令求血竭，不可得。艾子言于王曰：“此有方士，不啻数千岁[32]，杀取其血，其效当愈速矣。”王大喜，密使人执方士，将杀之。方士拜且泣曰：“昨日吾父母皆年五十，东邻老姥携酒为寿[33]，臣饮至醉，不意言词过度，实不曾活千岁。艾先生最善说谎，王其勿听。”赵王乃叱而赦之。

㉛ 血竭：血液凝固后称血竭。傅：即“敷”。差：即“瘥”，痊愈。 ㉜ 不啻（chì）：不止。㉝ 老姥（mǔ）：老妇。

（曹大民）

江盈科（1556—1605） 明文学家。字进之，号绿萝山人，湖广桃源（今属湖南）人。万历进士，官至四川提学副使。为公安派健将，与袁宏道友善。袁中道评其诗文说："诗多信心为之，或伤率意，至其佳处，清新绝伦，文尤圆妙。"著有《雪涛阁集》《明十六种小传》等。

催　科[1]

【题解】

在封建社会中，国家征赋，百姓纳税，似乎是天经地义之事，但百姓经常遭受天灾人祸，却不能减赋免税，当官的为了保住乌纱帽，大都以催逼百姓为能事，结果只能是"赋完，而民之死者十七八矣"。难道说当官的不懂"竭泽而渔"的道理吗？非也！他们为了自己的乌纱帽，根本不会顾及区区小民的命运。文中驼医之喻，古质生动，迹近先秦子书，然而我们读了丝毫也笑不出来。掩卷深思，不禁钦佩数百年前的作者，他说"非仗明君躬节损之政，下宽恤之诏，即欲有司不为驼医，可得耶？"真可谓掷地有声！

为令之难[2]，难于催科[3]。催科与抚字[4]，往往相妨，不能相济。阳城以拙蒙赏[5]，盖犹古昔为然，今非其时矣。国家之需赋也，如枵腹待食[6]；穷民之输将也[7]，如挖脑出髓。为有司者，前迫于督促，后

---

① 选自《雪涛阁集》。 ② 令：泛指地方长官。 ③ 催科：催收租税。 ④ 抚字：抚慰爱护。 ⑤ 阳城：唐代人，与韩愈同时。曾任道州刺史，治民如治家。自署"抚字心劳，追科政拙"，有政绩，受顺宗赏赐。 ⑥ 枵（xiāo）：空虚。枵腹：空腹，指饥饿。 ⑦ 输将：向官府交纳赋税。

慑于黜罚[8]，心计曰："与其得罪于能陟我[9]、能黜我之君王，不如忍怨于无若我何之百姓。"是故号令不完，追呼继之矣；追呼不完，箠楚继之矣[10]；箠楚不完，而囹圄，而桎梏[11]。民于是有称贷耳；称贷不得，有卖新丝粜新谷耳[12]；丝尽谷竭，有鬻产耳；又其甚，有鬻妻鬻子女耳。如是而后赋可完，赋完，而民之死者十七八矣。呜呼！竭泽而渔，明年无鱼，可不痛哉！或有尤之者，则应曰："吾但使国家无逋赋[13]，吾职尽矣，不能复念尔民也。"余求其比拟，类驼医然。昔有医人，自媒[14]能治背驼，曰："如弓者、如虾者、如曲环者，延吾治[15]，可朝治而夕如矢[16]。"一人信焉，而使治驼。乃索板二片，以一置地下，卧驼者其上，又以一压焉，而即蹁焉[17]。驼者随直，亦复随死。其子欲鸣诸官[18]，医人曰："我业治驼，但管人直，那管人死。"呜呼！世之为令，但管钱粮完，不管百姓死，何以异于此医也哉！虽然，非仗明君躬节损之政[19]，下宽恤之诏，即欲有司不为驼医，可得耶？

---

⑧ 黜：贬官。 ⑨ 陟（zhì）：提升。 ⑩ 箠（chuí）楚：用鞭子或荆条抽打。 ⑪ 桎梏（zhì gù）：脚镣和手铐。 ⑫ 粜（tiào）：卖出（粮食）。唐聂夷中《咏田家》："二月卖新丝，五月粜新谷。医得眼前疮，剜却心头肉。" ⑬ 逋（bū）：拖欠。 ⑭ 自媒：自我介绍。 ⑮ 延：请。 ⑯ 如矢：像箭杆那样直。 ⑰ 蹁（xǐ）：踏。 ⑱ 鸣：告状。 ⑲ 躬：亲身实行。

（曹大民）

徐弘祖(1586—1641)　明地理学家、旅行家。字振之,号霞客。直隶江阴(今属江苏)人。自幼好学,博览史籍地志图经。在应科举考试失败后,遂绝意仕途,专心旅行。三十多年间,东渡普陀,北历燕冀,南涉闽粤,西北直攀太华之巅,西南远达云贵边陲,备尝艰辛,足迹及于当时十四省区。其行履所至、观察所得,按日记载,死后由季梦良等整理成富有地学价值和文学价值的《徐霞客游记》传世。

游雁宕山日记①

【题解】

雁宕山,在今浙江省东南部,有南雁宕、中雁宕、北雁宕三山,古时称为“东瓯三雁”,其中以北雁宕最为秀丽,多悬崖奇峰,山顶有雁湖,相传为秋雁南归之所,故名。万历四十一年(1613),作者由绍兴经四明到宁波探望族兄徐仲昭,返回时于四月十一日至十四日游览了雁宕山。本文是作者游览时所记下的日记,文章条理分明,笔墨精妙,文字不事雕琢,比起那些“载道”的游记来,显得更加自然生动。

自初九日别台山②,初十日抵黄岩③。日已西,出南门三十里,宿于八岙④。

十一日,二十里,登盘山岭⑤,望雁山诸峰,芙蓉插天,片片扑人

---

① 选自《徐霞客游记》。宕,也写作“荡”,浅的湖泊。 ② 初九日:明神宗万历四十一年(1613)四月初九。台山:天台山,在今浙江省天台县。 ③ 黄岩:即今浙江省黄岩县。 ④ 八岙(ào):地名,在黄岩县南。 ⑤ 盘山岭:又称秀岭或盘山,在黄岩县与乐清县交界处。

眉宇。又二十里，饭大荆驿⑥。南涉一溪，见西峰上缀圆石，奴辈指为两头陀，余疑即老僧岩，但不甚肖。五里，过章家楼⑦，始见老僧真面目：袈衣秃顶，宛然兀立，高可百尺。侧又一小童⑧，伛偻于后，向为老僧所掩耳。自章楼二里，山半得石梁洞⑨；洞门东向，门口一梁，自顶斜插于地，如飞虹下垂。由梁侧隙中层级而上，高敞空豁。坐顷之，下山，由右麓逾谢公岭⑩，渡一涧，循涧西行，即灵峰道也⑪。一转，山腋两壁，峭立亘天，危峰乱叠，如削如攒，如骈笋，如挺芝，如笔之卓，如幞之欹。洞有口如卷幕者⑫，潭有碧如澄靛者。双鸾、五老⑬，接翼联肩。如此里许，抵灵峰寺⑭。循寺侧登灵峰洞⑮，峰中空，特立寺后，侧有隙可入。由隙历磴数十级，直至窝顶，则窅然平台圆敞，中有罗汉诸像。坐玩至暝色，返寺。

十二日，饭后，从灵峰右趾觅碧霄洞⑯，返旧路，抵谢公岭下。南过响岩，五里，至净名寺路口⑰。入觅水簾谷⑱，乃两崖相夹，水从崖顶飘下也。出谷五里，至灵岩寺⑲。绝壁四合，摩天劈地，曲折而

---

⑥ 大荆驿：驿站名，在乐清县东北。 ⑦ 章家楼：在大荆驿南，明人章巘所建，以供游人休息。 ⑧ 小童：即小童岩。 ⑨ 石梁洞：石洞名，洞口有一危石虚悬，状如石梁，故名。 ⑩ 谢公岭：在雁山东外谷、内谷分界处，相传晋谢灵运曾游山至此。 ⑪ 灵峰：雁宕山中著名山峰。山峰拔地而起，中上部分开，成两掌相合状，山下有灵峰寺。 ⑫ 卷幕：卷起的帷幕。 ⑬ 双鸾：山峰名，形如双鸾飞舞。五老：山峰名，又名五云峰，峰顶为五座小峰，如五位老人。 ⑭ 灵峰寺：建于北宋天圣元年(1023)，为雁宕山著名庙宇。 ⑮ 灵峰洞：在灵峰寺后，洞内有五百座佛像，故又名罗汉洞。 ⑯ 碧霄洞：在碧霄峰下。 ⑰ 净名寺：建于宋太平兴国二年(977)。 ⑱ 水簾谷：一名珠帘，在东内谷水月岩下。水从岩顶飞撒而下，状如水帘。 ⑲ 灵岩寺：建于宋太平兴国年间，毁于元末，明清多次修复。

入，如另辟一寰界。寺居其中，南向，背为屏霞嶂。嶂顶齐而色紫，高数百丈，阔亦称之。嶂之最南，左为展旗峰，右为天柱峰。嶂之右胁，介于天柱者，先为龙鼻水[20]。龙鼻之穴，从石罅直上[21]，似灵峰洞而小，穴内石色俱黄紫，独罅口石纹一缕，青绀润泽，颇有鳞爪之状。自顶贯入洞底，垂下一端如鼻，鼻端孔可容指，水自内滴下注石盆。此嶂右第一奇也。

西南为独秀峰，小于天柱，而高锐不相下。独秀之下为卓笔峰，高半独秀，锐亦如之。两峰南坳，轰然下泻者，小龙湫也。隔龙湫，与独秀相对者，玉女峰也。顶有春花，宛然插髻。自此过双鸾，即极于天柱[22]。双鸾止两峰并起。峰际有“僧拜石”，袈裟伛偻，肖矣。由嶂之左胁[23]，介于展旗者，先为安禅谷，谷即屏霞之下岩。东南为石屏风，形如屏霞，高阔各得其半，正插屏霞尽处。屏风顶有“蟾蜍石”，与嶂侧“玉龟”相向。屏风南去，展旗侧褶中，有径直上，磴级尽处，石阈限之[24]。俯阈而窥，下临无地，上嵌崆峒[25]。外有二圆穴，侧有一长穴，光自穴中射入，别有一境，是为天聪洞[26]。则嶂左第一奇也。锐峰叠嶂，左右环向，奇巧百出，真天下奇观。而小龙湫下流，经天柱、展旗，桥跨其上，山门临之。桥外含珠岩在天柱之麓，顶珠峰在展旗之上，此又灵岩之外观也。

---

⑳ 龙鼻水：一名龙鼻泉，在龙鼻洞内。㉑ 石罅：石缝。㉒ 极：穷尽。天柱：天柱峰。㉓ 胁：山腰。㉔ 阈（yù）：门槛。㉕ 崆峒：原是山名，此处指山崖高峻。㉖ 天聪洞：在展旗峰，以其状如人耳得名。

十三日，出山门，循麓而右，一路崖壁参差，流霞映采。高而展者，为板嶂岩。岩下危立而尖夹者，为小剪刀峰。更前，重岩之上，一峰亭亭插天，为观音岩。岩侧则马鞍岭横亘于前。鸟道盘折，逾坳右转，溪流汤汤㉗，涧底石平如砥。沿涧深入，约去灵岩十余里，过常云峰，则大剪刀峰介立涧旁。剪刀之北，重岩陡起，是名连云峰。从此环逶回合，岩穷矣。龙湫之瀑㉘，轰然下捣潭中，岩势开张峭削，水无所着，腾空飘荡，顿令心目眩怖。潭上有堂，相传为诺讵那观泉之所㉙。堂后层级直上，有亭翼然面瀑，踞坐久之。下饭庵中，雨廉纤不止㉚，然余已神飞雁湖山顶。遂冒雨至常云峰，由峰半道松洞外攀绝磴三里，趋白云庵。人空庵圮，一道人在草莽中，见客至，望望去。再入一里，有云静庵，乃投宿焉。道人清隐，卧床数十年，尚能与客谈笑。余见四山云雨凄凄，不能不为明晨忧也。

十四日，天忽晴朗，乃强清隐徒为导。清隐谓湖中草满，已成芜田㉛，徒复有他行，但可送至峰顶。余意至顶，湖可坐得。于是人捉一杖，跻攀深草中㉜，一步一喘，数里，始历高巅。四望白云，迷漫一色，平铺峰下。诸峰朵朵，仅露一顶，日光映之，如冰壶瑶界㉝，不辨海陆，然海中玉环一抹㉞，若可俯而拾也。北瞰山坳壁立，内石笋

㉗ 汤(shāng)汤：水流湍急状。 ㉘ 龙湫：即大龙湫，为雁宕山第一飞瀑。 ㉙ 诺讵那：十八罗汉中第五尊的名字。此处指唐代高僧罗尧运，眉州(今属四川)人。相传他率弟子最先来到雁宕山，在大龙湫看瀑布坐化。 ㉚ 廉纤：细雨。 ㉛ 芜：荒芜。 ㉜ 跻：登。 ㉝ 冰壶：玉制水壶，贮冰其中，冰清玉洁，令人心神澄净清澈。瑶界：仙境。 ㉞ 玉环：雁宕山东面海中有玉环岛。一抹：仿佛一笔画成。

森森，参差不一。三面翠崖环绕，更胜灵岩。但谷幽境绝，惟闻水声潺潺，莫辨何地。望四面峰峦累累，下伏如丘垤，惟东峰昂然独上，最东之常云，犹堪比肩㉟。

导者告退，指湖在西腋一峰，尚须越三尖㊱，余从之。及越一尖，路已绝，再越一尖，而所登顶已在天半。自念《志》云㊲："宕在山顶，龙湫之水，即自宕来。"今山势渐下，而上湫之涧，却自东高峰发脉，去此已隔二谷，遂返辙而东，望东峰之高者趋之，莲舟疲不能从㊳，由旧路下。余与二奴东越二岭，人迹绝矣。已而山愈高，脊愈狭，两边夹立，如行刀背。又石片棱棱怒起㊴，每过一脊，即一峭峰，皆从刀剑隙中攀援而上。如是者三，但见境不容足，安能容湖？既而高峰尽处，一石如劈，向惧石锋撩人㊵，至是且无锋置足矣。踌躇崖上，不敢复向故道。俯瞰南面石壁下有一级，遂脱奴足布四条，悬崖垂空，先下一奴，余次从之，意可得攀援之路。及下，仅容足，无余地。望岩下斗深百丈㊶，欲谋复上，而上岩亦嵌空三丈余㊷，不能飞陟。持布上试，布为突石所勒，忽中断。复续悬之，竭力腾挽，得复登上岩。出险，还云静庵，日已渐西。主仆衣履俱敝，寻湖之兴衰矣㊸。遂别而下，复至龙湫，则积雨之后，怒涛倾注，变幻极势，轰雷

㉟ 比：并。 ㊱ 尖：山峰。 ㊲《志》：或指《雁宕山志》。 ㊳ 莲舟：莲舟上人，即江阴和尚，曾与作者同游天台山。 ㊴ 棱棱：棱角锋利的样子。怒：突。 ㊵ 撩：撩拨。 ㊶ 斗：通"陡"。 ㊷ 嵌空：犹悬空。 ㊸ 兴：兴趣。作者此次未寻得雁湖。十九年后，崇祯五年(1632)四五月间，作者又游雁宕山，终于在五月初三日登上山顶，找到了雁湖。

喷雪，大倍于昨。坐至暝始出[44]，南行四里，宿能仁寺。

十五日，寺后觅方竹数握[45]，细如枝。林中新条，大可径寸，柔不中杖，老柯斩伐殆尽矣[46]。遂从岐度四十九盘[47]，一路遵海而南[48]，逾窑岙岭[49]，往乐清[50]。

㊹ 暝：日暮。 ㊺ 方竹：也称“四方竹”。竿呈纯圆角的四棱形，质地坚硬劲瘦，可作手杖及观赏用。握：把。 ㊻ 老柯：指老竹。 ㊼ 岐：通“歧”，歧路。四十九盘：山岭名，以岭路盘转四十九折故名。一名丹芳岭，以其岭上多花草树木。 ㊽ 遵：沿着。海：指东海。 ㊾ 窑岙岭：山名，在乐清县城西北。 ㊿ 乐清：指乐清县城。

（严文儒）

游黄山日记后[1]

【题解】

黄山，古称黟山，唐天宝年间改为今名，在安徽省南部，有主要山峰三十六座，风景秀丽，名胜无数，尤以奇松（黄山松）、怪石、云海、温泉著名。作者曾两次游览黄山，本文是第二次游览的日记，故称为《游黄山日记后》。因是重游，便不再复述初游时已写过的景色，而着意描写前次未曾游过的天都、莲花两峰的峻险秀奇，以及登上两峰后的所见所感。文笔生动，词句简练，极富艺术感染力，读之令人神往。

---

① 选自《徐霞客游记》。

戊午九月初三日[②]，出白岳榔梅庵[③]，至桃源桥。从小桥右下，陡甚，即旧向黄山路也[④]。七十里，宿江村[⑤]。

初四日，十五里至汤口[⑥]，五里至汤寺[⑦]，浴于汤池[⑧]。扶杖望硃砂庵而登。十里，上黄泥冈。向时云里诸峰，渐渐透出，亦渐渐落吾杖底。转入石门[⑨]，越天都之胁而下[⑩]，则天都、莲花二顶，俱秀出天半[⑪]。路旁一岐东上，乃昔所未至者，遂前趋直上，几达天都侧。复北上，行石罅中。石峰片片夹起，路宛转石间，塞者凿之，陡者级之，断者架木通之，悬者植梯接之。下瞰峭壑阴森，枫松相间，五色纷披，灿若图绣。因念黄山当生平奇览，而有奇若此，前未一探，兹游快且愧矣。

时夫仆俱阻险行后，余亦停弗上，乃一路奇景，不觉引余独往。既登峰顶，一庵翼然，为文殊院[⑫]，亦余昔年欲登未登者。左天都，右莲花，背倚玉屏风，两峰秀色，俱可手擥[⑬]。四顾奇峰错列，众壑纵横，真黄山绝胜处。非再至，焉知其奇若此？遇游僧澄源至，兴甚勇。时已过午，奴辈适至，立庵前，指点两峰。庵僧谓："天都虽近而无路，莲花可登而路遥。只宜近盼天都，明日登莲顶。"余不从，决意游天都。挟澄源奴子仍下峡路。至天都侧，从流石蛇行而上，攀草

---

② 戊午：明万历四十六年(1618)。③ 白岳：白岳山，在黄山西南。④ 旧向黄山路：指作者初游黄山时所走的路。⑤ 江村：小镇名，在黄山南。⑥ 汤口：在黄山脚下，为上山所经之处。⑦ 汤寺：建于唐代，原名祥符寺，因靠近汤泉，故俗称汤寺，。⑧ 汤池：即汤泉。泉水中含有硃砂，呈朱红色。⑨ 石门：山峰名，以两壁夹峙如门得名。⑩ 胁：此指山峰的两边。⑪ 天半：半空。⑫ 文殊院：寺名，建于明代。⑬ 擥(lǎn)：同"揽"。

牵棘，石块丛起则历块，石崖侧削则援崖。每至手足无可着处，澄源必先登垂接。每念上既如此，下何以堪？终亦不顾。历险数次，遂达峰顶。惟一石顶壁起犹数十丈，澄源寻视其侧，得级，挟予以登⑭。万峰无不下伏，独莲花与抗耳。时浓雾半作半止，每一阵至，则对面不见。眺莲花诸峰，多在雾中。独上天都，予至其前，则雾徙于后，予越其右，则雾出于左。其松犹有曲挺纵横者，柏虽大干如臂，无不平贴石上如苔藓然。山高风巨，雾气去来无定，下盼诸峰，时出为碧峤⑮，时没为银海，再眺山下，则日光晶晶，别一区宇也。日渐暮，遂前其足，手向后据地，坐而下脱，至险绝处，澄源并肩手相接。度险，下至山坳，暝色已合。复从峡度栈以上⑯，止文殊院。

初五日，平明，从天都峰坳中北下二里。石壁岈然⑰，其下莲花洞正与前坑石笋对峙⑱，一坞幽然。别澄源，下山至前岐路侧，向莲花峰而趋。一路沿危壁西行，凡再降升，将下百步云梯，有路可直跻莲花峰⑲。既陟而磴绝，疑而复下。隔峰一僧高呼曰："此正莲花道也。"乃从石坡侧度石隙，径小而峻，峰顶皆巨石鼎峙，中空如室。从其中迭级直上，级穷洞转，屈曲奇诡，如下上楼阁中，忘其峻出天表也⑳。一里，得茅庐，倚石罅中。方徘徊欲升，则前呼道之僧至矣。僧号凌虚，结茅于此者。遂与把臂陟顶。顶上一石，悬隔二丈，僧取梯以度。其巅廓然，四望空碧，即天都亦俯首矣。盖是峰居黄山之

---

⑭ 挟：扶持。⑮ 碧峤：青翠的高峰。⑯ 栈：栈道。⑰ 岈然：深远敞开状。⑱ 莲花洞：在莲花峰下。⑲ 跻：登。⑳ 天表：天外。

中，独出诸峰上，四面岩壁环耸，遇朝阳霁色，鲜映层发，令人狂叫欲舞。久之，返茅庵。凌虚出粥相饷，啜一盂。乃下至岐路侧，过大悲顶㉑，上天门㉒。三里，至炼丹台㉓。循台嘴而下，观玉屏风、三海门诸峰，悉从深坞中壁立起，其丹台一冈中垂，颇无奇峻，惟瞰翠微之背，坞中峰峦错耸，上下周映，非此不尽瞻眺之奇耳。还过平天矼㉔，下后海，入智空庵，别焉。三里，下狮子林，趋石笋矼，至向年所登尖峰上。倚松而坐，瞰坞中峰石回攒，藻缋满眼㉕，始觉匡庐、石门㉖，或具一体，或缺一面，不若此之闳博富丽也。久之，上接引崖㉗，下眺坞中，阴阴觉有异。复至冈上尖峰侧，践流石，援棘草，随坑而下，愈下愈深，诸峰自相掩蔽，不能一目尽也。日暮，返狮子林。

初六日，别霞光㉘，从山坑向丞相原㉙。下七里，至白沙岭㉚，霞光复至，因余欲观牌楼石㉛，恐白沙庵无指者㉜，追来为导。遂同上岭，指岭右隔坡，有石丛立，下分上并，即牌楼石也。余欲逾坑溯涧，直造其下。僧谓："棘迷路绝，必不能行，若从坑直下丞相原，不必复上此岭。若欲从仙灯而往㉝，不若即由此岭东向。"余从之，循岭脊

㉑ 大悲顶：山峰名。 ㉒ 上天门：在天都峰山脚下。 ㉓ 炼丹台：在炼丹峰上。相传浮丘公炼丹于此。 ㉔ 矼（gāng）：当地人读若虹（hóng）。 ㉕ 藻缋（huì）：华美的彩绘。"缋"同"绘"。 ㉖ 匡庐：即庐山，在江西省北部，为著名风景区。石门：在庐山北，以双石屼立如门得名。作者于万历四十六年八月十九日、二十日两次游览石门。见作者《徐霞客游记·游庐山日记》。 ㉗ 接引崖：山崖名。 ㉘ 霞光：僧人名。 ㉙ 丞相原：高地名，相传南宋宰相程元凤曾在此读书。 ㉚ 白沙岭：山岭名，以山上沙软滑且白而得名。 ㉛ 牌楼石：即天榜石，一黄石突兀乱石中，上有绿字，隐约可辨，俗称"仙人榜"。 ㉜ 指者：向导。 ㉝ 仙灯：仙灯洞，在钵盂峰下。相传洞口有灯，故名。

行。岭横亘天都、莲花之北，狭甚，旁不容足，南北皆崇峰夹映。岭尽北下，仰瞻右峰罗汉石，圆头秃顶，俨然二僧也。下至坑中，逾涧以上，共四里，登仙灯洞。洞南向，正对天都之阴㉞，僧架阁连板于外，而内犹穹然，天趣未尽刊也㉟。复南下三里，过丞相原，山间一夹地耳。其庵颇整，四顾无奇，竟不入。复南向循山腰行五里，渐下，涧中泉声沸然，从石间九级下泻，每级一下，有潭渊碧，所谓九龙潭也㊱。黄山无悬流飞瀑，惟此耳。又下五里，过苦竹滩㊲，转循太平县路㊳，向东北行。

㉞ 阴：山之北曰阴。 ㉟ 刊：除、失掉。 ㊱ 九龙潭：又叫九龙飞瀑，在钵盂峰下。泉共九折，每折一潭，为黄山胜景。 ㊲ 苦竹滩：即苦竹溪，在九龙潭下，近汤池。 ㊳ 太平县：在安徽省南部、黄山北麓。

（严文儒）

艾南英(1583—1646)　明末文学家。字千子，东乡(今属江西)人。七岁曾作《竹林七贤论》。应试对策中因有讥刺魏忠贤语，被罚停三科。崇祯初年，诏许会试，终不第。曾组织带有政治性的文学集社——豫章社。反对摹拟抄袭的复古派，推崇唐宋派归有光的散文。其文形容曲尽，笔锋锐利。著有《天佣子集》。

自　序①

【题解】

这篇文章是艾南英为刻印自己试卷所作的序，实际上起了揭露腐朽黑暗的科举制度的作用。作者好学博览，文才出众，在二十年里前后参加过七次乡试以及两倍于此的科考、岁考，但一再落第，眼看一些腹内空疏、不学无术之辈中了榜，与“有司分庭抗礼”，不由感慨万千。文章以细致入微的笔法，生动地描述了考试的场景和细节，把考生倍受折磨的情景形容得淋漓尽致。作者一而再、再而三地感叹道：“嗟乎！备尝诸生之苦，未有如予者也，”但这何尝是艾南英一个人的悲剧呢！

予年十有七以童子试受知于平湖李养白先生②，其明年春为万历庚子③，始籍东乡县学④，迄万历己未⑤，为诸生者二十年，试于乡

① 选自《天佣子集》。 ② 童子试：即童生试，考取者即为生员(俗称秀才)。平湖：今属浙江。 ③ 万历庚子：神宗万历二十八年(1600年)，岁次庚子。 ④ 籍：入学籍，意为考取生员。 ⑤ 万历己未：神宗万历四十七年(1619年)，岁次己未。

闱者七年⑥，饩于二十人中者十有四年⑦。所受知邑令长凡二人⑧，所受知郡太守凡三人⑨，所受知督学使者凡六人⑩。于是先后应试之文积若干卷，既删其不足存者，而其可存者，不独虑其亡佚散乱，无以自考，又重其皆出于勤苦忧患惊怖束缚之中，而且以存知己之感也。乃取而寿之梓⑪，而序其所以梓之之意。

曰：嗟乎，备尝诸生之苦，未有如予者也。旧制：诸生于郡县，有司按季课程⑫，名季考；及所部御史入境⑬，取其士十之一而校之⑭，名观风。二者既非诸生黜陟进取之所系，而予又以懒慢成癖，辄不及与试⑮。独督学使者于诸生为职掌其岁考⑯，则诸生之黜陟系焉，非患病及内外艰⑰，无不与试者。其科考则三岁大比⑱，县升其秀以达于郡，郡升其秀以达于督学，督学又升其秀以试于乡闱。不及是者，又有遗才大收以尽其长⑲。非是涂也⑳，虽孔孟无由而进㉑。故予先后试卷，尽出是二者。试之日，衙鼓三号，虽冰霜冻结，诸生露立门外。督学衣绯坐堂上㉒，灯烛辉煌，围炉轻暖自如。

---

⑥ 乡闱：乡试，明代每三年一次在各省省会举行。考中者为举人。 ⑦ 饩（xì）：送人的粮食。明代府、州、县按时发给银子和粮食给部分生员，县学有二十个名额，称廪（lǐn）生。 ⑧ 邑令长：县一级行政长官。 ⑨ 郡太守：郡一级最高行政长官。 ⑩ 督学使者：提督学政。朝廷派往地方主持童生和生员考试的官员。 ⑪ 寿之梓：刻印成书，使之得以长久流传。寿：长久，引申为流传意。梓（zǐ）：刻板（印书）。 ⑫ 按季课程：每季一次考试。 ⑬ 所部御史：指巡抚。 ⑭ 校：考查，甄别。 ⑮ 与：参加。 ⑯ 岁考：督学使者主持的考试，定诸生的优劣。 ⑰ 内外艰：母丧为内艰，父丧为外艰。 ⑱ 科考：乡试前的资格考试。大比：明清两代特指乡试。 ⑲ 遗才大收：给因故未参加科考的生员以补考，称“录遗”、“大收”。 ⑳ 涂：通“途”，路径。 ㉑ 孔孟：喻指学问高深的读书人。 ㉒ 衣绯：穿着红色的官服。

诸生解衣露足，左手持笔砚，右手持布袜，听郡县有司唱名，以次立甬道，至督学前。每诸生一名，搜检军士二名，上穷发际，下至膝踵，倮腹赤踝㉓，为漏数箭而后毕㉔。虽壮者，无不齿震冻栗，腰以下，大都寒沍僵裂，不知为体肤所在。遇天暑酷烈，督学轻绮荫凉㉕，饮茗挥箑自如㉖。诸生什佰为群，拥立尘坌中㉗，法既不敢执扇，又衣大布厚衣，比至就席，数百人夹坐，烝熏腥杂㉘，汗淫浃背㉙，勺浆不入口，虽设有供茶吏，然率不敢饮，饮必朱钤其牍㉚，疑以为弊，文虽工，降一等。盖受困于寒暑者如此。既就席，命题㉛。题以一教官宣读，便短视者㉜；一书牌上，吏执而下巡，便重听者。近废宣读，独以牌书某学某题㉝，一日数学㉞，则数吏执牌而下。而予以短视，不能见咫尺，必屏气嗫嚅询傍舍生㉟，问所目㊱。而督学又望视台上，东西立了高军四名㊲，诸生无敢仰视四顾、丽立伸欠㊳、倚语侧席者㊴。有则又朱钤其牍，以越规论，文虽工，降一等。用是腰脊拘困㊵，虽溲溺不得自由㊶，盖所以系其手足便利者又如此。所置坐席，取给工吏，吏大半侵渔所费㊷，仓卒取办㊸，临时规制㊹，狭迫不

㉓ 倮：同“裸”。 ㉔ 为漏数箭：经过数刻。古代以漏壶计时，壶中盛水，壶底有孔漏水，壶中设箭，箭上刻度数，水漏而刻度依次显现，以此来计算时间。 ㉕ 轻绮：薄绸衣。 ㉖ 箑(jié)：扇子。 ㉗ 坌(bèn)：尘埃。 ㉘ 烝(zhèng)：热。 ㉙ 淫：浸透。 ㉚ 朱钤(qián)其牍：以红色印记盖在试卷上。牍，这里指试卷。 ㉛ 命题：公布试题。 ㉜ 便：方便。短视：近视。 ㉝ 某学：某某县学。 ㉞ 一日数学：岁考时，各府县生员在同一试场参加考试，而试题不同，故称一日数学。 ㉟ 嗫嚅(niè rú)：吞吞吐吐。 ㊱ 问所目：问所见的题目。 ㊲ 了高军：在高处瞭望监督的军兵。 ㊳ 丽立：并立。 ㊴ 倚：侧身。 ㊵ 用是：因此。 ㊶ 溲溺：小便。 ㊷ 侵渔：侵吞。 ㊸ 仓卒：仓促。 ㊹ 规制：规格。

能舒左右肱[45]，又薄脆疏缝，据坐稍重，即恐折扑，而同号诸生常十余人，虑有更号[46]，率十余坐以竹联之。手足稍动，则诸坐皆动，竟日无宁时[47]，字为跛踦[48]。而自闽中一二督学重怀挟之禁[49]，诸生并不得执砚。砚又取给工吏，率皆青刓顽石[50]，滑不受墨，虽一事足以困其手力。不幸坐漏痕承檐所在[51]，霖雨倾注[52]，以衣覆卷，疾书而毕事。盖受困于胥吏之不谨者又如此。比阅卷，大率督学以一人阅数千人之文。文有平奇虚实、烦简浓淡之异，而主司之好尚亦如之[53]，取必于一流之材，则虽宿学不能无恐[54]，而予常有天幸然[55]。高下既定，督学复衣绯坐堂上，郡县有司候视门外，教官立阶下，诸生俯行以次至几案前，跽而受教[56]，噤不敢发声[57]。视所试优劣，分从甬道西角门以出。当是时，其面目不可以语妻孥[58]。盖所为拘牵文法以困折其气者又如此[59]。

嗟乎！备尝诸生之苦，未有如予者也。至入乡闱，所为搜检防禁，囚首垢面，夜露昼暴，暑暍风沙之苦[60]，无异于小试[61]。独起居饮食稍稍自便。而房司非一手[62]，又皆簿书狱讼之余[63]，非若督学之静

---

[45] 肱(gōng)：肘至腕。 [46] 更号：换座位。 [47] 竟日：终日。 [48] 跛踦(qī)：歪斜扭曲。 [49] 怀挟：挟带东西。 [50] 刓(wán)：刻。 [51] 承檐：屋檐。 [52] 霖雨：连续不断的大雨。 [53] 主司：主考官。好尚：爱好。 [54] 宿学：饱学之士。 [55] 天幸：侥幸，好运。 [56] 跽(jì)：两膝着地，上身挺直。 [57] 噤：闭口。 [58] 妻孥(nú)：妻子儿女。 [59] 文法：条文法规。 [60] 暍(yē)：受暴热。 [61] 小试：此指科考与岁考。 [62] 房司：房考官。乡试试卷，分房审阅，每房有一人负责。 [63] 簿书狱讼之余：因房考官一般由主考官从推官、知县等人中聘任，审阅试卷，非其本职。

专屏营[64]，以文为职。而予七试七挫，改弦易辙，智尽能索[65]。始则为秦汉子、史之文，而闱中目之为野[66]；改而从震泽、毗陵成弘先正之体[67]，而闱中又目之为老[68]；近则虽以《公》、《谷》、《孝经》、韩、欧、苏、曾大家之句[69]，而房司亦不知其为何语。每一试已，则登贤书者虽空疏庸腐[70]、稚拙鄙陋，犹得与郡县有司分庭抗礼。而予以积学二十余年，制艺自鹤滩、守溪下至弘、正、嘉、隆大家[71]，无所不究；书自六籍、子、史，濂、洛、关、闽[72]，百家众说，阴阳、兵、律[73]，山经、地志[74]，浮屠、老子之文章[75]，无所不习，而顾不得与空疏庸腐、稚拙鄙陋者为伍。每一念至，欲弃举业不事，杜门著书，考古今治乱兴衰之故，以自见于世，而又念不能为逸民以终老[76]。

嗟乎！备尝诸生之苦，未有如予者也。古之君子有所成就，则必追原其扬历勤苦之状以自警，上至古昔圣人，昌言交拜[77]，必述其

---

[64] 屏(bīng)营：惶恐的样子，这里形容做事认真。 [65] 索：穷尽。 [66] 野：不正统。 [67] 震泽：指王鏊，著有《震泽集》。明成化年间乡试、会试均第一。毗陵：指唐顺之，武进人，武进在汉代属毗陵郡。明嘉靖年间会试第一。王、唐两人的文章在成化、弘治至嘉靖年间有很大影响。先正：先贤。 [68] 老：过时。 [69]《公》：《公羊传》。《谷》：《谷梁传》。韩、欧、苏、曾：韩愈、欧阳修、苏洵、苏轼、苏辙和曾巩。 [70] 登贤书：乡试中举。 [71] 制艺：八股文。鹤滩：钱福，著有《鹤滩集》，以鹤滩为号。弘治年间会试礼部廷对皆第一。守溪：王鏊，字守溪。参见本文注[67]。弘、正、嘉、隆：弘治、正德、嘉靖、隆庆，皆为明代年号。 [72] 六籍：六经，即《诗》《书》《礼》《易》《乐》《春秋》。濂、洛、关、闽：周敦颐，濂溪人，时称濂溪先生，故简称濂。程颢、程颐兄弟，洛阳人，故简称洛。张载，在关中南山讲学，故简称关。朱熹，侨居建州(今福建建瓯)，故简称闽。四人均为宋代理学家。 [73] 阴阳：阴阳五行学说。兵：兵书。律：律历之书。 [74] 山经、地志：地理方志书籍。 [75] 浮屠、老子：佛家、道家。 [76] 逸民：隐士。 [77] 昌言交拜：听到有益的话拜而接受。

艰难创造之由。故曰:“逸能思初,安能惟始[78]。”故予虽事无所就,试卷亦鄙劣琐陋不足以存,然皆出于勤苦忧患惊怖束缚之中,而况数先生者,又皆今世名人巨公,而予以一日之艺,附弟子之列。语有之:知己重于感恩。今有人于此,衣我以文绣,食我以稻粱[79],乐我以台池鼓钟[80],然使其读予文而不知其原本圣贤,备见古今与道德性命之所在[81],予终不以彼易此。且予淹困诸生[82],既无以报知己,而一二君子,溘先逝者[83],又无以对先师于地下。以其出于勤苦忧患惊怖束缚之中,而又以存知己之感,此试卷之所为刻也。若数科闱中所试,则世皆以成败论人,不欲尘世人之耳目[84],又类好自表见[85],形主司短长[86],故藏而匿之。然终不能忘其姓名。骑儿五岁能读书[87],将封识而使掌之[88]。曰:此某司理、某令尹为房考时所摈也[89]。既以阴志其姓名[90],而且使骑儿读而鉴,鉴而为诡遇以逢时[91],无如父之拙也[92]。

---

[78] 逸能思初,安能惟始:两句意同。逸,安。惟,思。语见《史记·乐书》。 [79] 食(sì):拿东西给人吃。 [80] 台池:指园林。鼓钟:指音乐。 [81] 道德性命:以继承孔孟“道统”,宣扬“性命义理”之学的宋代理学思想。 [82] 淹:淹留,滞留。困:困顿。 [83] 溘(kè):突然。 [84] 尘:污染。 [85] 表见:表现。 [86] 形:显露。 [87] 骑(táo)儿:艾南英子,名斯骑。 [88] 将:拿来。识:记。 [89] 司理:即推官。令尹:知县。司理、令尹均指乡试时的房考官。摈:抛弃。 [90] 阴:暗地里。志:记。 [91] 诡遇:耍弄手段以取得功名。 [92] 无如:不要像。

(曹大民)

叶绍袁(1589—1648)　字仲韶，别号天寥道人，明末吴江(今属江苏)人。官工部主事，因反对魏忠贤擅权祸国，以母老告归。早负才名，善诗文，其妻女亦能诗。明亡，携子弃家为僧，自号粟庵，但仍与反清义士暗通消息，以图反清复明。著作今存有《叶天寥四种》等。

甲行日注(节选)①

【题解】

明亡，凡具爱国心的知识分子无不悲痛欲绝。他们或奔走四方，以图义举；或隐居著书，遗训后世。作者则以弃家为僧，表达了决不与清朝统治者合作的决心。《甲行日注》，即作者三年为僧生活的日记，起乙酉(清顺治二年，1645)八月，迄戊子(1648)九月。因作者是乙酉年八月二十五日甲辰出行为僧，故取名“甲行”。这里节选了作者为僧后隐迹浙西的一段生活片断。文中流露出作者国破家亡后的悲愤之情和希望破灭后的辛酸绝望，感情真挚，催人泪下。

乙酉八月二十七日丙午②，雨。晓起理装。家人辈至庵中拜别，余曰：“此行也，若幸中兴有期，则归来相见亦有日。不然，从此永诀矣。两幼主室家之好未完倌、倕未婚③，岂不痛心。然留之事虏，必

---

① 选自《叶天寥年谱》附《甲行日注》。② 乙酉：清顺治二年(1645)。作者不用清朝皇帝年号，而用干支，以表示自己不作清室顺民的立场。③ 倌：即作者三子世倌。倕：作者四子世倕。室家之好：《诗·周南·桃夭》：“之子于归，宜其室家。”这里是婚娶的意思。

不可；我亦无可奈何耳。三孙不及见其长大，幸为我善视之。踞湖山先陇松楸④，幸念之毋忘。闻虏令：遁不降者籍入⑤。不腆数亩与环堵之室⑥，不暇计矣。顾夫人公子，向受钱塘公之托⑦，今亦有愧九原⑧，当令善返昆山耳⑨。诸妇女可寄西方尼庵，汝辈但为谋其糊口者，俾无冻馁以死，感且不朽。”家人皆伏地哭，余亦泣。登舟，二兄幼舆、叔秀侄来送，侄孙舒胤亦来，时年十五，泪潸潸不止矣。既发，冒雨至栖真寺即香上人简庵。夜，可生上人为祝发焉⑩。即此后，或有黄冠故乡之思⑪，但恐彭泽田园，门非五柳⑫，辽东归鹤，华表无依耳⑬。

九月初二日庚戌，雨。早别二上人行即香、可生。余曰：“行将焉往？”有言双径⑭，有言武林⑮，有言邓尉⑯。余曰：“我吴人也，不可更入吴，其湖与杭乎？”……出王泾塘，虏以空漕艘挂帆而南⑰，累累不绝，舟人怵焉。风雨澌漓⑱，烟波渺漠，远树低天，荒葭冷岸⑲，满

---

④ 先陇：祖宗墓地。松楸：种在墓地上的树木，这里指墓地。 ⑤ 籍入：没收家产。 ⑥ 腆(tiǎn)：丰厚。 ⑦ 钱塘公：即顾汉石，任钱塘令，清兵南下，遂挂冠而去，遭清军搜捕，不屈死。 ⑧ 九原：山名。春秋时晋卿大夫墓地在此，后世因称墓地为九原。 ⑨ 昆山：今属江苏省。 ⑩ 祝发：剃去头发，指削发出家。 ⑪ 黄冠：道士之冠。唐贺知章因病上疏请度为道士，求还乡里。杜甫《遣兴》咏此事云：“贺公雅吴语，在位常清狂。上疏乞骸骨，黄冠归故乡。” ⑫ 彭泽田园，门非五柳：晋陶渊明于门前植五株柳树，自号“五柳先生”。后曾任彭泽令，世称“陶彭泽”。 ⑬ 辽东归鹤，华表无依：语出《搜神后记》。原文为“丁令威，辽东人，学道于灵虚观，后化鹤归辽，停城门华表柱上，有少年欲射之，鹤化言说：‘有鸟有鸟丁令威，去家千岁今来归。城郭如故人民非，何不学仙冢累累。’遂飞去。” ⑭ 双径：地名，在湖州附近。 ⑮ 武林：山名，在今浙江杭州西十五里。 ⑯ 邓尉：山名，在江苏省吴县。 ⑰ 漕艘：运粮船。 ⑱ 澌漓(xǐ lí)：阴雨潮湿。 ⑲ 荒葭：枯荒的芦苇。

野黄云，偃蹇深潦中[20]，俯首如泣，正自使人断魂耳。未至乌镇十里，风狂雨横，暝色愁人[21]。道出小桥之北，有经堂庵，聊求借宿。

初四日壬子。曈昽日出矣[22]，方鼓枻[23]，又雨。过石门[24]，颓墙废垣，残毁驳裂，野店无烟，晨星数人[25]，兵火后光景，真可太息。次塘西，又值虏舟，幸疾雨飞注，虏遥不见。津梁疲矣[26]，迷途生怅。昏雾归鸦，荻花无语[27]，又如僰道漏天[28]，淋漓不止。正徬徨间，有漾永庵，屹然水湄[29]，系缆而登。主僧嗣明，留宿水阁中。绿萍覆地，衰柳依依堤上，笼烟曳雨，满目凄凉。

十七日乙丑，晴，暖。宁初又来，云：田园尚犹如故，室庐亦幸偷存，故乡风景则半似辽阳以东矣[30]，但村人未曾吹芦管耳[31]。

二十二日庚午，晴。住十日矣，初闻山鸟啼风，恨无子规声[32]，春来满山乱啼，入秋即止。

丙戌十一月二十七日己巳[33]，晴。仲日言郡中骄淫之习，殆不可言。闺阁俱用貂鼠裲额[34]，以效虏风，洒锦绣彩，不但女子服也，丈夫奇锦，作小袖衣，必加半臂[35]，制纫精工，花鸟炫艳之极[36]。……

---

[20] 偃蹇：困顿。[21] 暝色：暮色。[22] 曈昽：太阳初出由暗而明的景象。[23] 鼓枻(yì)：开船。[24] 石门：地名，在浙江省桐乡县。[25] 晨星：比喻稀少。[26] 津：渡口。梁：桥樑。津梁，意谓水上生活。[27] 荻花：芦花。[28] 僰(bó)道：古县名。汉置，在今四川省宜宾县西南。漏天：蜀地经常多雨，俗称漏天。《寰宇记》说："僰道有大漏天、小漏天。"[29] 湄：水边。[30] 辽阳：在今辽宁省。辽阳以东，指满清入关前的根据地。[31] 芦管：旧指胡人的乐器。[32] 子规：杜鹃鸟的别称，相传它的叫声是"不如归去"。[33] 丙戌：清顺治三年，公元 1646 年。[34] 裲额：围在头部。[35] 半臂：指背心。[36] 花鸟：指绣在衣服上的花鸟图纹。

噫！风俗由人心而成，人心已死，杀气安得不生。

丁亥十二月初九日乙亥[37]，晴。佺就医邓尉二十余日矣，杳无消息来，故倌、倕往视之，先至溪，拉侗偕去。晚间，枯林戢响[38]，斜月皎幽，东窗对影，一樽黯绝。颜子之乐自在箪瓢[39]，予不堪忧者，家国殄瘁[40]，岂能忘心。李陵所云[41]："胡笳互动，边声四起，独坐听之，不觉泪下[42]。"

㊲ 丁亥：清顺治四年，公元1647年。 ㊳ 戢(jí)：停止。 ㊴ 颜子：即颜回，孔子七十二弟子之一。箪瓢(dān piáo)：即箪食瓢饮。孔子曾称赞颜回说："一箪食，一瓢饮，在陋巷，人不堪其忧，回也不改其乐，贤哉回也"(《论语·雍也》)。 ㊵ 殄(tiǎn)瘁：困苦。 ㊶ 李陵：西汉人，字少卿，李广孙。汉武时为骑都尉，率军出击匈奴，战败投降，后病死匈奴。 ㊷"胡笳互动"四句：语出李陵《答苏武书》，但此书系后人伪作。

（严文儒）

刘侗（约1594—1637） 明末作家。字同人，号格庵，麻城（今属湖北）人。崇祯进士。他因“文奇”而被礼部参奏，受降等处分。授官吴县（今属江苏）知县，赴任途中，死于扬州，年仅四十四岁。与竟陵派首领谭元春为同乡，且有交往，故行文受其影响，有竟陵派特点。造语冷隽，风格孤峭。因喜用生辞僻字，语言不免艰涩。与人合著《帝京景物略》八卷，记载北京地区风土景物。

水尽头[1]

【题解】

本文出于刘侗与于奕正合著的《帝京景物略》。此书由于提供素材，刘执笔为文。本文是刘侗山水小品中较为出色的一篇。文中写竹以实，写花以虚，深得虚实相生、虚实相合之妙。更佳处在于写泉，在作者的笔下，泉水成了趋役于花、竹而又无暇叹息的仆人。文末点出溪源“水尽头儿”，仅用“磊磊中两石角如坎，泉盖从中出”十数字带过，而用浓墨渲染泉源周遭的氛围，树声、鸟鸣声与泉声相叠和，颇有“蝉噪林逾静，鸟鸣山更幽”之诗境，透露出凄清寂寞的意绪。

观音石阁而西，皆溪，溪皆泉之委[2]；皆石，石皆壁之余[3]。其南岸，皆竹，竹皆溪周而石倚之[4]。燕故难竹[5]，至此，林林亩

---

① 选自《帝京景物略》。水尽头：即樱桃沟，在北京西郊卧佛寺附近。 ② 委：水的下流。 ③ 壁：像墙那样陡立的山石。余：残余。 ④ 周：环绕。倚：靠着。此句意为竹子都长在溪水周围和石壁旁边。 ⑤ 燕（yān）：原指河北北部，这里特指北京。难：不容易，这里意为少见。

亩[6]。竹，丈始枝[7]；笋，丈犹箨[8]；竹粉生于节，笋梢出于林，根鞭出于篱[9]，孙大于母[10]。

过隆教寺而又西，闻泉声。泉流长而声短焉，下流平也。花者，渠泉而役乎花[11]；竹者，渠泉而役乎竹：不暇声也[12]。花竹未役，泉犹石泉矣[13]。石罅乱流[14]，众声澌澌[15]，人踏石过，水珠渐衣[16]。小鱼折折石缝间[17]，闻跫音则伏[18]，于苴于沙[19]。

杂花水藻，山僧园叟不能名之。草至不可族[20]。客乃斗以花[21]，采采百步耳，互出，半不同者。然春之花尚不敌其秋之柿叶[22]，叶紫紫，实丹丹。风日流美[23]，晓树满星[24]，夕野皆火[25]，香山曰杏，仰山曰梨，寿安山曰柿也[26]。

西上圆通寺，望太和庵前，山中人指水尽头儿，泉所源也[27]。至则磊磊中两石角如坎[28]，泉盖从中出。鸟树声壮[29]，泉喈喈不可骤闻[30]。坐久，始别[31]，曰："彼鸟声，彼树声，此泉声也。"

---

⑥ 林林亩亩：多而茂盛的样子。 ⑦ 丈：长到一丈高。枝：长出枝叶。用作动词。 ⑧ 箨(tuò)：竹笋上的皮。用作动词。 ⑨ 鞭：竹鞭。 ⑩ 孙：竹孙，竹枝根末梢所生的新竹。母：竹母，竹的老根。 ⑪ 渠：沟渠。用作动词。这句意为用水渠引来泉水为花服役。 ⑫ 不暇：没有空闲。声：发出声音，叹息。 ⑬ 石泉：泉水出自山石中，所以叫石泉。 ⑭ 罅(xià)：裂缝。 ⑮ 澌(sī)澌：象水声。 ⑯ 渐：润湿。 ⑰ 折(tí)折：即提提，安适的样子。 ⑱ 跫(qióng)：脚步声。 ⑲ 苴(jū)：水中浮草。 ⑳ 不可族：分不出种类。 ㉑ 斗以花：用花来比赛。 ㉒ 不敌：比不上。 ㉓ 风日流美：风和日丽的时候。 ㉔ 晓树满星：早晨，树上的果实看上去好像挂满了星星一样。 ㉕ 夕野皆火：黄昏，漫山遍野如同火烧一般颜色。指下文香山的杏叶，仰山的梨叶和寿安山的柿叶在夕阳映射下的美丽景象。 ㉖ "香山"三句：香山、仰山、寿安山都在北京西郊。 ㉗ 源：发源。 ㉘ 坎(kǎn)：坑穴。 ㉙ 鸟树声壮：鸟叫声和风吹树动的声音都很大。 ㉚ 喈(jí)喈：鸟鸣声，这里形容泉水的声音。骤：立即。 ㉛ 别：分辨。

又西上广泉废寺，北半里，五华寺，然而游者瞻卧佛辄返[32]，曰："卧佛无泉[33]。"

㉜ 瞻：看到。卧佛：卧佛寺，寺中有元代的铜铸卧佛。辄（zhé）：就。 ㉝ 卧佛：指卧佛寺。

（曹大民）

魏学洢（约1596—约1625） 字子敬，嘉善（今浙江嘉兴）人。其父大中因上疏劾宦官魏忠贤被捕入狱。学洢微服随行，刺探起居，千方百计进行营救。父死后，扶柩而归，晨夕号哭；又遭阉党追捕，悲愤而死。崇祯初诏旌为孝子。后人称其"忠孝乃萃一门"。学洢一生未曾做官，为诸生，好学工文。著有《茅檐集》。

将赴浙狱遗友人书[①]

【题解】

天启五年（1625），作者父魏大中因上疏弹劾魏忠贤及其党羽，被捕下诏狱，受尽折磨，惨死狱中。阉党并未因此罢休，以追赃为名，继续迫害其家族。学洢悲愤欲绝，在将赴浙狱之时，怀着旦夕就死的心情，写了这篇充满血泪的信。文中通过诉说其父所受到的惨无人道的迫害以及自己的种种遭遇，揭露了明末政治的黑暗。全文以描写现实、直抒胸臆为主，多吁天求助之语，遣词造句，不假修饰，写得悲恻动人。友人指潘茂先，今集中有《寄潘茂先书》。

权阉之杀忠良也[②]，以什佰计[③]，有死贬所者，有死狱中、死杖下者，有死东西市者[④]。然皆随刑随毙，随毙随殓；虽或身首异处，犹能补缀成尸，使妻孥相抱一哭而后盖棺，亦不幸之幸也。未有若先

---

① 选自《碧血录》。 ② 阉：阉党，指宦官魏忠贤及其党羽。 ③ 什佰：即十百。 ④ 东西市：指处决犯人的地方，刑场。

子之备尝惨酷[5]：未死而蛆蚋生肌[6]，既死六七日，犹故缓其旨，俾尸腐牢穴中[7]，不使一寸肌肤获粘残骨入木者。足下读书万卷，见古忠臣之死，有惨毒如先子者哉！

矧其人既死[8]，坐赃三千三百[9]，度其家无四壁，势不能偿，必至卵巢俱倾，根荄尽斩而后已[10]。洢尝中夜环走，惕极成癫。谓前此设有人焉[11]，挺躬仗义，贷以多金，使得如数以输，及期而纳[12]；彼纵意不在赃，犹得出诏狱，入法司[13]，俾父子相诀而毙；不至割绝伤惨，遂至此也。岂意遍告亲知，百无一应；推迟迁延，备极诈狙[14]。独范阳长者高倡醵金之议[15]，深乡酷贫之士，素不通名者，莫不典衣鬻物以相和。然多者不过十余金，寡者数十青蚨而已[16]。伯夷有难，岂颜回、原宪所能助哉[17]！已矣，勿复言矣！

昔人谓廉吏可为而不可为，犹谓妻子贫困已耳[18]。今则枉刑坐赃，罪延其孥，清白吏子孙，其受祸有什佰于墨吏者[19]。福善祸淫之说，岂特不验，且复倒行逆施。茫茫天道，尚可问耶！今追比伊始[20]，洢将赴浙狱矣。先子罹祸，人不手援；岂先子既没，犹有出而

---

⑤ 先子：先父。 ⑥ 蛆蚋（ruì）生肌：肌肉腐烂生蛆。蚋，昆虫，黑色，吸食人畜的血液。 ⑦ 俾（bǐ）：使。 ⑧ 矧（shěn）：何况，再说。 ⑨ 坐赃：定受贿罪。 ⑩ 根荄（gāi）尽斩：斩草除根。荄，草根。 ⑪ 设：假如。 ⑫ 及期：在规定期限之内。 ⑬ 法司：司法机关。 ⑭ 诈狙：诡诈。 ⑮ 范阳：地名，今河北定兴、容城一带。长者：指孙奇逢、鹿正等人。高倡：提倡，发起。醵（jù）金：凑钱。 ⑯ 青蚨：铜钱的代称。 ⑰ 伯夷：商孤竹君之子，曾叩马谏武王伐纣，商灭，耻食周粟，饿死于首阳山。颜回、原宪：孔子弟子，都以贫困好学著称。 ⑱“昔人”两句：语出《史记·滑稽列传》。 ⑲ 墨吏：贪官污吏。 ⑳ 追比：追征。伊始：开始。

援洴者哉！即或有之，顾昔不能活父，而今以自活；洴实痛之，不如速死之为愈也。嗟乎悲哉！司马迁羞贫贱、轻仁义，洴颇怪其谬于圣人，乃今知其不妄也。《货殖》、《游侠》诸篇，焉得不传千禩哉㉑！

先子死当葬首阳山侧㉒，洴若死须葬要离冢旁㉓。天地鄙陋㉔，莫可告语。昔先子槛车发平望㉕，啧啧奇足下不置。侨良乡宾客傔从㉖，俱似遥领足下意者。及扶榇南返㉗，又闻经纬甚悉㉘。慨然叹足下义士，故拉血布此㉙。知回、宪无力，不能援伯夷急难。苟存此心，亦足慰先子与不肖之双魂于地下也㉚！临书哽咽，不能更言。

㉑ 千禩：千年。禩：同“祀”。 ㉒ 首阳山：伯夷饿死处，在河南偃师县。 ㉓ 要离：春秋刺客，与吴公子光谋杀庆忌，后伏剑自尽。其墓在苏州虎丘。 ㉔ 鄙陋（xiá）：狭小。 ㉕ 槛车：囚车。平望：在江苏吴江县南。 ㉖ 侨良乡：地名。傔（qiàn）从：侍从。 ㉗ 扶榇（chèn）：运送棺材。 ㉘ 经纬：经营治理。 ㉙ 拉血：揩血。因过度悲伤，泪干而流血。布：陈述，告诉。 ㉚ 不肖：自谦之词。

（陆德阳）

核　舟　记[①]

【题解】

本文描述的是我国古代微雕艺术的精品——明代王叔远雕刻的核舟。作者抓住以小容多的微雕艺术特点，前面交代了核舟长仅“八分有奇”，高只有“二黍许”，后面再次点出“其长曾不盈寸”。在这微小的桃核上，竟刻了“人五”“窗八”，还有篷、楫、炉、壶、手卷、念珠各一，对联、题名、印章上所刻共计三十四字，真可谓纳须弥于芥子矣。核舟之佳妙不仅在于微细，更可叹的是充满了艺术的巧思杰构。五个人物，精神形态各异，栩栩如生。苏东坡、黄鲁直和佛印坐在船头，各有姿态，生动细致的刻画，使我们好似看见了三人的音容笑貌，听到了他们的吟哦之声。两个舟子作为另一组人物被安排在船尾，也活灵活现，极有感染力。本文内容简练，层次分明，拟人状物，细致入微。

明有奇巧人曰王叔远[②]，能以径寸之木[③]，为宫室、器皿、人物，以至鸟兽、木石，罔不因势象形[④]，各具情态。尝贻余核舟一[⑤]，盖大苏泛赤壁云[⑥]。

舟首尾长约八分有奇[⑦]，高可二黍许[⑧]。中轩敞者为舱[⑨]，箬篷复之[⑩]。旁开小窗，左右各四，共八扇。启窗而观，雕栏相望焉。闭

---

① 选自《虞初新志》。② 奇巧人：有精妙技艺的人。③ 径寸之木：直着有一寸长的木块。④ 罔不：无不。因势象形：顺着木料的形状纹路来塑造形象。⑤ 尝：曾经。贻(yí)：赠给。⑥ 盖：语气词。大苏：北宋文学家苏轼。云：语末助词，无义。⑦ 有奇(jī)：多一些。⑧ 二黍：二分。黍：黍子，古代用黍百粒排列起来，算作一尺。许：上下，光景。⑨ 轩敞：高起而开敞。⑩ 箬(ruò)篷：箬竹叶做的篷。

之，则右刻“山高月小，水落石出[11]”，左刻“清风徐来，水波不兴[12]”，石青糁之[13]。

船头坐三人，中峨冠而多髯者为东坡[14]，佛印居右[15]，鲁直居左[16]。苏、黄共阅一手卷[17]。东坡右手执卷端，左手抚鲁直背。鲁直左手执卷末，右手指卷，如有所语。东坡现右足，鲁直现左足，各微侧，其两膝相比者[18]，各隐卷底衣褶中。佛印绝类弥勒[19]，袒胸露乳，矫首昂视[20]，神情与苏、黄不属[21]，卧右膝[22]，诎右臂支船[23]，而竖其左膝，左臂挂念珠倚之，珠可历历数也。

舟尾横卧一楫[24]，楫左右舟子各一人[25]。居右者椎髻仰面[26]，左手倚一衡木[27]，右手攀右趾[28]，若啸呼状。居左者右手执蒲葵扇，左手抚炉，炉上有壶，其人视端容寂[29]，若听茶声然。

其船背稍夷[30]，则题名其上，文曰：“天启壬戌秋日[31]，虞山王毅叔远甫刻[32]”，细若蚊足，钩画了了[33]，其色墨。又用篆章一，文曰：

---

⑪ 山高月小，水落石出：语出苏轼《后赤壁赋》。 ⑫ 清风徐来，水波不兴：语出苏轼《前赤壁赋》。 ⑬ 石青：青绿色颜料。糁（sǎn）：细屑，散粒。此处意为在刻字处嵌抹。 ⑭ 峨：高。冠：帽子。髯：胡须。 ⑮ 佛印：即佛印禅师，金山寺和尚，名了元，苏轼好友。 ⑯ 鲁直：宋代文学家黄庭坚，字鲁直。工诗善书法，与苏轼齐名，并称“苏黄”。 ⑰ 手卷：书画横幅长卷。 ⑱ 比：靠近。 ⑲ 绝类：极像。弥勒：佛教菩萨之一。 ⑳ 矫首：举头。 ㉑ 不属：不同，不相关。 ㉒ 卧：横放。 ㉓ 诎（qū）：同“屈”，弯曲。 ㉔ 楫：桨。 ㉕ 舟子：驾船的人。 ㉖ 椎髻：椎形的发髻。 ㉗ 衡木：横木。 ㉘ 攀：拉。 ㉙ 视端容寂：目光正视（茶炉），容貌沉静。 ㉚ 夷：平。 ㉛ 天启壬戌：天启二年（1622）。天启为明熹宗年号。 ㉜ 虞山：山名，在今江苏省常熟县西北。这里用来代指常熟。王毅叔远甫：王毅字叔远。甫，字。 ㉝ 了了：清清楚楚。

"初平山人[34]",其色丹。

通计一舟,为人五,为窗八,为箬篷,为楫,为炉,为壶,为手卷,为念珠各一;对联、题名并篆文,为字共三十有四。而计其长曾不盈寸[35],盖简桃核修狭者为之[36]。

魏子详瞩既毕,诧曰:"嘻,技亦灵怪矣哉[37]!"《庄》《列》所载[38],称惊犹鬼神者良多[39],然谁有游削于不寸之质[40],而须麋了然者[41]?假有人焉[42],举我言以复于我,亦必疑其诳[43]。今乃亲睹之。繇是以观[44],棘刺之端,未必不可为母猴也[45]。嘻,技亦灵怪矣哉!

㉞ 初平山人:王毅的别号。 ㉟ 曾:尚,还。盈:满。 ㊱ 简:同"拣",挑选。修狭:长而窄。 ㊲ 灵怪:灵巧、奇异。 ㊳《庄》、《列》:《庄子》、《列子》。 ㊴ 惊犹鬼神:好像鬼神所造,令人惊奇。 ㊵ 游削:从事雕刻。不寸之质:不满一寸的东西。 ㊶ 须麋:即须眉,胡子眉毛。 ㊷ 假:假设。 ㊸ 诳:欺骗。 ㊹ 繇(yóu):同"由"。 ㊺ "棘刺"两句:意为棘刺的尖端上未必不能刻成一个母猴。典出自《韩非子·外储说左上》,讲一个人在燕王面前夸口说他可以把棘刺的尖端刻成一只母猴的故事。

(曹大民)

张岱(1597—1679) 明末文学家。字宗子、石公,号陶庵,山阴(今浙江绍兴)人,侨寓杭州。清兵南下,入山著书。文笔清新,时杂诙谐,多写山水景物、日常琐事,从中寄寓身世之感。尝辑录明代遗事,为《石匮书》,谷应泰作《明史纪事本末》,以五百金购请,慨然予之。现存著作有《琅嬛文集》《陶庵梦忆》《西湖梦寻》《石匮书后集》等。

湖心亭看雪[1]

【题解】

明代的写景小品,公安派清新俊逸,竟陵派幽杳峭洁,兼其长者为张岱。他的文章大多短隽有味,即使吟风弄月,也洒脱异常。本文以"一痕""一点""一芥""两三粒"这些极为细微的量词,烘托出雪后湖中空旷的景象。语言简洁至极,笔墨轻灵至极,意境高洁至极。文章前面写凄清之景,一种孤寂落寞之情,油然而生。结句借舟子之口,道"更有痴似相公者",从中又流露出"德不孤,必有邻"的欣慰。

崇祯五年十二月[2],余住西湖。大雪三日,湖中人鸟声俱绝。是日更定矣[3],余拏一小舟[4],拥毳衣炉火[5],独往湖心亭看雪。雾凇沆砀[6],天与云、与山、与水,上下一白。湖上影子,惟长堤一痕、

① 选自《陶庵梦忆》。 ② 崇祯:明思宗年号(1628—1644)。 ③ 更:古代夜间计时单位,一更约两小时,一夜分五更。更定,指众人入睡的时候,大约在晚上九至十时。 ④ 拏(ná):牵引。 ⑤ 毳(cuì)衣:毛皮衣。 ⑥ 雾凇:冬季雾气着于树木上,因冻凝成的微粒。沆砀:天上白茫茫的寒冷水气。

湖心亭一点，与余舟一芥、舟中人两三粒而已[⑦]。到亭上，有两人铺毡对坐，一童子烧酒，炉正沸。见余大喜，曰："湖中焉得更有此人！"拉余同饮。余强饮三大白而别[⑧]。问其姓氏，是金陵人，客此。及下船，舟子喃喃曰[⑨]："莫说相公痴，更有痴似相公者。"

⑦ 芥：小草。舟一芥，即一叶扁舟。⑧ 大白：大酒杯。⑨ 喃喃：低语声。

（黄　珅）

西湖七月半[①]

【题解】

本文原是写七月半夜游西湖的乐趣。但劈头一句，却反写西湖七月半"一无可看"，随即又写偏偏有那么多人来看"七月半"。于是"看七月半之人"成了西湖的一个流动的景观，看"看七月半之人"，成了这一天主要的游乐。作者以一个"看七月半之人"的身份，从容貌、形态、穿着、排场，直至神情、心态，对各色"看七月半之人"，作了惟妙惟肖的刻画。前面一段，实是对当时社会芸芸众生相极其生动的速写。中间说杭人游湖，"避月如仇"，这四字在文中有画龙点睛的作用。可见那些游人仅仅是为看而看，慕名而来，与前面所说的"一无可看"呼应。也正因为有那么多随波逐流的闲人，才会汇成一股"看七月半"的洪流。这股洪流，来也匆匆，去也匆匆，世俗的力量，时人的无聊，也就尽在不

① 选自《陶庵梦忆》。

言之中了。最后写“吾辈”纵饮赏月，酣睡荷花之中，其景清幽，其情闲雅，与前面的喧闹、凡俗，形成对照。张岱的小品，往往感慨出之诙谐，日常琐事，一经点染，便成至文，本文就是一个很好的例子。

西湖七月半②，一无可看，止可看看七月半之人。看七月半之人，以五类看之；其一，楼船箫鼓，峨冠盛筵③，灯火优傒④，声光相乱，名为看月而实不见月者，看之；其一，亦船亦楼，名娃闺秀⑤，携及童娈⑥，笑啼杂之，环坐露台，左右盼望，身在月下而实不看月者，看之；其一，亦船亦声歌，名妓闲僧，浅斟低唱⑦，弱管轻丝⑧，竹肉相发⑨，亦在月下，亦看月而欲人看其看月者，看之；其一，不舟不车，不衫不帻⑩，酒醉饭饱，呼群三五，跻入人丛⑪，昭庆、断桥⑫，叫呼嘈杂，装假醉，唱无腔曲，月亦看，看月者亦看，不看月者亦看，而实无一看者，看之；其一，小船轻幌⑬，净几暖炉，茶铛旋煮⑭，素瓷静递，好友佳人，邀月同坐，或匿影树下，或逃嚣里湖，看月而人不见其看月之态，亦不作意看月者⑮，看之。

---

② 七月半：农历七月十五日，称“中元节”。旧时道观在这天作斋醮，寺院于晚上作盂兰盆斋，故西湖在此夜游人特多。 ③ 峨冠：高冠。 ④ 优傒：“优游”的假借字。 ⑤ 名娃：著名美女。 ⑥ 童娈：即娈童，旧指被侮弄的美男。 ⑦ 浅斟低唱：慢慢地喝酒，听人曼声歌唱。 ⑧ 管：箫笛等管类乐器。丝：琴瑟琵琶等弦类乐器。弱、轻：形容轻弹低吹。 ⑨ 竹肉：竹，指箫笛；肉，指歌唇。 ⑩ 帻（zé）：包头巾。 ⑪ 跻（jī）：登，升。这里是“挤”的意思。 ⑫ 昭庆：寺名。始建于石晋元年，历代多次再建。至清初修造，踵事增华，较之前代，尤为壮丽。两庑市肆栉比，为交易之所。断桥：旧名段桥，或段家桥。西湖中的白堤上第一座桥。在孤山边，以孤山之路，至此而断，故名。 ⑬ 幌（huǎng）：帷幔。 ⑭ 茶铛（dāng）：煮茶瓦釜。 ⑮ 作意：故意。

杭人游湖，巳出酉归⑯，避月如仇。是夕好名，逐队争出，多犒门军酒钱，轿夫擎燎⑰，列俟岸上。一入舟，速舟子急放断桥，赶入胜会。以故二鼓以前⑱，人声鼓吹，如沸如撼，如魇如呓⑲，如聋如哑，大船小船，一齐凑岸，一无所见，止见篙击篙，舟触舟，肩摩肩，面看面而已。少刻兴尽，官府席散，皂隶喝道去⑳。轿夫叫船上人，怖以关门㉑，灯笼火把如列星，一一簇拥而去㉒。岸上人亦逐队赶门，渐稀渐薄，顷刻散尽矣。

吾辈始舣舟近岸㉓。断桥石磴始凉，席其上，呼客纵饮。此时月如镜新磨，山复整妆，湖复颒面㉔，向之浅斟低唱者出，匿影树下者亦出，吾辈往通声气㉕，拉与同坐。韵友来㉖，名妓至，杯箸安，竹肉发。月色苍凉，东方将白，客方散去。吾辈纵舟酣睡于十里荷花之中，香气拍人，清梦甚惬㉗。

---

⑯ 巳出酉归：上午十时左右出门，至下午六时左右归来。 ⑰ 擎燎：手持火把。 ⑱ 二鼓：二更，即夜晚九、十时。 ⑲ 魇：着了魔。呓：说梦话。 ⑳ 皂隶：官府中打杂的小吏，俗称差人，因穿黑色衣服，故称皂隶。喝道：使路人避让。 ㉑ 怖以关门：以城门将要关闭相恐吓。旧俗每夜二更就把城门关闭，禁止出入。 ㉒ 簇拥：众人护卫着。 ㉓ 舣(yǐ)：船只靠岸，准备停泊。 ㉔ 颒(huì)面：洗面。 ㉕ 声气：声音和气息。后用以指朋友间的意气相合，如声气相投。也引申为消息。 ㉖ 韵友：诗友。 ㉗ 惬(qiè)：心里满足、畅快。

（黄　珅）

王 月 生[1]

【题解】

明末南京城中，有两个“行情人”（即有身价的人），一为说书的柳敬亭，一为曲巷中的王月生。在《梦忆》中，张岱对这二人都有记载，而且都写得极为传神。如本篇写王月生，全从其“矜贵寡言笑”这一特点落笔。从表面上看，王月生寒淡如孤梅冷月，但她不喜交接的是俗子，视若无睹的是狎客，不肯一笑是对付那些闲人的嘲弄。对于相知的人（如闵老子），不管发生什么事，每天都非去不可。末段写了一场由公子的轻薄佻达、帮闲的庸俗无聊而哄起的闹剧。最后“家去”二字，用简洁到不能再简洁的言词，写出了王月生难以用千言万语表达的复杂的情绪。这是一个表面上被宠爱的人，从心底发出的被侮辱的哀音，这是嘻笑中的眼泪、谐谑中的悲伤。不仅王月生当时的情态，就连她的处境、她的生平，也尽在其中了。

南京朱市妓，曲中羞与为伍[2]，王月生出朱市，曲中上下三十年决无其比也。面色如建兰初开[3]，楚楚文弱[4]，纤趾一牙，如出水红菱。矜贵寡言笑[5]，女兄弟闲客，多方狡狯，嘲弄哈侮[6]，不能勾其一粲[7]。善楷书，画兰竹水仙。亦解吴歌，不易出口。南中勋戚大老力致之，亦不能竟一席[8]。富商权胥得其主席半晌[9]，先一日送书

---

① 选自《陶庵梦忆》。 ② 曲：曲巷。偏僻的狭巷，后用以指妓院。 ③ 建兰：兰花产于福建，故称建兰。 ④ 楚楚：鲜明华美的样子。 ⑤ 矜贵：高自尊贵。 ⑥ 哈（hāi）：嗤笑。 ⑦ 粲：笑的样子。 ⑧ 南中：泛称国土的南部，这里实指南京。大老：对年高望重者的敬称。竟一席：伴坐宴席至终。 ⑨ 权胥：有权力的衙门吏胥。

帕[10]，非十金则五金，不敢亵订。与合卺[11]，非下聘一二月前，则终岁不得也。

好茶，善闵老子[12]，虽大风雨、大宴会，必至老子家啜茶数壶始去[13]。所交有当意者，亦期与老子家会。一日老子邻居有大贾，集曲中妓十数人，群谇嘻笑[14]，环坐纵饮。月生立露台上，倚徙栏楯[15]，视娗羞涩[16]，群婢见之皆气夺[17]，徙他室避之。

月生寒淡如孤梅冷月，含冰傲霜，不喜与俗子交接，或时对面同坐，起若无睹者。有公子狎之[18]，同寝食者半月，不得其一言。一日口嗫嚅动[19]，闲客惊喜走报公子曰："月生开言矣！"哄然以为祥瑞，急走伺之，面赪[20]，寻又止[21]，公子力请再三，蹇涩出二字曰[22]："家去。"

---

⑩ 书帕：明代地方官吏入京，见长官送礼，具一书一帕，故称书帕。万历以后，官场日益腐化，公行贿赂，改用金银珠宝，但仍沿称书帕。这里借指聘金。 ⑪ 合卺(jǐn)：旧时婚礼饮交杯酒。 ⑫ 闵老子：当时一个著名的茶道专家。 ⑬ 啜(chuò)：喝。 ⑭ 谇(suì)：说话。 ⑮ 倚徙：站立。栏楯：栏杆。 ⑯ 娗(tǐng)：姿容美好。 ⑰ 气夺：意气颓丧。 ⑱ 狎之：亲近她。 ⑲ 嗫嚅(zhé rú)：要说话又顿住。 ⑳ 赪(chēng)：红色。 ㉑ 寻：接着。 ㉒ 蹇(jiǎn)涩：启口艰难的样子。

（黄　珅）

梦忆序[1]

【题解】

明朝的灭亡,结束了张岱四十多年的贵介公子生活。当他披发入山,追思昔日种种情状,痛悔之意在心中不断滋长。晚年所作的《陶庵梦忆》《西湖梦寻》,追记前尘,如白头龟年,于落花时节,谈天宝盛事,不胜人世沧桑之感,与宋人的《梦华录》《梦粱录》相似。所不同的是,作者的追忆,并不是留恋往事,而是出自内心的忏悔;不是炫耀昔日的豪华,而是将它作为一种罪恶来暴露。可以这样说,这二部以"梦"为题的著作,正是作者回顾平生的忏悔录。这些忏悔之意,在这篇自序中,表现得更加直接,更加突出。张岱曾在《五异人传》中说:"人无癖不可与交,以其无深情也;人无疵不可与交,以其无真气也。"《梦忆》中的不少作品,对其怪癖、疵病作了极为坦率的表现。由于其中有深情、有真气,因而也就有了动人的力量。

陶庵国破家亡,无所归止,披发入山,駴駴为野人[2]。故旧见之,如毒药猛兽,愕窒不敢与接[3]。作自挽诗,每欲引决[4]。因《石匮书》未成,尚视息人世[5]。然瓶粟屡罄[6],不能举火。始知首阳二老[7],直头饿死[8],不食周粟,还是后人妆点语也。

---

① 选自《琅嬛文集》。 ② 駴:同"骇"。駴駴,使人惊异。 ③ 愕窒:使人惊奇得不敢呼吸。 ④ 引决:自杀。 ⑤《石匮书》:作者正在写作的一部史书。视息:视,看;息,呼吸。目仅能视,鼻仅能息,含有偷生苟活之意。 ⑥ 罄:器中空,引申为尽,完。 ⑦ 首阳二老:指伯夷、叔齐。见《伯夷列传》。 ⑧ 直头:苏州方言,竟是,简直。

饥饿之余，好弄笔墨。因思昔人生长王、谢[⑨]，颇事豪华，今日罹此果报[⑩]。以笠报颅[⑪]，以蒉报踵[⑫]，仇簪履也[⑬]；以衲报裘[⑭]，以苎报絺[⑮]，仇轻暖也；以藿报肉[⑯]，以粝报粻[⑰]，仇甘旨也；以荐报床[⑱]，以石报枕，仇温柔也；以绳报枢[⑲]，以瓮报牖[⑳]，仇爽垲也[㉑]；以烟报目，以粪报鼻，仇香艳也；以途报足，以囊报肩，仇舆从也[㉒]。种种罪案，从种种果报中见之。

鸡鸣枕上，夜气方回，因想余生平繁华靡丽，过眼皆空，五十年来，总成一梦。今当黍熟黄粱[㉓]，车旋蚁穴[㉔]，当作如何消受？遥思往事，忆即书之，持向佛前，一一忏悔。不次岁月[㉕]，异年谱也；不分门类，别《志林》也[㉖]。偶拈一则，如游旧径，如见故人，城

---

⑨ 王、谢：六朝时，王、谢世为望族，故常并称，后作为高门世族的代称。 ⑩ 果报：佛教语。因果报应，即谓种善因，报以善果；种恶因，报以恶果。 ⑪ 笠：竹叶编成的雨帽，劳民所载。 ⑫ 蒉：此字疑误。当作"蒉"，指草鞋。踵：脚跟。 ⑬ 仇：怨恨，这里引申为报复。簪：插定发髻及冠的长针。履：单底的鞋。皆为富贵者所用。 ⑭ 衲（nà）：缝补的旧衣。 ⑮ 苎：粗麻布衣。絺（chī）：细葛布衣。 ⑯ 藿（huò）：豆叶。 ⑰ 粝（lì）：粗劣的米。粻（zhāng）：精米。 ⑱ 荐：草席。 ⑲ 绳：贫穷之家用绳系门以代转轴。枢：旧式建筑物的门臼。 ⑳ 瓮（wèng）：陶制盛器。贫穷之家，以破瓮之口做窗户。牖（yǒu）：窗。 ㉑ 爽垲（kǎi）：爽，明亮；垲，干燥。 ㉒ 舆从：抬轿的和随从的仆人。指出门乘车坐轿，一切由随从仆人服侍。 ㉓ 黍熟黄粱：唐沈既济作《枕中记》，述卢生于邯郸客店中遇道者吕翁，自叹穷困，翁乃授之枕，使入梦。生梦中历尽富贵荣华。及醒，主人炊黄粱尚未熟。后因以喻富贵终归虚幻，或欲望破灭。 ㉔ 车旋蚁穴：唐李公佐作《南柯记》，述淳于棼梦至槐安国，娶公主，任南柯太守，享尽荣华富贵。后率师出征战败，公主亦死，遭国王疑忌，被遣归。至此梦醒，在庭前槐树下寻得蚁穴，即梦中槐安国都。后用以喻富贵得失无常。 ㉕ 不次岁月：不按岁月先后次序排列。 ㉖《志林》：宋苏轼撰。原为随笔所记零星琐事，后人辑录成书。

郭人民[27]，翻用自喜，真所谓“痴人前不得说梦”矣[28]。

昔有西陵脚夫[29]，为人担酒，失足破其瓮，念无所偿，痴坐伫想曰：“得是梦便好。”一寒士乡试中式[30]，方赴鹿鸣宴[31]，恍然犹意非真，自啮其臂曰：“莫是梦否？”一梦耳，惟恐其非梦，又惟恐是梦，其为痴人则一也。余今大梦将寤，犹事雕虫[32]，又是一番梦呓。因叹慧业文人[33]，名心难化，政如邯郸梦断[34]，漏尽钟鸣，卢生遗表，犹思摹拓二王，以流传后世。则其名根一点[35]，坚固如佛家舍利[36]，劫火猛烈[37]，犹烧之不失也。

㉗ 城郭人民：传说汉辽东人丁令威，在灵虚山学道成仙，后化鹤归来，落城门华表柱上，有少年欲射之。鹤乃飞鸣作人言：“有鸟有鸟丁令威，去家千年今始归，城郭如故人民非，何不学仙塚累累。”后常用以比喻人世的变迁。 ㉘ “痴人”句：言不能对痴人说梦，恐其信以为真。 ㉙ 西陵：即西兴，渡口名，在浙江萧山县西。 ㉚ 乡试：科举时代，每三年，各省集士子于省城，朝廷派正副主考官，试以经义八股文，中式（录取）者称举人。 ㉛ 鹿鸣宴：乡试后，由州县地方官宴请考官、学政以及被录取的举人。唐人宴时，歌《诗·小雅·鹿鸣》之章，故名。 ㉜ 雕虫：对仅工辞赋者的贬称。亦作文人自谦之辞。汉扬雄《法言》曾说作赋如童子雕虫篆刻，壮夫不为。 ㉝ 慧业文人：南朝宋太守孟顗事佛精恳，而为谢灵运所轻。谢曾对孟说：“得道须慧业文人，生天当在灵运前，成佛必在灵运后。”见《宋书·谢灵运传》。慧业，佛教指生来赋有智慧的业缘。 ㉞ 政：通“正”。恰好。邯郸梦断：明汤显祖作《邯郸记》，有主人公卢生临死前草写遗表的情节，说：“俺的字是钟繇法帖，皇上最所爱重。”并无还想摹写王羲之父子书法之语。 ㉟ 名根：好名的根性。 ㊱ 舍利：得道高僧死后火化，骨肉的脂肪凝结成彩色的坚硬的珠状物，称为舍利，为信徒所供奉。 ㊲ 劫火：佛家语，指世界毁灭时的大火。

（黄　珅）

张溥(1602—1641)　明末文学家。字天如,号西铭,太仓(今属江苏)人。崇祯进士。崇祯初年,曾和同里张采组织“复社”,继承东林党人传统,进行文学和政治活动,影响很大。文学上提出“兴复古学”的主张。张溥善散文,有史识,文风质朴。著有《七录斋诗文合集》,辑有《汉魏六朝百三名家集》《诗经注疏大全合纂》等。

五人墓碑记①

【题解】

明熹宗时,宦官魏忠贤专权,对东林党人进行打击,不少人遭到迫害。天启六年(1626),魏派缇骑到苏州逮捕周顺昌。市民群情激愤,拥入官衙,当场打死一名旗尉。魏党苏州巡抚毛一鹭躲逃得免。以后,市民领袖颜佩韦、杨念如、马杰、沈杨、周文元五人为保护群众,挺身投案,英勇就义。张溥此文记述了事件的经过,赞颂了五人“意气扬扬”,仗义赴难的事迹,斥责了阉党祸国殃民的罪行。

全文着眼于“义”字,无论是叙、议,都紧紧围绕这一“义”字纵横论述。最后点出“明死生之大,匹夫之有重于社稷”的主旨,来激励读者。文章还运用了对比衬托法,层层对比,步步深入。文章先用“富贵之子,慷慨得志之徒”的死而默默无闻和五人身后荣盛对比;再以缙绅的辱身贱行衬托五人的激昂大义;最后用高爵显位逃亡、佯狂的丑态反衬五人之死重于泰山。每对比一次,则褒贬一次,更以反问句“何也?”“亦曷故哉?”“轻重固何如也?”一步紧一步,有不尽之情,含不尽之意,发人深省。

---

① 选自《七录斋集》。

五人者，盖当蓼洲周公之被逮[②]，激于义而死焉者也。至于今，郡之贤士大夫请于当道[③]，即除魏阉废祠之址以葬之[④]；且立石于其墓之门，以旌其所为[⑤]。呜呼，亦盛矣哉！

夫五人之死，去今之墓而葬焉[⑥]，其为时止十有一月尔。夫十有一月之中，凡富贵之子，慷慨得志之徒，其疾病而死，死而湮没不足道者[⑦]，亦已众矣；况草野之无闻者欤？独五人之皦皦[⑧]，何也？

予犹记周公之被逮，在丁卯三月之望[⑨]。吾社之行为士先者为之声义[⑩]，敛赀财以送其行[⑪]，哭声震动天地。缇骑按剑而前[⑫]，问"谁为哀者？"众不能堪[⑬]，抶而仆之[⑭]。是时以大中丞抚吴者为魏之私人[⑮]，周公之逮所由使也[⑯]，吴之民方痛心焉，于是乘其厉声以呵[⑰]，则噪而相逐[⑱]。中丞匿于溷藩以免[⑲]。既而以吴民之乱请于朝，按诛五人[⑳]，曰颜佩韦、杨念如、马杰、沈扬、周文元[㉑]，即今之傫

---

② 蓼(liǎo)洲周公：周顺昌，字景文，号蓼洲。万历进士。曾任福州推官、吏部员外郎等职。他反对魏忠贤专权，被捕下狱，受酷刑死。著有《烬余集》。 ③ 郡：指苏州（古属吴郡）。当道：执掌政权的人，指朝廷。 ④ 除：修治。魏阉(yān)废祠：魏阉，魏忠贤。阉是对宦官的贬称。魏当权时，各地党羽给他建立生祠（给活人修的庙），魏死后，这些生祠成为废祠。 ⑤ 旌(jīng)：表扬。 ⑥ 去：距离。墓而葬：修墓安葬。墓用作动词。 ⑦ 湮(yīn)没：埋没。 ⑧ 皦(jiǎo)皦：光明，显耀。 ⑨ 丁卯：明熹宗天启七年(1627)。据《明史·周顺昌传》，应为天启六年。此系作者误记。望：阴历每月十五日。 ⑩ 吾社：指"复社"。行为士先者：带头的人。声义：声张正义。 ⑪ 敛赀(zī)财：征集财物。 ⑫ 缇骑(tí jì)：文中指魏忠贤派来逮捕异己者的爪牙。 ⑬ 堪：忍受。 ⑭ 抶(zhì)：击。仆：倒下。 ⑮ "以大中丞"句：以大中丞职衔巡抚苏州的是魏忠贤的党羽，指毛一鹭。 ⑯ 所由使：是由他主使的。 ⑰ "乘其"句：趁着他（毛一鹭）严厉地高声呵叱的时候。 ⑱ 噪：大声吵嚷。 ⑲ 溷(hùn)：厕所。藩：篱笆。 ⑳ 按：有查究的意思。 ㉑ 周文元：周顺昌的轿夫，其余四人都是市民。

然在墓者也[22]。然五人之当刑也，意气扬扬，呼中丞之名而詈之[23]，谈笑以死。断头置城上，颜色不少变。有贤士大夫发五十金，买五人之脰而函之[24]，卒与尸合[25]，故今之墓中全乎为五人也。

嗟夫！大阉之乱，缙绅而能不易其志者[26]，四海之大，有几人欤？而五人生于编伍之间[27]，素不闻诗书之训，激昂大义，蹈死不顾[28]，亦曷故哉[29]？且矫诏纷出[30]，钩党之捕遍于天下[31]，卒以吾郡之发愤一击，不敢复有株治[32]，大阉亦逡巡畏义[33]，非常之谋难于猝发[34]，待圣人之出而投缳道路[35]，不可谓非五人之力也。

由是观之，则今之高爵显位，一旦抵罪，或脱身以逃，不能容于远近，而又有剪发杜门[36]，佯狂不知所之者[37]，其辱人贱行[38]，视五人之死[39]，轻重固何如哉？是以蓼洲周公忠义暴于朝廷[40]，赠谥美显[41]，荣于身后；而五人亦得以加其土封[42]，列其姓名于大堤之上[43]，凡四方之士无有不过而拜且泣者，斯固百世之遇也。不然，令五人

㉒ 傫（lěi）然：重叠相连的样子。 ㉓ 詈（lì）：骂。 ㉔ 脰（dòu）：颈项，这里代指人头。函：用盒子装。 ㉕ 卒：终于。 ㉖ 缙绅：指一般作官的人。 ㉗ 编伍：指民间。古代编制户口，每五家为一伍。 ㉘ 蹈死：身临死地，指冒着生命危险。 ㉙ 曷（hé）故：何故。 ㉚ 矫诏：假托皇帝的诏旨。 ㉛ 钩：牵引，有“搜求”的意思。钩党之捕：搜捕党人。 ㉜ 株治：株连惩办。 ㉝ 逡（qūn）巡：有所顾忌，徘徊不定。畏义：畏惧正义。 ㉞ 非常之谋：指夺帝位的阴谋。猝（cù）发：突然发动。 ㉟ 圣人：指崇祯皇帝。投缳（huán）：上吊自尽。缳，绳圈。天启七年八月，崇祯即帝位，十一月放逐魏忠贤到凤阳，接着派人去追他回来，魏畏罪在途中自尽。 ㊱ 剪发杜门：剪发为僧或闭门不出。 ㊲ 佯狂：假装发疯。之：往。 ㊳ 辱人贱行：可耻的人格，卑贱的行为。 ㊴ 视：比照。 ㊵ 暴（pù）：显露。 ㊶ 赠谥：崇祯赠给周顺昌“忠介”的谥号。美显：美好，荣耀。 ㊷ 土封：指坟墓。加其土封，意为在他们坟上添土，修成大坟。 ㊸ 大堤之上：五人之墓在山塘河（由苏州通虎丘的小河）北岸。

者保其首领㊹，以老于户牖之下㊺，则尽其天年，人皆得以隶使之㊻，安能屈豪杰之流，扼腕墓道㊼，发其志士之悲哉？故予与同社诸君子，哀斯墓之徒有其石也㊽，而为之记，亦以明死生之大，匹夫之有重于社稷也㊾。

贤士大夫者，冏卿因之吴公㊿，太史文起文公(51)，孟长姚公也(52)。

㊹ 首领：头颅。 ㊺ 牖（yǒu）：窗。户牖之下，指家中。 ㊻ 隶使：当奴仆使唤。 ㊼ 扼腕：（感情激动时）用力握自己的手腕。 ㊽ 徒：空，白白地。 ㊾ “匹夫”句：意为匹夫之死也关系到国家的兴亡。 ㊿ 冏（jiǒng）卿：太仆寺卿。因之吴公：吴默，字因之。 (51) 太史：明代称在翰林院任职的人为太史。文起文公：文震孟，字文起。时任翰林院修撰。 (52) 孟长姚公：姚希孟，字孟长。

（曹大民）

史可法(1601—1645) 明末大臣。字宪之,号道邻,祥符(今河南开封)人。李自成攻破北京时,任南京兵部尚书。弘光帝即位,加大学士,赴扬州督师。清兵南下,城破后自杀未死,被清军所杀,遗体下落不明。扬州人在城外梅花岭筑衣冠冢,留作纪念。有《史忠正公集》。这封书出于史可法幕僚之手,或说商丘侯方域,或说桐城何亮工、沔阳黄曰芳、乐平王纲、新建欧阳五敕等,说法不一。

复多尔衮书①

【题解】

明思宗崇祯十七年(1644)九月十五日,史可法复书多尔衮。据明清之际的史学家谈迁说,此书由黄曰芳执笔,原稿口气十分强硬,史可法提出"不必角口",亲笔作了删改。史可法本是刚烈之人,对清人的骄横无理,决不会无动于衷。但当时敌强我弱的现实,使他不便以过分敌对的态度严加驳斥,于是借用委婉的言词,以柔克刚,在文字上和多尔衮进行了一场针锋相对的斗争。和多尔衮的来信一样,这篇复信也使用攻心之法,但由于各人的处境不同,故措辞也全然两样。开篇也引《春秋》之义,拒绝了多尔衮的笼络;随后表明弘光即位,是"天与人归",以驳南明非法之说;指出清人是在趁火打劫,明朝决无投降之理。对多尔衮书中的利诱、责难、威胁,逐一进行反驳。据说清高宗(乾隆)曾反复诵读本文,"惜可法之孤忠,叹福王之不慧,有如此臣而不信用,使权奸掣肘而卒至沦亡也"。

---

① 选自《明季南略》。

南中向接好音[②]，法随遣使问讯吴大将军[③]，未敢遽通左右[④]，非委隆谊于草莽也，诚以大夫无私交[⑤]，《春秋》之义。今倥偬之际[⑥]，忽捧琬琰之章[⑦]，真不啻从天而降也[⑧]。讽读再三，殷殷致意。若以逆成尚稽天讨[⑨]，为贵国忧，法且感且愧。惧左右不察，谓南国臣民偷安江左[⑩]，顿忘君父之仇，敬为殿下一详陈之。

我大行皇帝敬天法祖[⑪]，勤政爱民，真尧、舜之主也。以庸臣误国，致有三月十九日之事[⑫]。法待罪南枢[⑬]，救援无及，师次江上，凶问遂来，地坼天崩，山枯海竭。嗟乎！人孰无君，虽肆法于市朝[⑭]，以为泄泄者之戒[⑮]，亦奚足慰先皇帝于地下哉[⑯]！

尔时南中臣民[⑰]，哀恸如丧考妣[⑱]，无不抚膺切齿，欲悉东南之甲[⑲]，立翦凶仇。而二三老臣[⑳]，谓国破君亡，宗社为重[㉑]，相与迎立

---

② 南中：南方。好音：指吴三桂借清兵打败李自成的消息。 ③ 吴大将军：即吴三桂（1612—1678），字长白，高邮（今属江苏）人。明末任辽东总兵，守山海关。李自成攻破北京，他引清兵入关，封平西王。后镇云南，康熙年间叛清称帝，不久病死。 ④ 遽（jù）：急速。左右：对人不直称其名，称他的左右（即身边的人），表示尊敬。 ⑤ 大夫无私交：诸侯国的大夫，不应和异国大夫建立私交，以免因私人感情妨碍国事。 ⑥ 倥偬：急迫。一般都就军事形势而言。 ⑦ 琬琰：玉圭。也用以称美他人的信件或文章。 ⑧ 不啻（chì）：无异于。 ⑨ 稽：迟延。天讨：指帝王代天惩罚。 ⑩ 江左：即江东。指长江下游南岸地区，即今江苏一带。 ⑪ 大行皇帝：指刚死的崇祯帝。大行，一去不返，古代因讳言皇帝死亡，故以此比喻。 ⑫ 三月十九日事：指这一天李自成攻破北京，崇祯帝自杀。 ⑬ 待罪南枢：当时史可法任南京兵部尚书，参赞机务。待罪，供职的谦称。 ⑭ 肆：谓死刑后暴尸示众。市朝：人众会集的地方。 ⑮ 泄泄（yì）：迟缓误事。 ⑯ 奚足：怎么够。 ⑰ 尔时：那时。 ⑱ 考妣：父母死后的称呼。 ⑲ 悉：尽其所有。甲：甲兵，此指军队。 ⑳ 二三老臣：指马士英、吕大器等。 ㉑ 宗社：宗庙和社稷，古时用作国家的代称。

今上[22]，以系中外之心。今上非他，神宗之孙[23]，光宗犹子[24]，而大行皇帝之兄也。名正言顺，天与人归[25]。五月朔日，驾临南都[26]，万姓夹道欢呼，声闻数里。群臣劝进，今上悲不自胜，让再让三，仅允监国。迨臣民伏阙屡请[27]，始于十五日进位南都。从前凤集河清[28]，瑞应非一，即告庙之日，紫气如盖[29]，祝文升霄[30]，万目共瞻，欣传盛事。大江涌出楠梓数万，助修宫殿，是岂非天意也哉！越数日，遂令法视师江北[31]，刻日西征。忽传我大将军吴三桂借兵贵国，破走逆成，殿下入都为我先帝后发丧成礼，扫清宫殿，抚辑群黎[32]，且免薙发之令[33]，示不忘本朝。此等举动，振古铄今，凡为大明臣子，无不长跪北向，顶礼加额[34]，岂但如明谕所云"感恩图报"已乎[35]！谨于八月，薄具筐篚[36]，遣使犒师，请命鸿裁[37]，连兵西讨，是以王师既发，复次江、淮。乃辱明诲，引《春秋》大义来相诘责[38]。试推言之，此为列国君薨[39]，世子应立[40]，有贼未讨，不忍死其君者之说耳[41]！若夫天下共

㉒ 今上：指福王朱由崧（？—1646）。称帝后，年号弘光。后被清人杀于北京。㉓ 神宗：朱翊钧（1563—1620），年号万历。㉔ 光宗：朱常洛（1580—1620），年号泰昌，在位仅一月。犹子：侄子。㉕ 天与人归：天命所属，人心所向。㉖ 南都：南京。㉗ 迨（dài）：及到。㉘ 凤集河清：凤鸟来集，黄河水清，古人认为是天降祥瑞以应人君之德的一种象征。㉙ 紫气：吉祥之气，古人看作是帝王圣贤出现的征兆。盖：车盖。㉚ 祝文升霄：告天的奏章焚化后纸灰被风吹上云霄。㉛ 视师：督师。㉜ 黎：黎民，百姓。㉝ 薙（tì）发：剃发。明代以前古人都留发不剃。清进入北京后，欲变旧俗，下薙发之令，同月又宣布暂停。㉞ 顶礼：佛家语，即五体投地。加额：以手加额，表示庆幸。㉟ 明谕：指多尔衮的来书。㊱ 筐篚：盛物的竹器，这里代指犒劳礼物。㊲ 鸿裁：鸿，大。裁，决。即请尊意决断。㊳ "引《春秋》"句：指多尔衮书中"有贼不讨，新君不得书即位"等语。㊴ 列国：古称诸侯国为列国。薨（hōng）：诸侯死亡称薨。㊵ 世子：诸侯嫡长子。㊶ 不忍死其君：感情上不愿意承认国君已死。

主，身殉社稷，青宫皇子[42]，惨变非常[43]，苟拘牵不即位之说，坐昧大一统之义[44]，中原鼎沸，仓卒出师，将何以系属人心，号召忠义？紫阳《纲目》[45]，踵事《春秋》[46]，其间特书：如莽移汉鼎，光武中兴[47]；丕废山阳，昭烈践祚[48]；怀、愍亡国，晋元嗣基[49]；徽、钦蒙尘，宋高缵统[50]。是皆于国仇未翦之日，亟正位号，《纲目》未尝斥为自立，率以正统予之。至如玄宗幸蜀，太子即位灵武[51]，议者疵之，亦未尝不许以行权[52]，幸其光复旧物也[53]。

本朝传世十六[54]，正统相承，自治冠带之族[55]，继绝存亡[56]，仁恩遐被。贵国昔在先朝，夙膺封号[57]，载在盟府，殿下岂不闻乎？今痛心本朝之难，而驱除乱逆，可谓大义复著于《春秋》矣。若乘我国运

---

[42] 青宫：太子居东宫，东方属木，木色属青，故云青宫。 [43] 惨变非常：明思宗太子朱慈烺及定王、永王，于北京被攻破后，均不知所终。 [44] 大一统：重视一统。大一统是《春秋》主旨。 [45] 紫阳：朱熹别号。《纲目》：即《通鉴纲目》。朱熹取司马光《资治通鉴》，仿《春秋》体例，删改成书。 [46] 踵事：继续前人事业。 [47] “莽移汉鼎”两句：西汉末年，王莽废孺子婴，篡位自立，改国号曰新。不久被杀。刘秀登基，即汉光武帝，汉室中兴。鼎，为国家重器，这里用以指国家政权。 [48] “丕废山阳”两句：东汉末年，曹丕篡位，废献帝为山阳公。宗室刘备自立于蜀，即蜀汉昭烈帝。祚，皇位。 [49] “怀、愍亡国”两句：西晋经八王之乱，国势衰微，外族政权崛起北方，怀、愍两帝先后为外族所虏，宗室司马睿自立于江东，即晋元帝。 [50] “徽、钦蒙尘”两句：北宋末年，宋徽宗、钦宗父子被金人俘虏，钦宗弟康王赵构在南方即位，即宋高宗。缵，继承。统，王朝正统。 [51] “玄宗幸蜀”两句：安禄山作乱，唐玄宗逃奔蜀中，太子李亨在灵武（今属宁夏）即位，是为肃宗。 [52] 行权：权宜行事。 [53] 光复旧物：恢复原有的统治。 [54] 传世十六：明朝自太祖至思宗共十六帝。 [55] 冠带：本指服制，引申为文明之称。 [56] 继绝存亡：使断绝之嗣得续，灭亡之国复存。 [57] 夙膺封号：明成祖（朱棣）时，清先祖有猛哥铁木儿者，受封为建州左卫指挥，入朝赐宴。清人尊为肇祖原皇帝。夙，早。膺，受。

中微，一旦视同割据，转欲移师东下，而以前导命元凶，义利兼收，恩仇倏忽[58]，奖乱贼而长寇仇，此不惟孤本朝借力复仇之心[59]，亦甚违殿下仗义扶危之初志矣。昔契丹和宋，止岁输以金缯[60]；回纥助唐[61]，原不利其土地。况贵国笃念世好，兵以义动，万代瞻仰，在此一举。若夫手足齐难，并同秦、越[62]，规此幅员[63]，为德不卒[64]，是以义始而以利终，贻贼人窃笑也[65]。贵国岂其然欤！

先帝轸念潢池[66]，不忍尽戮，剿抚互用，贻误至今。今上天纵聪明，刻刻以复仇为念。庙堂之上，和衷体国[67]；介胄之士[68]，击楫枕戈[69]；人怀忠义，愿为国死。窃以为天亡逆闯，当不越于斯时矣。语有云："树德务滋[70]，除恶务尽。"今逆成未伏天诛，卷土西秦[71]，方图报复。此不独本朝不共戴天之恨，抑亦贵国除恶未尽之忧[72]。伏惟坚同仇之谊，全始终之德，合师进讨，问罪秦中，共枭逆成之头，以泄敷天之愤[73]。则贵国义闻，照耀千秋，本朝图报，惟力是视。从此两

---

[58] 恩仇倏忽：转眼之间，把恩仇颠倒过来。 [59] 孤：孤负，同"辜负"。 [60]"契丹和宋"两句：宋真宗景德元年十二月（1005 年 1 月），与辽（契丹）订立和约，北宋每年输辽银十万两，绢二十万匹。 [61] 回纥助唐：回纥是突厥的别种，曾帮助唐朝平定安史之乱。 [62] 秦、越：春秋时秦、越两国，一在西北，一在东南，相去极远，故用作疏远的比喻。 [63] 规：图谋。幅员：土地。 [64] 不卒：不终，不做到底。 [65] 贻（yí）：遗留。贻笑，给人讥笑。 [66] 轸（zhěn）念：深切关怀。潢池：池塘。《汉书·龚遂传》："其民困于饥寒而吏不恤，故使陛下赤子盗弄陛下之兵于潢池耳。"言海滨人民被迫为盗，犹如幼儿盗窃兵器，戏弄于池塘之畔，并非有意为乱。后世因称盗寇为潢池，这里指明末农民起义军。 [67] 和衷体国：同心协力，共谋国事。 [68] 介胄：披甲戴盔。 [69] 击楫：东晋祖逖渡江北伐，中流击楫而誓，表示不清中原，不复渡大江。枕戈：枕戈而寝，表示复仇志切。 [70] 滋：滋长，增加。 [71] 卷土西秦：从西秦卷土重来。西秦，即今陕西一带，古秦国旧地。 [72] 抑亦：而且也是。 [73] 敷天：普天下。

国世通盟好，传之无穷，不亦千载一时哉！若夫牛耳之誓[74]，则本朝使臣，久已载道，不日抵燕，奉盘盂以从事矣[75]。法北望陵庙，无涕可陨[76]，身蹈大戮[77]，罪应万死。所以不即从先帝者，实为社稷之故也。传曰："竭股肱之力[78]，继之忠贞。"法处今日，鞠躬致命[79]，克尽臣节，所以报也。惟殿下实明鉴之！

---

⑭ 牛耳之誓：古代会盟时，割牛耳取血，分尝为誓，主盟者执牛耳。⑮ 奉盘盂以从事：捧着结盟时放牲血的盘盂，这是古代歃血为盟的仪式。借指派人北上订约。⑯ 无涕可陨：表示悲痛之极。陨，落。⑰ 身蹈大戮：身为重臣，不能报国，其罪当诛。⑱ 股肱：大腿和臂膀，以喻辅佐君主的大臣。⑲ 鞠躬致命：为国事尽力，不惜舍弃生命。

（黄　珅）

多尔衮(1612—1651)　清太祖努尔哈赤第十四子,爱新觉罗氏,太宗皇太极时封和硕睿亲王。世祖福临六岁即位,他以皇叔摄政,独揽大权。顺治元年(1644),统兵入关,制订各项制度。封号加至皇父摄政王。这封信由李雯执笔。李雯(1608—1647),字舒章,青浦(今属上海)人,人称江南才子。清军入关后,在北京任内阁中书舍人,当时诏诰书檄,多出其手。有《蓼斋集》《蓼斋后集》。

致史可法书[①]

【题解】

崇祯十七年(1644)五月,清兵进入北京,史可法、马士英等在南京拥立福王朱由崧。七月,南明使者到北京,提出割山海关以外地和纳岁币等条件,以收回关内各地。清政府正有并吞四海之意,当然不会答应。七月二十七日,清廷以多尔衮的名义致书史可法。多尔衮看准此时南明局居一隅,兵弱势微,加上朝廷内外,争斗不休,决没有力量与清抗衡,故信中态度骄横,措词强硬。但为了能顺利地统一中国,减少民众反抗,不愿公然承担入侵的恶名,故又巧言如簧,以粉饰自己的行为,明明是趁人之危,偏要说成是助人急难。书中先引《春秋》之义,否定南明政权的合法性;又利用史可法曾有"联清讨贼"的主张,以征伐"闯军"作为市恩的资本;然后诱以高爵,恫以兵威,力图在实力较量之前,先从气势和心理上压倒对方。

① 选自《明季南略》。

予向在沈京[2]，即知燕山物望[3]，咸推司马[4]。及入关破贼[5]，得与都人士相接见，识介弟于清班[6]，曾托其手勒平安[7]，奉致衷绪[8]，未审何时得达？比闻道路纷纷[9]，多谓金陵有自立王者[10]。夫君父之仇，不共戴天。《春秋》之义，有贼不讨，则故君不得书葬，新君不得书即位[11]，所以防乱臣贼子，法至严也。

闯贼李自成称兵犯阙，手毒君亲，中国臣民不闻加遗一矢[12]；平西王吴三桂介在东陲，独效包胥之哭[13]。朝廷感其忠义，念累世之夙好，弃近日之小嫌，爰整貔貅[14]，用驱狗鼠。入京之日，首崇怀宗帝后谥号[15]，卜葬山陵[16]，悉如典礼；亲郡王将军以下，一仍故封，不加改削；勋戚文武诸臣，咸在朝列，恩礼有加。耕市不惊，秋毫无扰。方拟天高气爽，遣将西征，传檄江南[17]，联兵河朔[18]，陈师鞠

---

② 沈京：清未入关前，建都沈阳，故称沈阳为沈京。 ③ 燕山：府名。辽置燕京，即今北京。物望：人望，众望。 ④ 司马：古官名，掌军旅之事。史可法当时任兵部尚书，故称之。⑤ 贼：指李自成的部队。 ⑥ 介弟：大弟，令弟。清班：清贵的官班。史可法弟史可程时任翰林院庶吉士。 ⑦ 勒：雕刻，引申为书写。手勒平安：写信问候。 ⑧ 衷绪：心中的私情。⑨ 比：近来。 ⑩ “多谓”句：指福王朱由崧即位南京。 ⑪ “《春秋》之义”四句：春秋时，鲁大夫公子翚杀鲁隐公，立桓公，后来齐又派公子彭生杀桓公，立庄公。因他们都是身为国君而被人所害，鲁国又未讨伐弑君的乱臣贼子，所以《春秋》对隐公不书“葬”，对庄公不书“即位”。这几句的用意是：明思宗自杀，南明政权未讨伐李自成，不能代表明政权。 ⑫ 加遗(wèi)：给予。矢：箭。 ⑬ 包胥：申包胥，又称棼冒勃苏，春秋时楚国大夫。吴军攻破楚国，他入秦求救，在宫廷痛哭七日七夜，终于使秦发兵救楚。 ⑭ 爰：乃。貔貅(pí xiū)：猛兽名，形如虎，因其勇猛，古人用以喻军士。 ⑮ “首崇怀宗帝后”句：清兵入北京，谥崇祯帝为怀宗端皇帝，周后为烈皇后。南明谥崇祯帝为思宗，又改毅宗，后世多用思宗。 ⑯ 卜葬山陵：旧时葬地和葬期，都要由术士挑选，所以说“卜”。山陵，帝王墓地。当时葬崇祯帝于田贵妃的墓地。⑰ 传檄(xí)：传递檄文。 ⑱ 河朔：泛指黄河以北的地方。

旅[19]，戮力同心[20]，报尔君父之仇，彰我朝廷之德。岂意南州诸君子苟安旦夕，不审事几，聊慕虚名，顿忘实害，予甚惑之！

国家之抚定燕都[21]，乃得之于闯贼，非取之于明朝也。贼毁明朝之庙主[22]，辱及先王，国家不惮征缮之劳[23]，悉索敝赋[24]，代为雪耻。仁人君子，当如何感恩图报！兹乃乘逆寇稽诛[25]，王师暂息，即欲雄据江南，坐享渔人之利[26]，揆诸情理[27]，岂可谓平！将以为天堑足凭，遂不能飞渡耶[28]？况闯贼但为明朝祟耳[29]，未尝得罪于国家也，徒以薄海同仇[30]，特申大义。今若拥号称尊，便是天有二日[31]，俨为劲敌。予将简西行之锐[32]，转旆东征[33]，且拟释彼重诛，命为前导[34]。夫以中华全力，受制潢池，而欲以江左一隅，兼支大国[35]，胜负之数，无待蓍龟矣[36]。

予闻君子之爱人也以德，细人则以姑息[37]。诸君子果识时知

---

⑲ 鞠旅：誓师。鞠：告诫。 ⑳ 戮力：并力。 ㉑ 国家：清朝自称。 ㉒ 庙主：宗庙里的神位。 ㉓ 征缮：征收赋税，修治甲兵，作战争的准备。 ㉔ 悉索敝赋：出动全部的兵力。赋，兵。古代按田赋出兵，故称兵为赋。 ㉕ 稽诛：当时李自成部队，尚未消灭。 ㉖ 渔人之利：即鹬蚌相争，渔翁得利。喻不劳而获。 ㉗ 揆诸情理：从情理看。揆(kuí)，衡量。 ㉘ 天堑：天然的壕沟，指长江。 ㉙ 祟(suì)：鬼怪害人，引申为祸害。 ㉚ 薄海：犹言四海之内。薄，迫近。 ㉛ 天有二日：意为天下同时有(清与明)二个皇帝。语出《礼记·曾子问》："天无二日，土无二王。"此反用其意。 ㉜ 简：挑选。 ㉝ 旆(pèi)：军旗。 ㉞ "且拟"两句：打算免除对李自成的严惩，让他们去作攻打明朝的先锋。 ㉟ 兼支大国：还要对付一个大国。大国，清朝自称。 ㊱ 蓍(shī)龟：蓍草和龟甲，都是古代占卜用物。这里以物代事，即谓占卜。 ㊲ "君子"两句：这是《礼记·檀弓》记曾子的话，说品格高尚的人，总是按照道德标准去爱护和帮助别人；只有小人，才无原则地一味宽容。

命，笃念故主[38]，厚爱贤王[39]，宜劝令削号归藩[40]，永绥福位[41]，朝廷当待以虞宾[42]，统承礼物[43]，带砺山河[44]，位在诸王侯上，庶不负朝廷伸义讨罪、兴灭继绝之初心[45]。至南州群彦[46]，翩然来归，则尔公尔侯，列爵分土，有平西王之典例在，惟执事实图维之。

晚近士大夫好高树名义[47]，而不顾国家之急，每有大事，辄同筑舍[48]。昔宋人议论未定，而兵已渡河[49]，可为殷鉴[50]。先生领袖名流，主持至计，必能深维终始，宁忍随俗浮沉？取舍从违，应早审定。兵行在即，可西可东[51]，南国安危，在此一举。愿诸君子同以讨贼为心。毋贪瞬息之荣，致令故国有无穷之祸[52]，为乱臣贼子所笑，予实有厚望焉！记有之："惟善人能受尽言[53]。"敬布腹心，伫闻明教。江天在望，延跂为劳[54]，书不尽意。

㊳ 故主：指明思宗。 ㊴ 贤王：指福王，清不承认他是皇帝，所以这样称呼。 ㊵ 削号归藩：去掉帝号，恢复藩王身份。 ㊶ 绥：安。 ㊷ 虞宾：舜受尧禅，国号为虞，以宾礼待尧子丹朱。这里说如能来归，清政府当以舜待尧子一样来对待明之后裔。 ㊸ 统承礼物：《尚书·微子之命》："统承先王，修其礼物。"即继承先世，保持祖宗相传的典礼文物。 ㊹ 带砺山河：使黄河变得像衣带那样狭窄，泰山像磨石那样细小。厉：通"砺"，磨刀石。 ㊺ 兴灭继绝：《论语·尧曰》："兴灭国，继绝世。" ㊻ 彦：美士，才德杰出的人。 ㊼ 晚近：近世，近代。 ㊽ 筑舍：古代谚语："作舍道边，三年不成"，比喻众说纷纭，莫衷一是，难以成事。 ㊾ "昔宋人"两句：指金人渡河执宋徽宗、钦宗二帝事。 ㊿ 殷鉴：《诗·大雅·荡》："殷鉴不远，在夏后之世"。言以前事为鉴戒。 (51) 可西可东：清军既可向西攻打李自成，也可向东攻打南明。 (52) 故国：指明朝。 (53) 尽言：极言，直言。 (54) 延跂(qì)：伸长脖子，踮起脚尖向前望。跂，同"企"。

（黄　珅）

金声(1598—1645)　字正希，一字子骏，明末休宁(今属安徽)人，崇祯进士，官至南明右佥都御史。清兵南下，金声坚守新安，城破被执，不屈而死。工时文，为明代时文八大家之一。后人辑其遗文为《金正希稿》。

告邑人送何二尹文[①]

【题解】

蜀人何氏，为休宁县丞，告终养归，金声写了这篇文章劝邑人捐金赠之。文中并不明言赠金，只说何氏归途的遥远、平日的勤苦和眼下的贫困；不说赠金的高义，只谈不赠金的鄙薄；不从远行者的需要计议，而从邑人的声誉、教化计议，构思巧妙得体，不同于一般为去任官募金赠行的文字。全篇纯以意与气相辅而行，四提何氏卖刀、鬻衣，三问邑人“何以为心”“为何如人”，反反复复，盘旋曲折，不尚辞藻而情感深挚。前人说本文如天半彩霞，缭绕荡漾，形态神异。

邑方多难，赖仁明公祖父母戮力卵翼[②]。需才方殷，有二尹如何君而不得留佐治邑[③]。父老人士日相与咨嗟慨叹，徬徨奔走，互相诛责[④]，问何故而不竭力图所以留尹者。

尹离蜀十余年，念母心劳[⑤]，即日卖刀、市书、典弓、鬻衣而徒

① 选自《古文笔法百篇》。② 仁明公祖父母：指县令。③ 二尹：县丞。④ 诛：责备。⑤ 劳：忧伤。

步以归⑥，度其势不可留。即得请于当事而为题留⑦，尹亦必不留。尹已决归，而邑人日徒咨嗟慨叹，徬徨奔走，空望其留；而毕竟端视其卖刀、市书、典弓、鬻衣而徒步以去，而亦何以为心⑧？

呜呼！尹生西蜀，去吾休六千里外⑨，但奉天子命而来尹此，乃视邑如家，邑宄盗如其家宄盗⑩，患苦如其家患苦。而险难罔顾，怨责不避；而入则未取给吾邑人一钱，出则未尝啜享吾民间一饭，终朝饘粥，并日菜羹；而竟从吾邑中弃其官，令卖刀、市书、典弓、鬻衣以去。此岂其夙负于吾邑人，而今应平白为吾邑勤苦，而吾邑人宜平白坐视其勤苦如此？以为吾邑上自士大夫而下及徒贩，少有人心者，皆如此焉动念矣。虽贤者夙负高志，自不屑意，而自休达蜀六千里，道路上见者闻者，其当以吾休之士大夫与父老人士为何如人？虽今日仁明公祖父母，其勤施于吾民也初不为报，而夙念尹居官任职，苦其身以为吾民如此，而今冷眼见吾邑重利尹之留，而不利于其去，毕竟乃以咨嗟慨叹赠尹六千里之行，而坐视其卖刀、市书、典弓、鬻衣乃如此，其以吾邑人为何如人？其不视吾邑人如草木、如鸟兽？虽有深爱厚仁，不无愀然而冷，坦然而淡乎？俗情贪货利，惮廉节；而见尹既如此，合邑之人为邑叹惜，而徒叹惜如此，其不益惮廉节如登峻山，而趋货利若赴流水？邑人士志习其得不日以劣，而民心其

---

⑥ 鬻(yù)：卖。 ⑦ 当事：当权者。 ⑧ 何以为心：于心何忍的意思。 ⑨ 休：休宁县，在今安徽南部山区。 ⑩ 宄(guǐ)：犯法作乱者。

得不日以偷⑪？礼义廉耻，是为四维⑫，吾为兹惧。谨告长者，维桑与梓⑬，共深念之。

---

⑪ 偷：浇薄，不厚道。 ⑫ “礼义廉耻”两句：语出《管子·牧民》。 ⑬ 维桑与梓：语出《诗·小雅·小弁》，桑和梓是古代家宅旁常栽的树木，后来常用作家乡的代称。

（王　铁）

曾异撰(生卒年不详)　字弗人，晋江(今属福建)人，家侯官(在今福州)。崇祯十二年(1639)举人。《明史·文苑传》说他“所为诗有奇气”。有《纺授堂集》。

送林守一重游吴越序①

【题解】

明末士人多喜借游学结交名人，沽名钓誉。在林守一将重游吴、越之际，作者写了这篇序送他，说明应该为游而获交，不要为交而游，婉转地表达了规劝之意。文章中间以司马迁为正宾，又因司马迁而引出柳宗元、韩愈、左丘明、班固等宾中之宾，波澜不竭，而雄谈伟论，洋洋洒洒，一气呵成。文末归题，又说游也不能不交，作圆活之笔，避免了立论的偏颇。

今世之所谓游者，我知之矣。其卑卑曳裾者无论②。高者挟一策、一卷，往而师一先生，谒当世大人数辈，投刺名下士数辈③，归而索赠言数十通，评文满纸，嘐嘐然④，揭揭然⑤，建鼓而号于人⑥，曰：“某吾师也”，“某吾友也”。今世之所谓游者，如斯而已矣。

吾友李世熊者，奇士也，尝雪棹泛西湖，半月不见一人而归⑦。

---

① 选自《纺授堂集》。林守一，名逢经，官至南明唐王朝御史，清兵破永福(今属广西)，投水而死。② 曳：拖。裾：外衣的大襟。曳裾：指奔走于王侯权贵之门。③ 刺：名帖。④ 嘐(xiāo)嘐：大言貌。⑤ 揭揭：趾高气扬貌。⑥ 建鼓：树鼓，古代的鼓以柱横贯中部而树之。⑦ 不见一人：指没有可与交游者，或没有值得钦佩者。

异撰者，碌碌不能奇，拙而善病者也，客岁游南州⑧，亦不见一人而归。守一兼李子之奇，无予之拙，而差有其病，自髫丱⑨，而吴、楚、滇、贵、百粤东西无不游⑩。其目中不见有一人，而气量可以尽交天下之士。今且再游吴、越，吾知守一之无不可也。

夫古今才士而好游者，莫如司马子长⑪，吾观其自叙历览之奇，未闻求一友、访一士。吾谓子长而与一人交，必不能成《史记》。无论余子不足交，即使更有一子长而与之交，亦必不能成《史记》。夫其独往独来于千百世之上下，使有一人焉，在其目中，皆足以碍人气概，而挠其著作之权。柳子厚不知此意⑫，鳃鳃然诋退之之不作史也⑬。使退之而作史，无论人非鬼责⑭，吾谓非而责之者，必自相友善之子厚始。而其他之大称意则大怪者，又勿论矣。

且夫古之著述者，前乎子长，则有丘明⑮；后乎子长，则有孟坚⑯。今观史迁记载，不必尽徇左氏⑰；班掾之于腐史⑱，阴用而显弃⑲，义

---

⑧ 客岁：去年。 ⑨ 髫(tiáo)：古时小孩下垂的头发。丱(guàn)：古时小孩束发所成的两角。髫丱，引申以指童年。 ⑩ 百粤：同“百越”，今江、浙、闽、粤之地，古皆为越族所居，故云。 ⑪ 司马子长：司马迁。 ⑫ 柳子厚：柳宗元。 ⑬ 退之：韩愈。韩愈在《答刘秀才论史书》中申说了自己虽居史官之位而不作史的原因，柳宗元见到这篇书稿后，写了《与韩愈论史官书》，批评韩愈。鳃(xǐ)鳃：不快。 ⑭ 人非鬼责：按韩愈《答刘秀才论史书》中说，史事传闻不同，难于取信，如果草草作传记而传于后世，“若无鬼神，岂可不自心惭愧；若有鬼神，将不福人”。 ⑮ 丘明：《左传》作者左丘明。 ⑯ 孟坚：《汉书》作者班固。 ⑰ 徇(xùn)：顺从。 ⑱ 班掾：班固尝为大将军府掾属。腐史：指《史记》，因司马迁曾受腐刑，故云。 ⑲ 阴用而显弃：班固批评司马迁“是非颇谬于圣人”，但《汉书》中武帝以前人物的《纪》《传》，无论内容、文字，绝大部分袭用《史记》。

例若炭与冰[20]。夫使子长而有如丘明、孟坚者以为之友，亦可谓得其朋矣，犹不免牴牾若是。吾故曰：使子长与子长交，亦不能成《史记》。

夫史迁者，取声气于泰山之高，禹穴之深[21]，以自广其尚论之心目[22]。盖以游为交，非以交为游者也。使其目中尚有一士，必不曰："藏之名山，以俟其人"矣[23]。守一行乎哉！天下之大，岂无有士焉，欲俟如守一之一人者而友之。然则守一虽不以交游，且以游获交，虽欲不交一人而不可得也。守一行矣！

---

⑳ 义例：著书的主旨和体例。 ㉑ 禹穴：在今浙江绍兴会稽山，传说为大禹葬地，司马迁曾至此。 ㉒ 尚论：《孟子·万章下》："以友天下之善士为未足，又尚论古人也。"尚，通"上"。尚论，即追论。 ㉓ "藏之名山"两句：语出司马迁《报任安书》。

（王　铁）

汤传楹(1620—1644)　明末作家。字子翰，更字卿谋，江苏吴县人。明末诸生，生于士宦之家。赋性善愁，寄情于诗。明亡，悲愤交集而卒。著有《湘中草》六卷，附于《尤西堂全集》。

与　展　成[①]

【题解】

本文通篇写梅，但又非单纯赋梅。作者从赏梅入手，将人与物、情与景融为一体。其写梅的娟好，令人神往；写梅的清香，令人陶醉；写梅的飘零，令人恋惜；写对梅的寻觅，意味悠长。文笔清妍，风致绰约，圆转流丽。此外，在这篇仅百余字的短文中，连用不少典故，但读之唯觉秀色可餐，余香在袖，无辞繁意晦之弊，殊为难得。

庭前小梅数枝，绿衣素妆[②]，娟好如汉宫人[③]。空斋无事，静对忘言[④]。或时移书吟咏其下，攀条摇曳，暗香入怀[⑤]。每当惠风东

---

① 选自《湘中草》(附于顺治乙未序刊本《尤西堂全集》)。展成：尤侗，明末清初文学家、戏曲家。字同人，又字展成，号悔庵、西堂老人，江苏长洲(今属吴县)人。② 绿衣素妆：隋开皇中，赵师雄迁罗浮，日暮于松林酒肆旁舍，见美人淡妆素服出迎。师雄与语，言极清丽，芳香袭人。与之扣酒家共饮，一绿衣童子歌于侧。师雄醉卧，久之，东方既白，起视乃在大梅花树下，上有翠羽啾嘈，月落参横，但惆怅而已。见旧题柳宗元《龙城录》。③ 娟好如汉宫人：王安石《梅花》："汉宫娇额半涂黄，粉色凌寒透薄妆。"④ 静对忘言：陶渊明《饮酒》(其五)："采菊东篱下，悠然见南山。……此中有真意，欲辩已忘言。"指心领神会，无须用言语来表达。⑤ 暗香：清幽的香气。林逋《山园小梅》："疏影横斜水清浅，暗香浮动月黄昏。"

来，飘拂襟袖，挹其清芬，宛然如见故人。今虽飞琼碎玉[6]，点点青苔，然片光片影，犹仿佛荀令风流[7]，缭绕左右耳。倘罗浮主人能乘兴而来[8]，巡檐一索[9]，便可吟楚些共招落梅魂也[10]。

---

⑥ 飞琼碎玉：形容凋谢的梅花。 ⑦ 荀令风流：三国荀彧为曹操谋士，官尚书令，参与军国大事。相传他曾得异香，所到之处，香经日不散，人称令君香。见《太平御览》七〇三《襄阳记》。 ⑧ 罗浮主人：即赵师雄。此借指尤侗。罗浮，山名，为粤中名山。传说晋葛洪曾于此得仙术。山上有洞，道家列为第七洞天。 ⑨ 巡檐一索：杜甫《舍弟观赴蓝田取妻子到江陵喜寄三首》（其二）："巡檐索共梅花笑，冷蕊疏枝半不禁。"诗的原意是，因弟弟马上就要到来，故步绕檐楹，索梅花共笑。此时梅花半开，即冷蕊疏枝，也像忍不住笑了。这里是环绕屋檐，寻找梅花的意思。 ⑩ 楚些：《楚辞·招魂》句尾皆有"些（suò）"字，为楚人习用的语气词。后因以泛指楚地的乐调或《楚辞》。这里指诗。

（笑　吟）

与展成[1]

【题解】

本文前写神游虎溪之状，后写睥睨公卿之意。有了后面把酒问青天的气概，前面所写秋声秋色，也就无悲凉衰飒之意；有了前面游赏烟霞的雅兴，后面写公卿唯利是图，也就更觉猥琐庸俗。其写山水之胜在清，因心清而境清；其写世俗之情在冷，因冷眼而冷讽。文章清矫拔俗，风骨骏上，才气发越，笔意轩昂。汤传楹赋诗作文，喜为惊人之句，

---

① 选自《湘中草》。

读本文可见一斑。

日来秋色绝佳，闭门兀坐[②]，令我神爽都尽[③]。思与君家买一叶[④]，薄游虎溪[⑤]。看露苇催黄，烟蒲注绿[⑥]。坐生公石上[⑦]，游目四旷，秋树如沐，翠微之色染襟裾。仰听寒蝉咽鸣，老莺残弄[⑧]。一部清商乐[⑨]，不减江州司马听琵琶时[⑩]。或可廓清愁怀，泠汰郁绪[⑪]，差胜阛阓中苍蝇声耳[⑫]。胸中磈磊[⑬]，急须以西山爽气消之[⑭]。吾与君登百尺楼[⑮]，把酒问青天，酒后耳热，白眼视诸卿[⑯]，求田问舍[⑰]，碌碌如尘，如蜣螂转丸[⑱]，不觉抚掌大噱[⑲]。此真旧日元龙豪举，安

---

② 兀坐：独自端坐。 ③ 神爽：精爽、精神。 ④ 一叶：指小舟。 ⑤ 薄：发语词。虎溪：在苏州虎丘山下。 ⑥ 露苇催黄：沾露芦苇日益转黄。烟蒲注绿：远望蒲柳如烟，倒影绿水之中。 ⑦ 生公石：在苏州虎丘山剑池旁，可坐千人，故又名千人石。相传为南朝高僧竺道生说法之处。传说竺道生曾在虎丘寺讲《涅槃经》，人皆不信，后聚石为徒，宣讲至理，石皆点头，世传“生公说法，顽石点头”。 ⑧ 弄：奏乐。此指莺啼。 ⑨ 清商乐：北魏孝文帝、宣武帝曾收集中原旧曲及南朝时江南吴歌、荆楚西声，总称为《清商乐》，以别于雅乐、胡乐。隋改称清乐。唐时为十部乐之一。 ⑩ “江州司马”句：唐宪宗元和十年，白居易被贬为江州司马，曾在江上听昔日歌妓弹琵琶，诉说身世凄凉，因作《琵琶行》。 ⑪ 泠汰：清洗之意。⑫ 差胜：略胜。阛阓（huán huì）：即街市。 ⑬ 磈磊：同“块磊”，又作“垒块”，指心中的郁结不平之气。 ⑭ 西山爽气：东晋王徽之为桓冲参军，桓冲要他料理府中事务。徽之拄颊高视，道：“西山朝来致有爽气。”见《世说新语·简傲》。 ⑮ 百尺楼：汉末许汜往见陈登（字元龙），陈登自在上床睡，让许汜睡下床。后许汜将此事告诉刘备。刘备道：“你只知求田问舍，言无可采，若是我的话，将自卧百尺楼上，让你睡在地上，岂止上下床之间！”见《三国志·魏志·陈登传》。 ⑯ 白眼：西晋阮籍能为青白眼，见凡俗之士，以白眼对之。见《世说新语·简傲》。后以白眼表示鄙薄厌恶。 ⑰ 求田问舍：谓专营家产而无远大志向。 ⑱ 蜣螂：虫名。黑甲，吃粪土，喜取粪作丸滚动。 ⑲ 噱（jué）：大笑。

能效小儿曹牛衣对泣哉[20]！白云在袖，期以诘朝[21]。

---

⑳ 牛衣对泣：西汉王章，早年学于长安，独与妻居，家贫，患病无被，卧牛衣中，涕泣不止，其妻呵怒之。见《汉书·王章传》。牛衣，为牛御寒之物，如蓑衣之类。 ㉑ 诘朝：同“诘旦”，明朝。

（笑　吟）

张煌言(1620—1664)　南明抗清将领、作家。字玄箸，号苍水，浙江鄞县人。清兵破南京，俘福王，他与同郡钱肃乐等起兵，奉鲁王监国，据守浙东山地及沿海一带，官至权兵部尚书。永历十三年(1659)，与郑成功合兵，自崇明入江，围攻南京。他别率一军，移师上游，直取九江，所向无敌，因郑成功兵败，孤军无援而退。康熙三年(1664年)，因见大势已去，遂解散余部，隐居悬嶴岛(今浙江象山县南)。不久被俘，不屈而死。葬于杭州西湖南屏山荔子峰下，与岳飞、于谦之墓相望。所作诗文，慷慨激昂，有《张苍水集》。

答赵安抚书①

【题解】

据沈冰壶、全祖望等人所作的年谱、传记、神道碑及《海东逸史》、《南疆绎史》等书，清浙江总督赵廷臣与中朝所遣安抚使，曾同时各致书张煌言，招其降清。张煌言也分别以书作答，今集中有《答赵廷臣书》，而沈、全等所引答安抚书的内容，均见于本文。赵廷臣从未任安抚之职，本文题作《答赵安抚书》，有误，应依别本作《答王招抚光裕书》。所作之时，或言在顺治十八年(1661)，清政府下“迁海令”之后；或言在康熙元年(1662)，这年永历帝在云南被杀，郑成功死于台湾，鲁王死于金门，南明大势已去；或言在康熙二年。当以康熙元年说为是。黄宗羲作为张煌言的世交，在为其作《墓志铭》时说：“间尝以公(张煌言)与文山(文天祥)并提而论，皆吹冷焰于灰烬之中，无尺地一民可据，止凭

---

① 选自《张苍水集》。赵安抚：名廷臣，字君邻，汉军镶黄旗人。顺治末年，以剿平贵州土酋功，加兵部尚书。康熙元年，调浙江总督，设计俘张煌言。在浙八年，以能政著称。

此一线未死之人心，以为鼓荡。"作者一腔热血，沸腾于万死一生之间，虽处逆境，气不少衰，故发于文章，能一洗亡国之音。文中前面历数清军入关后的罪行，后面表达了上忧国难，下悯民瘼的情怀，以高亮之声、瑰伟之词，抒写国破之恨、椎心之痛，悲而不摧，郁而愈壮。

不佞[②]，明室孤臣也，有死无贰[③]。与执事非有同朝之雅[④]，义无外交[⑤]，何必复通竿牍[⑥]。但天理民彝[⑦]，及不佞生平，不可不正告天下，故勒书附使者以报[⑧]。

窃观古今来何代无废兴。其兴也天启其机[⑨]，其废也人惎之谋[⑩]。或兴而复废，或废而不复兴。然有志之士，尚谓人定可以胜天[⑪]。彼汉厄十八年，而光武重昌[⑫]；夏亡四十载，而少康复祀[⑬]。盖不特覆楚复楚[⑭]，事在俄顷间也。即使历运推移[⑮]，朝市迁变[⑯]，

② 不佞：即不才，自谦之词。 ③ 无贰：没有别的想法。 ④ 执事：供役使的人。旧时在书信中常用作对方的敬称，表示不敢直指其人。雅：平素交往。 ⑤ 义无外交：张煌言为明臣，赵廷臣为清臣，按理不能私自交往。 ⑥ 复通竿牍：在此之前，赵廷臣曾致张煌言一信，张已回了一封短信。古人以竹简为书。故称书札为竿牍。 ⑦ 民彝：指民之正常伦理。彝，常理。 ⑧ 勒书：修书。 ⑨ "其兴也"句：言朝代的兴起，是由于上天给予了机遇（即出自天意）。 ⑩ "其废也"句：言当朝代衰败时，则依靠众人的智谋来救助（即全赖人力）。惎（jì）：启发，教导。 ⑪ 人定胜天：言人力能够战胜天意。意为明朝虽已衰败，但依靠人力的挽救，定能战胜凭借机遇兴起的清朝。 ⑫ "彼汉厄"两句：公元 8 年，王莽废西汉孺子婴自立，建新朝；至公元 25 年光武帝刘秀复建立东汉政权，历时十八年。 ⑬ "夏亡"两句：传说夏太康好田猎，被后羿所逐，失帝位，后羿又被寒浞所杀。夏后人少康得各部落之助，攻杀寒浞，即帝位。史称少康中兴。此言四十年，乃约略之词。 ⑭ 覆楚复楚：春秋期间，伍子胥率吴兵攻破楚，楚王出奔。申包胥赴秦求救，在宫廷痛哭七日七夜，终于使秦发兵救楚，不久楚王复位。 ⑮ 历运：指朝代的更替。 ⑯ 朝市：朝廷和市肆，这里主要指朝廷。

兴王每每宾礼胜国君臣[17]，录用前朝宗室，不但开基忠厚，即为享祚长久之符[18]；亦将使忠臣义士，戴新朝之盛德，慰故国之悲思。且其当鼎革之际[19]，轸念疮痍[20]，莫不省刑薄敛，偃武修文，与天下更始[21]。所以四澥讴歌[22]，群雄归命。其间虽有疾风劲草[23]，不以盛衰改节、不以成败易心者，无非欲为万古留纲常，为两间存正气[24]。英君察相，尚能略其迹而原其心[25]，感其诚而哀其遇。故汉高以之封雍齿[26]，蜀主以之礼刘巴[27]，唐太宗有尧君素之旌[28]，而我太祖有余阙、福寿之祠祭[29]。其或不忠所事，纵归附独先，必摈斥恐后。如丁公可诛[30]，危

---

⑰ 兴王：指新朝国君。胜国：被灭亡的国家，指前朝。 ⑱ 享祚：享位。祚，皇位。 ⑲ 鼎革：《易·杂卦》："革，去故也；鼎，取新也。"后因用以指改朝换代或重大的改革。 ⑳ 轸念：深切怀念。疮痍：民生疾苦。 ㉑ 更始：去故就新，重新开始。 ㉒ 四澥：即四海。避鲁王朱以海讳，故改海为"澥"。 ㉓ 疾风劲草：疾风中的劲草，指在困境百折不挠的人，这里有自喻之意。 ㉔ 两间：天地之间。 ㉕ 略其迹：不计较其行为。原其心：推究其用意。 ㉖ 汉高封雍齿：汉高祖刘邦定天下后，封功臣，诸将日夜争功不决，张良劝刘邦封其平日最憎恶的雍齿为侯，以安众心。见《史记·留侯世家》。 ㉗ 蜀主礼刘巴：曹操征荆州，刘备逃奔江南，荆楚之士从之甚众，唯刘巴北诣曹操，刘备深以为恨。后刘巴入蜀，诸葛亮屡荐其贤，任尚书令，文诰策命，均出其手。见《三国志·蜀志·刘巴传》。 ㉘ 尧君素之旌：尧君素原为隋炀帝侍从，后署河东通守。唐军攻城，赐其金券，许以不死。但尧君素却立誓死守，其妻至城下招降，也被他射死。后因城中乏食，被左右所杀。唐太宗特下诏命，以旌其忠。见《隋书·尧君素传》。 ㉙ 余阙、福寿之祠祭：余阙，元末官参知政事，为政严明，治军有古良将风，留心经术，工文章。后守安庆，城破，为陈友谅所杀。明初追谥忠宣，太祖嘉其忠诚，下诏于忠节坊立庙，岁时致祭。福寿，元末迁江南行台御史大夫，明军围集庆，督兵出战，城破，众皆溃散，独留不去，被杀。见《元史·余阙传/福寿传》。 ㉚ 丁公可诛：丁公原为项羽部将，曾在彭城追逼刘邦，刘邦对他说："两贤岂相厄哉？"丁公于是将刘邦放走。项羽灭后，丁公谒见刘邦，刘邦道："丁公为项王臣不忠，使项王失天下者，丁公也。"遂斩丁公。见《史记·季布列传》。

素可谪[31]。前轨昭然，岂好为颠倒哉！帝王大度，原欲扶名义培风教故也。

今则不然：夫昔日之北庭，非本朝之属国乎[32]！建州之甲[33]，已忘休屠之恩矣[34]！辽左之烽[35]，胡为乎？北平之旗[36]，似同回纥之义矣[37]，南牧之马[38]，又胡为乎？旧都嗣服[39]，正朔相承[40]。冠盖方达于蓟门[41]，鼓鼙已震于吴会[42]。自是而蚕食东南，剪灭之不遗余力；凡属我天潢[43]，虽在遐荒，靡弗芟薙[44]。夫以高皇帝骏德鸿

㉛ 危素可谪：危素原为元参知政事、翰林学士承旨。入明，为翰林侍讲学士，与宋濂同修元史，备顾问，颇得恩宠。言官王著等上疏言，危素乃亡国之臣，不宜列侍从，遂谪和州，守余阙庙，一年后，幽恨而卒。见《明史·危素传》。 ㉜“昔日”两句：北庭，原指汉代北匈奴居住之处。此指满族祖先（即女真人）所居之地。明初，在今吉林省吉林市东南女真人所居地区置建州三卫，以管辖各部落。 ㉝ 建州之甲：女真族后人努尔哈赤（清太祖）据建州卫统一女真各部落，建后金国，率兵向明朝发动进攻。 ㉞ 休屠之恩：据《史记·匈奴列传》载，单于欲杀浑邪王、休屠王，浑邪王、休屠王恐，谋降汉。汉使骠骑将军往迎之。浑邪王杀休屠王，并将其众降汉。并无休屠王受汉恩之事。唯其子金日磾后受武帝信用，昭帝即位，与霍光等同受遗诏辅政。 ㉟ 辽左之烽：明万历四十七年（1619），明朝任杨镐为经略，分四路进攻后金，后金在萨尔浒（今辽宁新宾西浑河南岸）大胜明军，进入辽河流域。明天启五年（1625），后金迁都沈阳，次年进攻宁远（今辽宁兴城），被袁崇焕击败。 ㊱ 北平之旗：指吴三桂引清兵入关，攻占北京。 ㊲ 回纥之义：唐代宗宝应元年（762），唐朝军队会合回纥兵，进讨史朝义，攻克洛阳。回纥兵入洛阳，肆行杀掠，烟火累旬不灭。 ㊳ 南牧之马：指清廷在攻占北京后，又挥师南下。 ㊴ 旧都：指南京。明太祖原建都南京，明成祖夺位后，迁都北京，以南京为留都。嗣服：继承先人的事业。服，事。此指南明政府建立。 ㊵ 正朔：一年的第一天。正，一年的开始；朔，一月的开始。古时改朝换代，新王朝表示“应天承运”，须重定正朔，故也用以指王朝的统治。 ㊶ 冠盖：指南明派往北京的使者。蓟门：即蓟丘，故地在今北京市德胜门外。此借指北京。 ㊷ 鼓鼙：指清军南下进攻南明的战争。吴会：东汉所设的吴、会稽二郡，合称“吴会”，相当于今江苏南部及浙江地区。 ㊸ 天潢：本星名，后用以指皇族、宗室。 ㊹ 芟（shān）：锄草。薙（tì）：除草。这里指斩尽杀绝。

功㊺，而使其子孙祸酷徽钦㊻，祀荒杞宋㊼。宜人心不服者一也。从来更姓改物㊽，皆因处置得宜，然后人情豫附㊾。今不过宋室之逋臣㊿，而称为伪命；无非晋家之遗老[51]，而被以恶名。甚至一人抗节，而逮及一家；一姓守义，而株连他姓。遂使抱悫怀忠[52]，不忍逃雨[53]，即欲埋名变姓，亦耻趋风[54]。而丧师辱国者[55]，率秩以三公；鬻主求荣者[56]，反爵以五等[57]。是以不忠不义令也，开国规模，固如是乎？宜人心之不服者二也。迩来清人，初无柔迩怀远之诚[58]，止有纳叛招亡之术；或使同辈操戈[59]，或令下人弃甲[60]，此岂足以训型天下[61]？而奸诈之徒，以为仕宦捷径，往往私铸印符，伪刊牌劄[62]，以觊垄断之功名。当事明知其然[63]，亦阳为网罗，阴行羁縻，以冒招来之功绩。殊不知黄绮衣冠，必不轻出商山[64]；夷齐薇蕨，岂肯顿易

㊺ 高皇帝：指明太祖朱元璋。 ㊻ 徽、钦：宋徽宗赵佶、钦宗赵桓。二人均在靖康二年(1127)被金兵所俘，囚死于五国城(今黑龙江依兰)。 ㊼ 祀荒：祭祀荒废，即没有后嗣。杞、宋：相传周武王封夏后人于杞，封商后人于宋。 ㊽ 更姓改物：王朝更迭，改正朔，易服色。 ㊾ 豫附：悦服归附。 ㊿ 宋室之逋臣：宋遗民谢枋得在《却聘书》中说："世之人有呼我为宋之逋播臣者，亦可。"逋播臣，即逃亡流散之臣。作者在此以谢枋得自比。 [51] 晋家之遗老：宋武帝刘裕代晋自立，原东晋秘书监徐广流涕哀恸。侍中谢晦道："徐公这样做，不是有些过份吗？"徐广答道："君为宋朝佐命，吾乃晋室遗老，忧喜之事，固不同时。"见《晋书·徐广传》。 [52] 抱悫(què)怀忠：怀抱忠诚。 [53] 逃雨：《文子》："若与俗处，犹走而逃雨，无走不濡湿也。"这里指逃离世俗。 [54] 趋风：原意为疾走如风，这里作趋时解。 [55] 丧师辱国者：指原明朝那些兵败降清的将领。 [56] 鬻主求荣者：指背叛明朝降清求官的臣僚。 [57] 五等：指公、侯、伯、子、男五等爵位。 [58] 柔迩怀远：安定近处的人，招抚远方的人。 [59] 同辈操戈：指清朝用明降臣来攻打南明抵抗力量。 [60] 下人弃甲：指清朝不许民间拥有武装力量。 [61] 训型天下：作为天下效法的榜样。训，法则。型，典型。 [62] 牌：符信。劄：同"札"，公文。 [63] 当事：当权者。 [64] "黄绮"两句：汉初，夏黄公、绮里季、东园公、角里先生四人，隐居商山(在今

周粟[65]。宜人心之不服者三也。若以近事而论，滨海遗民，既苦朝秦而暮楚[66]；乃安边胜策，惟闻竭泽而焚林[67]。俾百万生灵，弃田园，毁庐舍，捐坟墓，而又不知所以安插之。蜚鸿满道[68]，硕鼠兴嗟[69]。将以为清野耶？而野未必清。将以为坚壁耶？而壁未必坚。岂我旌麾甲盾[70]，果由蜀道迁人[71]；抑网罟牢盆[72]，亦是新丰巨族乎[73]？名为息黥补劓[74]，实则救燎助薪[75]。宜人心之不服者四也。他若征求无艺[76]，杀戮非辜。选将迁官，先论贿赂；登贤吁俊[77]，亦藉苞苴[78]。偾师掩败以饰功[79]，骄兵宣淫而肆掠。兼之毁裂冠裳[80]，崩坏礼乐，

陕西商县东)，称“商山四皓”。汉高祖刘邦想召见他们，但四人不至。见《史记·留侯世家》。⑮“夷齐”两句：商朝末年，伯夷、叔齐因反对周武王伐商，义不食周粟，避入首阳山，采薇为生，后竟饿死。见《史记·伯夷列传》。⑯朝秦暮楚：本意为反复无常。此指清兵和抗清势力，在沿海地区反复争夺，当地百姓深受其苦。⑰竭泽焚林：竭泽而渔，焚林猎兽。言清政府用烧光杀光的政策，来消灭抗清势力。⑱蜚鸿：蜚，通“飞”。《诗·小雅·鸿雁》：“鸿雁于飞，哀鸣嗸嗸。”后常用以喻流离失所的百姓。⑲硕鼠：《诗·魏风》有《硕鼠》篇。《诗序》：“硕鼠，刺重敛也。国人刺其君重敛，蚕食于民，不修其政，贪而畏人，若大鼠也。”兴嗟：言百姓对清政府的不满之声四起。⑳旌麾甲盾：军队的旗帜武器，此指抗清的武装力量。㉑蜀道迁人：秦亡后，项羽自立为西楚霸王，封刘邦为汉王，迁入蜀中，后刘邦率军从蜀道出发，战胜项羽。此借指被清政府强迫迁居的遗民。㉒网罟：捕鱼的网，借指渔民。牢盆：煮盐器，借指盐民。㉓新丰巨族：汉高祖刘邦定都关中，因其父思乡，乃于故秦骊邑仿丰县(今属江苏)街巷筑城，并迁故人居此，后改名为新丰(其地在今陕西临潼东北)。㉔息黥补劓(yì)：古代刑法，面额刺字名黥，割鼻名劓。息黥补劓，比喻补救缺陷。㉕救燎助薪：想救火却来添柴，比喻适得其反。按顺治十八年(1661)，清政府为防止沿海居民对抗清部队的支持和联系，颁布“迁海令”，强迫江、浙、闽、广沿海居民分别内迁三十里到五十里，并尽烧沿海民房和船只，不准片板入海。自“以近事而论”以下至此，即针对《迁海令》而说的。㉖无艺：没有限度。㉗登贤吁俊：录用贤良，访求俊杰。㉘苞苴(jū)：货贿必以物包裹，因以称以财物行贿或行贿的财物。㉙偾师：丧师。㉚毁裂冠裳：指清政府逼迫汉人穿满人服装。

盖不待智者而知胡运之不长矣！如谓今日域中，幅员尽入版图[81]，华夷庶几一统[82]。独不见强秦方启霸图，何竟亡于二世；暴隋既成王业，亦遂失于再传。况赖宗庙社稷之灵，吾国已自有君[83]，行当迎楚昭于云梦[84]，奉齐襄于莒城[85]。又何烦执事之恫疑虚喝哉！

至于不佞本末，固可得而言矣。不佞夙承先学[86]，谬猎时名。自遭国难，辄弃家园。始则声大义于江东[87]，既而抱孤忠于海曲[88]。自分戴发含齿之伦[89]，幸南国尚同左袒[90]；倘论践土食毛之谊[91]，于北朝原等风牛[92]。矧豫让漆身，其妻不识[93]；张良破产，惟敌是求[94]。而有司不容，籍我田宅矣，未几囚我妻孥矣[95]。用是依

---

[81]“幅员”句：言国土尽入清朝版图之中。[82]“华夷”句：言汉族和满族将近混一。[83]吾国已自有君：当张煌言作此书时，南明弘光、隆武、永历诸帝均已死去，这里说“有君”，只是虚张声势而已。[84]“迎楚昭”句：伍子胥率吴兵破楚，楚昭王出奔云梦（今湖北江汉平原），申包胥借秦兵复楚后，将昭王从云梦迎回。见《史记·楚世家》。[85]“奉齐襄”句：乐毅率燕军破齐，唯莒城（今山东莒县）、即墨（在今山东平度东南）未下。田单以火牛阵大破燕军后，将齐襄王从莒城迎回听政。见《史记·田单列传》。[86]先学：先人学业。[87]“始则”句：指作者于顺治二年（1645），在宁波起兵，拥立鲁王监国事。[88]“既而”句：言以后又在沿海坚持抗清。[89]戴发含齿：头上长发，口中含齿，指人。[90]“幸南国”句：汉高祖刘邦死后，吕后专政。吕后死后，太尉周勃谋诛诸吕，行令军中说：“为吕氏右袒，为刘氏左袒”全军都左袒拥刘。见《史记·吕后本纪》。后因称偏护一方为左袒。袒，去衣露上身。这句说南方百姓，依然拥护明朝。[91]践土食毛：《左传》昭公七年：“封略之内，何非君土；食土之毛，谁非君臣。”指臣民感戴君德。毛，庄稼。谊：义。[92]风牛：即风马牛不相关。[93]“矧豫让”两句：矧（shěn），况且。豫让为春秋战国年间人，初为晋卿智瑶的家臣。赵、魏、韩三家灭智氏，他谋刺赵襄子，于是改姓易名，以漆涂身，吞炭使哑，连妻子都不认识他，但未成功，自杀。事见《史记·刺客列传》。[94]“张良”两句：张良父祖，世为韩相。秦灭韩后，他散尽家财，结交刺客，谋刺秦始皇，为韩报仇。事见《史记·留侯世家》。[95]“有司”三句：有司，即指官府。顺治十六年（1659），清朝籍没张煌言的家产，将其妻董氏、子张万祺囚于镇江。

樯乞援[96]，泪尽申胥[97]；启冶铸兵[98]，誓深祖逖[99]。然志匡王室，岂恃兵威；念切神州，尤怜民瘼。如长江之役[100]，樵苏不惊[101]，市肆靡易[102]。凡缙绅之家[103]，韬钤之族[104]，效力清人者，概无诛求，以示宽厚。谅执事之所知也。及同仇挫衄[105]，不佞遂间道言旋[106]。彼时岂不能提数千劲卒，以震荡中原；据数十名城，以号召天下。正虑锋镝横及无辜，是以旌旗不妨左次[107]。何意泰运将开[108]，屯期尚笃[109]；枕戈待旦[110]，又历岁时。但三户亡秦[111]，谶纬已兆[112]；一成祀夏[113]，历数有征[114]。不佞方以孤臣皂帽，待真主黄衣[115]；安所事解甲投戈，俯首屈膝者哉[116]？即或赤符未归[117]，暂作隆中之卧[118]；黄石已遇，犹从圮上

---

[96] 依樯：靠着船上的桅杆，即乘船。[97] 申胥：申包胥。见前注[14]。[98] 启冶铸兵：开炉炼铁，铸造兵器。[99] 祖逖：字士稚，东晋名将。建兴元年(313)，率师北伐，渡江至中流，击楫而誓曰："祖逖不能清中原而复济者，有如大江！"见《晋书·祖逖传》。[100] 长江之役：顺治十六年(1659)夏，张煌言会合郑成功部队，从长江发动进攻，直趋芜湖，乘胜攻下四府、三州、二十四县。[101] 樵苏：打柴割草。[102] 靡易：不改变。[103] 缙绅：士大夫。[104] 韬钤：兵书《六韬》及《玉钤篇》的合称，也指用兵谋略。此谓武将。[105] 同仇：共同对敌的人，指郑成功的部队。挫衄：失败。[106] 间道言旋：郑成功兵败后，张煌言因孤立无援，于是弃舟登岸，潜行山谷，由安徽回到浙江海滨。[107] 左次：退下。[108] 泰运：吉祥的气数。[109] 屯期：艰难时期。[110] 枕戈待旦：东晋刘琨与祖逖为友，都立志收复失地。听到祖逖被起用，在与亲旧的信中说："吾枕戈待旦，志枭逆虏，常恐祖生(逖)先吾着鞭耳！"见《晋书·刘琨传》引《晋阳秋》。[111] 三户亡秦：秦末，陈胜起义后，范增往见项梁(其先世为楚将)道："故楚南公曰：'楚虽三户，亡秦必楚也。'"见《史记·项羽本纪》。[112] 谶纬：预言吉凶得失的文字、书籍。兆：征兆，指事发生前预示的迹象。[113] 一成祀夏：相传夏少康只有田一成(十平方里)，众一旅(五百人)，地狭人少，势单力薄，但依赖群力，终于恢复夏朝的统治。见《左传·哀公元年》。[114] 历数：天道，也指朝代更替的次序。征：证验。以上四句，言明朝今虽力弱，但终能战胜清朝，恢复统治。[115] 真主：真命天子。黄衣：帝王之服。

之游[119]。则为龙为蛇[120]，不佞进退固有余裕矣。

虽然，不佞之所以百折不回者，上则欲匡扶宗社，下则欲保捍桑梓[121]。因国事之靡宁，致民生之愈蹙，十余年间，浙闽郡邑刍茭粮粮之供，楼橹舟航之费，可谓百孔千疮，敲骨吸髓。而曾不得烽消燧息[122]，波静潮平，执事亦可惕然矣[123]。尚复重之迁徙，贻以流离；哀我人斯[124]，汔可劳止[125]。今执事既衔命而来，以保境息民为意；则莫若尽复滨海之民，即以滨海之赋，畀我海上之师[126]。在清人既能开诚布公，捐弃地以收人心；在海上亦何惜讲信修睦，且休兵以待天命。不佞与执事辈从容羊陆之交[127]，往来侨肸之好[128]；既省墩堡守望之戍，并免舟揖营缮之需。藉我外兵[129]，以备他盗。因而煎熬，则卤盐可行矣；因而采捕，则鱼鲜可给矣；因而贸迁，则商贾可通矣。匪直暂

---

⑯“安所事”两句：赵廷臣致张煌言信，要张煌言解散武装，投降清朝。这两句即针对赵语而言。 ⑰ 赤符：即赤伏符，汉代流行的一种谶语。汉光武帝刘秀称帝号前，他早年在长安时的同舍生彊华自关中奉赤伏符，道：“刘秀发兵捕不道，四夷云集龙斗野，四七之际火为主。”见《后汉书·光武纪》。后用以泛指帝王的符命。 ⑱ 隆中之卧：诸葛亮早年隐居隆中（今湖北襄阳西），自比管仲、乐毅，人称“卧龙”。见《三国志·诸葛亮传》。 ⑲“黄石”两句：张良在博浪沙狙击秦始王未中，逃亡至下邳（今江苏睢宁北）附近圯上，遇黄石公，得《太公兵法》。见《史记·留侯世家》。 ⑳ 为龙为蛇：龙腾跃天际，蛇伏行地中，即指进退。 ㉑ 桑梓：桑、梓为古代住宅旁常栽之树木，东汉以来遂用以代指家乡。 ㉒ 燧：古代边防报警的烽火。 ㉓ 惕然：戒惧的样子。 ㉔ 哀我人斯：语出《诗·豳风·破斧》，可怜我们这些百姓。 ㉕ 汔(qì)可劳止：《诗·大雅·民劳》：“民亦劳止，汔可小康。”言百姓极其劳苦，只望能得稍稍安居。汔，通“乞”，求。 ㉖ 畀(bì)：给予。海上之师：指郑成功、张煌言的军队。 ㉗ 羊陆之交：晋初羊祜出镇襄阳（今湖北襄樊），时吴国陆抗驻军乐乡（今湖北江陵西南），二人互通使节，各保分界。见《晋书·羊祜传》。 ㉘ 侨肸(xī)之好：春秋时公孙侨（子产）为郑国执政，羊舌肸（叔向）为晋国大夫，但二人关系始终很好。 ㉙ 外兵：指张煌言的海上之师。

解兵争，亦以稍苏民困。是珠崖虽弃，休息宜然[130]；朝鲜自存，艰贞斯在[131]。特恐执事畏耳，畏则无成也；又恐执事疑耳，疑则又无成也。不佞何心，必欲重困此一方民哉！则请与执事约：但使残黎朝还故里[132]，则不佞即当夕挂高帆。十洲三岛[133]，莫非生聚教训之区[134]；尝胆卧薪[135]，别有扶危定倾之计。则臣靡尚在，天意未忘禹功[136]；诸葛犹存，正统还归汉胄[137]。惟执事图之。

---

[130]“珠崖”两句：汉武帝灭南越，置儋耳（今海南岛西部地区）、珠崖（今海南岛东北部地区）二郡。当地人屡屡叛乱，元帝初元元年（前48），珠崖又反，连年不定。朝廷将发大兵讨伐，贾捐之（贾谊曾孙）上疏，认为出兵珠崖，劳民伤财，得不偿失，不如弃珠崖，专恤关东，元帝从之。见《汉书·贾捐之传》。[131]“朝鲜”两句：传说周武王灭商后，封纣王叔父箕子于朝鲜，不称臣。直到汉初，方为卫氏替代。这里含有希望清朝能允许自己在沿海地区立国自主之意。[132]残黎：指残存的被迁离沿海的居民。[133]十洲三岛：泛指沿海的沙洲岛屿。[134]生聚教训：吴败越，越王勾践派大夫文种求和，吴王夫差准备允许所请。伍子胥劝阻，吴王不听。子胥退后对人说：“越十年生聚，十年教训，二十年之外，吴其为沼乎？”见《左传·哀公元年》。生聚，繁殖人口，积蓄物资。教训，教育训导其民。[135]尝胆卧薪：勾践为吴所执，放还后，欲报吴仇，苦身焦思，置胆于座，饮食尝之，以不忘会稽败辱之耻。见《史记·勾践世家》。卧薪事不知所出。后通用为刻苦自励，不敢安逸之意。[136]“臣靡”两句：夏太康无道失位，夏朝的遗臣靡，逃往有鬲氏。收斟、寻两国的余部，立少康，恢复夏朝统治。见《史记·正义》引《帝王纪》。这里以臣靡借指忠于明朝的臣子。[137]诸葛：诸葛亮。这里借指忠于明朝且有才干的臣民。胄（zhòu）：后嗣。自“十洲三岛”以下八句，说明朝虽已残破，但只要发愤图强，仍有中兴之望。言下含有希望赵廷臣认清形势，弃清助明之意，故末句要他认真考虑。

（笑　吟）

贻赵廷臣书[1]

【题解】

康熙三年七月，由于原部下的出卖，张煌言被捕。八月，自宁波押往杭州，入城时，作诗言志："国亡家破欲何之！西子湖头有我师。日月双悬于氏墓，乾坤半壁岳家祠。惭将赤手分三席，拟为丹心借一枝。他日素车东浙路，怒涛岂必属鸱夷。"为国捐躯，早已决之于胸中。总督赵廷臣钦慕张煌言风操气节，将他囚于旅舍，供若上宾，州县官吏，相继前来慰问，但张煌言依然不为所动。本文即作于其时。因赵廷臣非等闲之辈，故行文颇费苦心。作者以谢枋得自比，以张弘範、魏天祐比赵廷臣，以舍生取义与求生害仁对照，在出处去就、人品高下上，已自压倒对方，劝降之说，岂非呓语？文中披露心曲，驳斥流言，有自责，有自负，虽措词委婉，不同于前篇的慷慨陈词，但忠贞不渝，就死从容，同样有砭顽起懦的作用。张煌言在押往杭州途中，曾得无名氏诗，勉其殉节："此行莫作黄冠想，静听先生正气歌。"这封信，便是一篇无韵的《正气歌》。

大明遗臣某[2]，谨拜书于清朝开府赵老先生台前[3]：

昔宋臣谢枋得有云[4]："大元制世，民物维新，宋室孤臣，只欠一死[5]。"窃以叠山业经市隐卖卜[6]，宜可以远害全身，而元参政魏天祐[7]，必欲招致之。乃叠山有死无陨[8]，招之不来，餽之不受，《却聘

---

① 选自《张苍水集》。赵廷臣：见上篇注①。 ② 遗臣：前朝之臣。 ③ 开府：原意为开建府署，自选僚属。唐、宋后作为官阶。后世称出任外省的督抚为开府。 ④ 谢枋得：号叠山。见《与李养吾书》作者介绍。 ⑤ "大元制世"四句：见谢枋得《与参政魏容斋书》。 ⑥ 市隐卖卜：谢枋得率兵抗元失败后，流亡建阳（今属福建），以卖卜教书度日。 ⑦ 魏天祐：字吉甫，曾任元福建行省参政。 ⑧ 陨：坠落。这里是降志辱身之意。

书》尚在⑨，可考而知也。卒触天祐之怒，执之北去，叠山遂不食而死。盖未尝不叹古人守义之坚，殉节之笃也。况某今日南冠而絷⑩，视叠山所处，已自不同。而台下尚欲贷其余生⑪，屡遣贵属，存注有加⑫，劝之加餐。嗟乎！此固台下褒忠录节之盛心，较之天祐，真不啻霄壤⑬。

顾某自律⑭，断不可因此而苟延旦夕也。所以每思慷慨引决，而为馆伴者防闲严切⑮，不克自裁。绝餐三日，迫于贵属劝勉，稍稍复食，他人闻之，宁不以某寡廉鲜耻、晚节可嗤哉？揣台下之意，不过欲生膏斧锧，始足为忠义者戒⑯。然大丈夫冰视鼎镬⑰，慷慨从容，原无二义，故郁郁居此耳。犹记去岁华函见及，某之报书，有宁为文山之语⑱，非但前谶⑲，盖斋心居念时⑳，已早办此，至今日敢有食言？夫自古废兴亦屡矣。废兴之际，何代无忠臣义士？何代无逋臣处士㉑？义所当死，死贤于生；义所当生，生贤于死。盖有舍生

---

⑨《却聘书》：谢枋得的老师留梦炎降元后，曾写信劝他出来做官。枋得作《却聘书》坚决拒绝。至于魏天祐将他押送到大都（今北京），这是后事。今《叠山集》中，《却聘书》作《上丞相刘忠斋书》。 ⑩ 南冠：晋侯到军府视察，见钟仪，问道："那个南冠的囚徒是谁？"见《左传·成公七年》。后用作囚徒的代称。 ⑪ 贷：宽免。 ⑫ 存注：存问关注。 ⑬ 不啻（chì）霄壤：言如天悬地隔，形容两者相距极大。不啻，无异于。 ⑭ 自律：对自己的要求。律，约束。 ⑮ 馆伴者：指赵廷臣派来监视的人。防闲：防备。 ⑯ "揣台下"三句：言我猜想你的用意，不过是让我活着受刑，这样方才足以警告像我这样的忠义者。 ⑰ 冰视鼎镬（huò）：古代酷刑，以鼎镬烹人，但在大丈夫眼中，却冷如冰一般，以喻无所畏惧。 ⑱ 宁为文山之语：康熙元年（1662），张煌言答赵廷臣书，其中有"宁为文文山，不为许仲平"之语。文山，宋末民族英雄文天祥号。 ⑲ 谶：关于吉凶得失的预言。即上面"宁为文山"一语，今日果成事实。 ⑳ 斋心：原意为清心寡欲。斋心居念，言定下心来考虑。 ㉑ 逋臣：逃亡之臣。处士：隐士。

以取义者焉，未闻求生以害仁者也。某之忧患，已过乎文山，隐遁殆几于叠山矣。而被执以来，视死如归，非好死而恶生也。亦谓得从文山、叠山，异代同游，于事毕矣！独惜台下之经纶仁厚，可称一代名贤，后世不察，猥云与张弘範、魏天祐比伦㉒，不重可叹息乎哉！

谓某散兵在先，归隐恐后，可以觊觎赊死㉓。殊不知散兵者，悯斯民之涂炭；归隐者，念先世之暴荒㉔。谬思黄冠故里㉕，负土成坟，然后一死以明初志。原非隐忍偷生，自留赊死。何期拥兵则岁月犹存，解甲则旦夕莫保㉖。箕山不有安瓢，而颍水弗能高枕㉗。身为累囚，贻笑天下，是某之忠孝两亏，死难塞责者矣！

临难苟免，非我本怀；偷生视息，更何所待。今羁留旅邸，被累宾从㉘，并膺锁鍊㉙，以日为年，生不如死。伏冀台下，立赐处决，俾某乘风驭气，翱翔碧落㉚，或为明神，或为厉鬼，是诚台下大有造于某也㉛。

㉒ 猥（wěi）：苟且，随便。张弘範：字仲畴，涿洲定兴（今属河北）人。曾任蒙古汉军都元帅，率师攻宋，俘文天祥。㉓ 觊觎：抱有非份的希望。赊死：宽缓死期。㉔ 先世之暴荒：指祖先尚未安葬，棺木暴露在外。㉕“谬思”句：说自己错误地想化装成农夫，回故乡安葬先人。黄冠，农夫之冠。㉖“何期”两句：哪里想到保持部队，还能延续下去，解散部队，则危在旦夕。㉗“箕山”两句：传说唐尧要把君位让给许由，许由不受，逃至箕山之下，农耕而食。尧又想请他当九州长，许由不愿听，跑到颍水边去洗耳。后因以箕山、颍水作为隐居之地。不能安瓢，传说许由在箕山，用手捧水喝，有人送他一个瓢，用后挂在树上，风吹有声，许由嫌烦，将瓢丢弃。高枕，安然而卧，无所顾虑。㉘ 被累：连累。宾从：宾客仆从。指同时被捕的罗子木、杨冠玉及三个船夫。㉙ 鍊：通“链”。㉚ 碧落：天空。㉛ 造：造就，成全。

不则某当追随首阳之后尘[32]，必不俟炎午之生祭[33]。毋以馆伴者不善调制而谴及之[34]，幸甚！

㉜ 首阳：代指伯夷、叔齐。 ㉝ 炎午之生祭：元兵攻陷临安（今浙江杭州），太学生王炎午谒文天祥，毁家以助军饷。天祥留置幕中，后以疾归。不久天祥被俘，炎午作《生祭文》以激励其为国殉节。 ㉞ 调制：调理。

（笑　吟）

夏完淳(1631—1647)　南明抗清将领、诗人。原名复,字存古,号小隐,松江华亭(今上海松江)人。十五岁起从父夏允彝、师陈子龙起兵抗清,曾任鲁王中书舍人。兵败后,只身逃匿,仍为抗清奔走。事发被捕,解往南京,不屈而死,时年十七岁。所作诗文,多反映其抗清经历,悲壮慷慨。著有《南冠草》《续幸存录》,今合编为《夏完淳集》。

狱中上母书[①]

【题解】

这是夏完淳被捕后囚于南京狱中所作的遗书。作者之母,除生母陆氏(夏允彝侧室)外,还有嫡母盛氏。虽是临终绝笔,但“千古艰难唯一死”却被置之度外,渗透在字里行间的,是对国破家亡的悲愤和对清廷入主中原的敌忾。在处理和对待诸般家事上,特别是立后问题上,年未弱冠的夏完淳所持态度,不仅表明他不愧为顶天立地的真男子,而且体现了他的老成练达、不同凡响。读此文,夏完淳视死如归的勇气、英纵天挺的资质宛然如在目前。

不孝完淳今日死矣,以身殉父,不得以身报母矣!

痛自严君见背[②],两易春秋,冤酷日深,艰辛历尽。本图复见天日,以报大仇,恤死荣生[③],告成黄土[④],奈天不佑我,钟虐先朝[⑤],一

① 选自《夏完淳集》。 ② 严君见背:父亲去世。其父夏允彝在松江沦陷后投水自杀。 ③ 恤死荣生:告慰死者,褒奖生者。 ④ 黄土:此指夏允彝之坟墓。 ⑤ 钟:聚集。虐:灾难。

旅才兴[⑥]，便成齑粉。去年之举[⑦]，淳已自分必死，谁知不死，死于今日也。斤斤延此二年之命，菽水之养无一日焉[⑧]。致慈君托迹于空门[⑨]，生母寄生于别姓[⑩]。一门漂泊，生不得相依，死不得相问。淳今日又溘然先从九京[⑪]，不孝之罪，上通于天。呜呼！双慈在堂，下有妹、女，门祚衰薄[⑫]，终鲜兄弟[⑬]。淳一死不足惜，哀哀八口，何以为生？

虽然，已矣！淳之身，父之所遗，淳之身，君之所用，为父为君，死亦何负于双慈？但慈君推干就湿[⑭]，教礼习诗，十五年如一日。嫡母慈惠，千古所难[⑮]。大恩未酬，令人痛绝。慈君托之义融女兄[⑯]，生母托之昭南女弟[⑰]。淳死之后，新妇遗腹得雄，便以为家门之幸。如其不然，万勿置后[⑱]。会稽大望[⑲]，至今而零极矣[⑳]，节义文章如我父子者几人哉？立一不肖后，如西铭先生为人所诟笑[㉑]，何如不立之为愈耶？

呜呼！大造茫茫[㉒]，总归无后，有一日中兴再造[㉓]，则庙食千

先朝：指明朝。 ⑥ 旅：指抗清义军。 ⑦ 去年之举：指1646年作者参加的由吴易为首的抗清活动，溃败后，作者只身逃匿。 ⑧ 菽水：豆和水，指普通食品，常用作孝养父母之称。 ⑨ 慈君：母亲。此指作者嫡母。托迹：寄托形迹，指安身。空门：佛寺。夏允彝死后，大妇盛氏削发为尼。 ⑩ 寄生于别姓：据下文“生母托之昭南女弟”，作者之妹夏惠吉适杜登春之子，此“别姓”当指杜氏。 ⑪ 九京：犹九泉。 ⑫ 门祚：家世。 ⑬ 鲜：少。 ⑭ 推干就湿：让子女处在干燥地方，自己处在潮湿地方，比喻母亲抚育子女的辛苦。 ⑮ 难：难得，少有。 ⑯ 义融女兄：作者之姐夏淑吉，别名义融。 ⑰ 昭南女弟：作者之妹夏惠吉，字昭南。 ⑱ 置后：立嗣。 ⑲ 会稽大望：指夏氏本为会稽郡的望族。 ⑳ 零：零落，衰败。 ㉑ 西铭：明人张溥，号西铭。创复社。无子，死后族人为立嗣。嗣子由钱谦益取名永锡，事迹不详。 ㉒ 大造：指天地。 ㉓ 中兴再造：指明朝复兴。

秋[24]，岂止麦饭豚蹄不为馁鬼而已哉[25]？若有妄言立后者，淳且与先文忠在冥冥诛殛顽嚚[26]，决不肯舍。兵戈天地[27]，淳死后，乱且未有定期，双慈善保玉体，无以淳为念。二十年后[28]，淳且与先文忠为北塞之举矣[29]。勿悲，勿悲，相托之言，慎勿相负！

武功甥将来大器[30]，家事尽以委之。寒食盂兰[31]，一杯清酒，一盏寒灯，不至作若敖之鬼[32]，则吾愿毕矣。新妇结褵二年[33]，贤孝素著，武功甥好为我善待之，亦武功渭阳情也[34]。

语无伦次，将死言善。痛哉，痛哉！人生孰无死，贵得死所耳[35]。父得为忠臣，子得为孝子。含笑归太虚[36]，了我分内事。大道本无生，视死若敝屣[37]。但为气所激[38]，缘悟天人理[39]。恶梦十七年，报仇在来世。神游天地间，可以无愧矣！

㉔ 庙食：受人奉祀，在庙中享受祭飨。 ㉕ 止：只。麦饭豚蹄：祭祀的食品。 ㉖ 先文忠：夏允彝，谥号文忠。冥冥：谓泉下。殛：杀。顽嚚：愚顽之徒。 ㉗ 兵戈天地：遍地战乱。㉘ 二十年后：即常言所谓“二十年后又是一条好汉”。 ㉙ 北塞之举：意为北上抗清。 ㉚ 武功甥：夏完淳外甥侯檠，字武功。少负文才，有神童之称。后亦早丧，死时年仅十七。 ㉛ 寒食：寒食节，在清明前，民俗此时祭扫祖墓。盂兰：佛教七月十五举行盂兰盆法会，民间亦于此日祭祖。 ㉜ 若敖之鬼：春秋时楚国令尹子文为若敖氏之后，临终时，担心其侄越椒给家族带来灾祸，对族人哭着说：“鬼还要吃饭，若敖氏的鬼，不是要挨饿吗！”后越椒反叛，被楚庄王族灭。后以“若敖鬼馁”或“若敖之鬼”比喻绝嗣。 ㉝ 结褵：女子出嫁。 ㉞ 渭阳情：春秋晋公子重耳逃亡秦国，后返晋国，其外甥（后为秦康公）作诗送别。中有“我送舅氏，日至渭阳”之句。后用以喻甥舅之情谊。 ㉟ 得死所：死得其所，死得有价值。 ㊱ 归太虚：归天，谓死。 ㊲ 视死若敝屣：谓把丢掉生命看作抛弃破鞋一样。 ㊳ 但：只。气：正气，大义。㊴ 缘：由于。

（宦荣卿）

图书在版编目(CIP)数据

明文观止 /《明文观止》编委会编. —上海：
学林出版社,2015.9
(中华传统文化观止丛书)
ISBN 978-7-5486-0914-8

Ⅰ.①明… Ⅱ.①明… Ⅲ.①古典文学—散文集—
中国—明代 Ⅳ.①I264.8

中国版本图书馆 CIP 数据核字(2015)第 158480 号

明文观止

编　　者—— 本书编委会
责任编辑—— 许钧伟
封面设计—— 周剑峰

出　　版—— 上海世纪出版股份有限公司 学林出版社
地 址：上海市钦州南路 81 号　电话/传真：021-64515005
网 址：www.xuelinpress.com
发　　行—— 上海世纪出版股份有限公司发行中心
地 址：上海市福建中路 193 号　网 址：www.ewen.co
印　　刷—— 上海展强印刷有限公司
开　　本—— 710×1020 1/16
印　　张—— 14.25
字　　数—— 20 万
版　　次—— 2015 年 9 月第 1 版
印　　次—— 2015 年 9 月第 1 次印刷
书　　号—— ISBN 978-7-5486-0914-8/I·127
定　　价—— 46.00 元